KB002683

막장 악역이 되다

크레도 퓨전 판타지 장편소설
WISHBOOKS FUSION FANTASY STORY

 3

크레도 퓨전 판타지 장편소설

초판 1쇄 찍은 날 | 2020년 1월 21일
초판 1쇄 펴낸 날 | 2020년 1월 30일

지은이 | 크레도
펴낸이 | 권태완 우천제

기획 | 위시북스
편집책임 | 한준만
편집 | 위시북스

펴낸곳 | ㈜케이더블유북스
등록번호 | 제25100-2015-43호
등록일자 | 2015. 5. 4
KFN | 제2-16호

주소 | 서울시 구로구 디지털로31길 38-9, 401호
전화 | 070-8892-7937 팩스 | 02-866-4627
E-mail | fantasy@kwbooks.co.kr

ⓒ크레도, 2019

ISBN 979-11-293-4616-2 04810
       979-11-293-4389-5 (set)

Wish
Books

막장

크레도 퓨전 판타지 장편소설
WISHBOOKS FUSION FANTASY STORY

악역이 되다

3

막장
악역이 되다

⋆ CONTENTS ⋆

✦ Chapter1 ✦
엘프는 예쁨

중국의 천진 게이트는 중국의 미래이자 희망이었다.

일본의 도쿄 게이트와 비슷한 크기였다. 많은 유물이 잠들어 있을 거라는 추측이 나왔지만 발굴된 적은 없었다. 너무 깊은 곳에 있어 천문학적인 비용이 들어갔기 때문이다.

게이트 안쪽에서 어떤 강력한 마력의 파장을 관측한 이후로 더욱 신중해졌다. G&P에서 훔친 기술은 일본 측에도 흘러 들어갔고, 다른 나라들도 냄새를 맡고는 압박을 가해왔다.

이미 통신을 통해 전달된 기술이었다. 다른 나라로 기술이 유출되는 것은 시간문제라 빠르게 선점해서 능력자 강국의 구도를 새롭게 바꾸고 싶었다.

칠룡회를 주축으로 한 중화 기사단은 빠르게 성과를 내기를 바랐다. 칠룡회의 기사단 세력이 당 수뇌부를 거의 잠식한 상태였다. 정당성이 없기에, 큰 지지를 받기 위해서는 이번 일을 반드시 성공시켜야 했다. 일선 그룹, 그리고 이진우를 적으로 돌렸지만, 그래도 괜찮았다. 그럴 만한 가치가 있는 기술이었다.

중국은 한국의 강력한 항의에도 오리발을 내밀고 모른 척했다. 오히려 한국이 중국의 주권을 침해한다는 입장까지 내놓았다. 아무튼, 당장 20년은 힘들겠지만, 그 이후에 일선 그룹에 대항할 힘이 생길 것이다.

칠룡회의 간부가 된 왕국량은 중국식 기사 복장을 하고 있었다. 그들은 계급에 따라 복장의 색이 달랐다. 왕국량은 이번 일의 공을 인정받아 간부가 되었기에, 붉은색 기사 정복을 입고 있었다.

"꽤 즐거우신 모양이군요. 대사형."
"사매는 언짢아 보이는군."
"대사형께서는 고통을 받는 인민들이 보이지 않나요? 류 사형까지 그렇게……."

왕국량 앞에 서 있는 여인은 그의 사매, 당소정이었다. 그녀는 중국의 꽃이라 불리며 장래가 촉망되는 젊은 기사였다. 왕국량은 류웨이를 재물 삼아 칠룡회의 간부 자리를 얻어내었다.

"류웨이도 기쁜 마음으로 국가를 위해 죽었을 것이다. 인민들이야 당분간 허리띠를 졸라매면 그만이다. 조금 힘들기야 하겠지만 결과가 증명해 주겠지."

"벌써 나라가 기울고 있어요. 어째서 칠룡회에……!"

"입조심해."

왕국량이 인상을 쓰며 그녀를 노려보았다. 당소정은 그를 바라보다가 등을 돌려 사라졌다.

왕국량은 그녀의 뒤태를 바라보다 피식 웃었다. G&P의 기술을 습득한 이후에 많은 과학자가 분석을 시도했다. 그러나 워낙 복잡하고 실시간으로 파장이 변해 분석해 낼 수 없었다. 분석에만 백 년은 더 걸린다는 결과가 내려졌다.

수뇌부에서는 빠르게 결단을 내렸다.

'모든 자원을 집중해서 진행하라.'

아직 안전한지 어떤지 검증이 되지 않았다. 그러나 G&P에 다녀온 기사들과 관련자들이 직접 보았다고 진술을 했고, 일본도 바로 일을 진행하고 있었다. 일본과 손을 잡기는 했으나 뒤처질 수는 없는 노릇이었다. 결국, 며칠 만에 모든 역량을 집중한 끝에 대규모 가동 장치를 완성할 수 있었다.

마정석 발전소의 증폭기로 쓰이던 것들을 모두 떼어 왔고, 전국에 있는 마정석을 모두 끌어모았다. 데이터를 아티팩트화 시키려면 아주 많은 에너지가 필요했기 때문이다. 굉장한 용량을 지닌 데이터였기에, 말도 안 되는 금액이 들어갔다. 이 모두 것이 일주일도 되지 않은 기간에 벌어진 일이었다.

많은 이들이 반대했지만 모두 묵살되었다. 가장 강렬한 저항을 했던 대사부는 칠룡회에 의해 구속당한 상태였다.

돈을 쏟아부은 끝에 아티팩트를 만들어내는 데 성공했다!

보고와는 달리 붉은 보석이었지만 영롱한 자태는 대단히 아름다웠다. 하루 차이로 일본 역시 성공했다는 첩보가 들려오자 수뇌부들은 더욱 조바심이 났다.

지금은 모든 길드의 힘을 하나로 모을 시기였다. 칠룡회가 가장 득세하고 있다고는 하지만 구파일방과 다른 중소방파의 힘도 무시할 수 없었다.

'드디어 새로운 시대가……!'

왕국량을 포함한 칠성방, 그리고 다른 파벌의 능력자들이 게이트 앞에 모였다.

영롱한 보석이 게이트 앞에 설치되었다.

검증되지 않은 아티팩트를 발동시키는 것은 굉장한 위험이 내포된 일이었다. 그러나 안전장치가 설치되어 있어 문제없다는 태도였다.

왕국량은 투명한 상자 안에 든 붉은 보석을 바라보며 주먹을 불끈 쥐었다. 그는 평소에 류웨이를 시기했다. 뛰어난 재능을 지니고 있었기 때문이다. 그런데 그런 그를 제거했을 뿐만 아니라, 간부의 지위에 오르기까지 했다. 더 밝은 앞날이 기다리고 있었다.

'이것으로 나는……!'

칠룡회의 주축으로 이름을 올리고, 더 나아가 인민을 구원한 명예를 얻을 것이다!

왕국량은 그것을 믿어 의심치 않았다. 칠룡회의 힘만 있다면 탄탄대로였다. 무공과 영약들은 자신을 위대한 기사로 만들어줄 것이다. 왕국량은 자신감이 넘치는 표정이었다.

붉은 보석을 발동하는데 엄청나게 많은 마정석이 소모되었다. 칠룡회도 부담스러운 금액을 지급한 상태였다.

부드드드드!

아티팩트가 가동되었다.

"오!"

"드디어……!"

주변이 술렁거렸다.

붉은 보석이 찬란한 광채를 뿜어내었다. 환상적이었다. 왕국량은 자신과 중국의 찬란한 미래를 보는 것 같아 가슴이 벅차올랐다.

드드득!

이변이 생긴 것은 그 순간이었다. 붉은 보석에서 뿜어져 나오던 찬란한 빛이 갑작스럽게 어두운 기류로 바뀌었다.

"어?"

"제, 제어가 되지 않습니다!"

"마력이……!"

게이트 과학자들과 마력을 컨트롤하던 능력자들이 당황하며 외쳤다. 안전을 위해 쳐놓은 벽이 기이한 소리를 내며 뒤틀렸다. 마치 귀곡성을 듣는 것 같았다.

터엉!

벽이 터져 나가며 검은 기류가 뿜어져 나왔다. 주변에 있던 이들이 비명을 지르며 도망치려다가 검은 기류에 먹혔다.

"으, 으아악! 어, 어?"

"끄아아악? 응?"

닥쳐올 고통에 대비하며 비명을 질렀던 이들이 아무런 일도 벌어지지 않자 자신의 손발을 바라보았다. 검은 기류가 일렁이고 있었지만 아무런 이상이 없었다.

그들이 고개를 갸웃할 때였다.

"마, 마정석이……?!"

"아티팩트가…….'

"내, 내 검이?! 억?! 내가 왜 알몸으로……."

검은 기류가 마정석이 보관된 창고로 가더니 마정석을 모두 먹어치웠다. 검은 기류가 더욱 증폭되기 시작했다. 능력자들이 다급히 베리어를 치며 검은 기류를 막았다.

그러나 역부족이었다.

"도, 도대체 무슨……."

왕국량 위기를 느끼고 검으로 손을 가져다 대었다.

푸석!

"응?"

손잡이가 터져 나갔다. 왕국량은 딱딱하게 굳은 표정으로 검을 바라보았다.

"어, 어억?!"

자신의 손에는 분명 아주 비싼 보검이…….

"허억!"

그런데 검이 아닌 혐오스러운 지렁이가 그의 손에서 꿈틀거리고 있었다. 지렁이의 몸에서 커다란 눈깔이 나오더니 왕국량을 바라보았다.

씨익! 낄낄낄!

지렁이가 날카로운 이빨을 드러내며 웃었다.

"으아아!"

왕국량은 지렁이를 바닥에 던졌다. 자신의 몸을 바라보니 기사 정복 대신 지렁이가 덕지덕지 붙어 있었다.

그는 발악하며 지렁이를 떼어냈다. 바닥에 떨어진 지렁이는 마구 꿈틀거리다가 바닥을 먹어치우기 시작했다.

"뭐, 뭐야 이건……!"

측정을 위한 아티팩트, 안전을 위해 설치한 아티팩트와 유물들이 모두 검은 기류에 휩싸이며 다른 무언가로 변했다. 하나같이 징그러운 마물이었다. 검은 기류는 게이트까지 집어삼켰다. 검은 기류가 게이트 속으로 빨려 들어가고 있었다. 그러나 그 검은 기류의 부피는 줄어들지 않고 오히려 기하급수적으로 부풀어 올랐다.

"차, 창고로 가지 못하게 막아!"

"아, 안 돼! 막아!"

그제야 상황이 파악된 수뇌부들이 다급히 외치기 시작했다. 검은 기류는 마력을 따라 파도처럼 밀려 들어갔다.

중국은 게이트가 하나였다. 다른 나라에 꿀리지 않기 위해 게이트 옆에 거대한 보물창고를 지어놓았다. 온갖 귀중품이 보관된 곳이었다. 철통같은 보안은 세계 최고 수준이었다. 그러나 검은 기류는 실체가 없었다. 벽마저 통과하며 창고 전체에 스며들기 시작했다.

다급히 능력자들이 베리어를 쳤을 때는 창고가 이미 먹힌 뒤였다.

왕국량은 망연자실한 눈으로 자신의 손을 바라보았다. 그가 낀 반지나 액세서리는 사라지고 없었다. 반지는 가보였기 때문에 대체품을 구할 수조차 없었다.

"이, 이게……."

믿기 어려운 현실에 왕국량의 동공이 크게 흔들렸다.

그때였다.

콰가가가!

가장 값비싼 것들이 보관된 창고가 무너졌다.

쿠오오오오오!

창고를 뚫고 나온 것은 거대한 갑옷을 입은 괴물이었다. 마력을 모두 흡수하더니 점차 크기가 커졌다. 거대한 대검이 휘둘러지자 주변이 순식간에 쓸려 나갔다.

[주인님, 더러운 거 싫어함. 청소…… 한다!]

지축을 울리는 목소리였다.

왕국량은 다급히 검을 뽑으려 했지만 검은 당연히 없었다.

휘이이익!

거대한 검이 휘둘러졌다.

"크어억!"

왕국량은 거대한 검기와 검풍에 휩쓸려 멀리 날아갔다.

"마, 막아!"

"베리어를!!"

중국의 모든 전력이 다급히 투입해 베리어를 쳤다. 그리고 남은 마정석을 모조리 투입해 간신히 그것을 유지시켰다.

휘이이!

게이트 주변은 초토화되었지만, 다행히 일정 반경 이상 나오지 않았다. 진흙을 잔뜩 뒤집어쓴 왕국량은 고개를 들어 게이트 쪽을 바라보았다.

지옥…… 악몽과 지옥.

두 단어밖에 생각나지 않았다.

진우는 오랜만에 황금의 성소로 돌아왔다. 아리나가 환하게 웃으며 진우를 맞이했다. 황금의 성소는 날이 갈수록 화려하고 그 규모가 커지고 있었다. 아리나의 두 눈은 마치 차원금화라도 잔뜩 들어 있는 것처럼 반짝반짝 빛이 났다.

"주인님, 변함없이 멋지십니다."

"부탁할 거라도 있어? 월급이라도 올려줄까?"

"부, 부탁할 거라니! 저의 충정을 그리 말씀하시면……. 물론 월급을 올려주시면 정말 행복할 것 같습니다."

아리나는 솔직해서 좋았다. 현장을 보며 보고해야 할 것이 있다고 했다. 진우는 고개를 끄덕이며 그녀를 따라갔다.

"주인님, 저번에 구매하신 '보안과 함정의 보석' 기억하십니까?"

"그거?"

기술이 유출된 이후로 게이트와 연구소에 있는 건 폐기한 상태였다. 인테리어 소품으로 쓰기엔 딱이라 아쉽기는 했다.

'크게 아쉬운 기술은 아니지.'

진우는 그렇게 생각할 뿐이었다.

"그건 모두 폐기했잖아?"

"네, 저도 그렇게 들어서 16번 저장소는 연구실로 쓰고 있었습니다."

그녀는 16번 저장소의 문을 열었다. 저장소는 방금 지어진 것처럼 너무나 깔끔했다.

"깔끔하군."

"어제까지만 해도 제 실험체들로 가득했습니다만, 모두 사라졌습니다."

"실험체?"

"네, 이러한 것들입니다."

아리나가 손을 펼치자 바닥에 마법진이 새겨지더니 무언가 올라왔다.

"꾸에엑!"

날카로운 이빨이 달린 지렁이였다. 아리나는 귀엽다는 듯이 지렁이의 머리를 쓰다듬어 주었다. 물론, 진우는 한 발자국 떨어졌다. 굉장히 징그러웠기 때문이다.

"귀엽지 않습니까? 대지를 마계화시켜 주는 기특한 녀석들입니다. 한 번 만져보시겠습니까?"

"……됐어."

지렁이가 진우를 물끄러미 바라보더니 애교를 부리기 시작했다. 강아지를 보는 것 같기는 했다. 아무튼, 16번 저장소는 저런 마물로 가득 차 있던 모양이었다. 수련장에서 여러 마물들을 개조하기도 했다는데, 한순간 사라져 버렸다.

"안젤리카도 사라졌습니다."

"안젤리카도?"

"네, '거대의 룬'을 단 상태인데……."

"그게 뭔데?"

"마력 흡수를 통해 육체를 거대하게 만들어주는 술식입니다. 아시다시피 안젤리카가 데스나이트답지 않게 체구가 좀 작잖아요? 그게 콤플렉스라길래……."

그런 걸 달아줬다고 한다. 진우는 일단 고개를 끄덕였다.

"어디로 사라진 거지?"

"그래서 조사해 봤더니, 앞서 말씀드렸던 보안과 함정의 보석이 작동하고 있더군요. 기이하게도 차원의 흐름을 타고 이쪽에 신호를 보내고 있습니다. 신호가 약하고 뭔가 뒤틀린 것 같기는 하지만 그래도 아티팩트로써 작동은 하는 것 같습니다. 저걸 보시면 이해가 될 겁니다."

16번 저장소 바닥에는 작은 마법진이 그려져 있어 활성화가 되어 있는 상태였다.

[D+]저장의 마법진
　보안과 함정의 보석이 작동하여 차원의 흐름을 타고 저장소로 흘러들어왔다. 차원의 중심인 황금의 성소가 흐름을 감지하여 마법진을 발동시켰다.
　*저장공간: 91%

　진우는 무슨 일인지 대충 짐작이 되었다.
　'설마 벌써 아티팩트를 만든 건가?'
　유출된 지 이제 일주일 정도가 지난 시점이었다. 세연이 아무리 뛰어나다고는 하나 온전히 복사해 낼 수 없다고 생각했다. 랭크 자체는 높지 않지만 술식이 해석 불가능할 정도로 복잡했기 때문이다.
　하지만 세연은 천재였다. A급 잠재 능력자를 너무 얕본 진우였다.
　"알 수 없는 이유로 작동하여 16번 저장소에 있는 것들이 무언가와 바꿔치기가 된 것 같습니다. 주인님께서 승인하셔야 내용물을 확인할 수 있습니다."
　진우는 고개를 끄덕이고 마법진에 마력을 불어넣었다.
　휘이이! 두드드드!
　마법진에서 빛이 뿜어져 나오더니 바닥이 흔들리기 시작했다. 아무래도 심상치 않아 진우는 뒤로 몇 발자국 물러났다.

무엇이 나올지 모르는 상황이었다.

팅!

무언가 하나 공중으로 솟아 올라왔다. 상당히 아름다워 보이는 반지였다. 반지가 바닥에 떨어지는 순간이었다.

화르르르륵!

무언가 다양한 것들이 엄청나게 쏟아져 나왔다. 서적도 있었고, 금화도 있었고, 검이나 방패를 포함한 무기 같은 것도 있었다. 도자기나 보석, 아티팩트들도 많았다. 박물관에서 볼 법한 중국식 갑옷도 있었고 일본식 검도 존재했다. 너무나 많은 양이라 저장소에 가득 쌓일 정도였다. 그것이 끝이 아니라 계속 하나둘씩 실시간으로 전송되고 있었다.

"……"

진우는 잠시 멍하니 그 광경을 바라보았다. 발밑까지 굴러온 서적이 보였다. 고대 한자로 써져 있었는데, 정보의 마안으로 확인할 수 있었다.

[D]자하신공(진본)

화산파에서 전해져 내려오는 전설의 무공. 세계에서 가장 보안이 삼엄한 곳에 보관 중이라고 알려져 있다. 칠룡회가 이를 얻기 위해 구파일방과 협상 중이다.

화산파의 장문인만이 익힐 수 있다고 한다.

D랭크 정도면 현시점에서 굉장한 보물이 맞았다. 그 외에

각종 영약, 어디선가 이름을 들어본 것들이 잔뜩 있었다.

[D]검문최가의 천검(진품)
검문최가의 가주가 쓰던 검.
오래전 유실된 상태이다. 손상된 상태라 수리가 필요하다.

거기에는 약탈품도 존재했다.

"잡동사니이긴 하지만 그럭저럭 쓸 만한 것들도 있군요. 무언가 오작동이 있었던 것 같습니다."

"음……."

"쓸모없는 것들은 녹여서 재료로 사용하면 될 것 같습니다. 음, 장식품으로도 괜찮을 것 같군요."

아리나의 평가는 좋지 않았다. 자하신공 정도의 서적은 서재에 잔뜩 쌓여 있었다. 무기도 마찬가지였다. 그래도 마력이 담긴 금과나 보석류들은 나름대로 귀중품에 속했다.

'이거…….'

예상하지 못한 이득이었다.

'그럼 16번 저장소에 있던 것들은…….'

아마도 그곳으로 소환되지 않았을까?

"아리나."

"네, 주인님."

"그…… 네가 만든 마물이 뭐라고?"

"네! 주로 대지를 마계화 시키는 마물들입니다. 주인님께서 저번에 주신 식물을 심을 생각으로 개량했습니다. 씨앗이나 알들도 잔뜩 만들었고요. 번식력이 엄청날 겁니다!"

"그렇군."

듣고 보니 상당히 위험한 것들이었다. 무엇보다 안젤리카가 문제였다. 웬만한 기사는 안젤리카의 상대가 되지 못했다.

"걱정하지 않으셔도 됩니다. 주인님께서 허락만 하신다면 다시 회수할 수 있습니다."

"그래. 일단 회수하자."

어떤 사태를 일으킬지 모르는 것들이니 일단 회수를 하는 것이 좋을 것 같았다. 수거를 하기 위해 아리나가 손을 뻗었다. 마력이 뿜어져 나가며 마법진이 그려졌다. 확실히 그녀의 마법은 굉장했다. 고위 마족이다 보니 인간과는 차원이 달랐다.

휘이이이!

무언가 바람이 분 것 같다.

"응?"

"왜 그래?"

"그게……."

아리나는 다시 손을 휘저었다. 그러나 마력만 뿜어져 나갈 뿐, 변화가 전혀 없었다.

"그…… 회, 회수가 안 되는데요?"

"안 된다고?

"아티팩트에 결함이 있는 것 같습니다."

"아……."

잠시 말을 잊었다. 아무래도 뭔가 큰일이 난 것 같았다.

며칠이 지난 걸까? 류웨이는 굶주림에 허덕이다가 쓰레기통을 뒤졌다. 반쪽 남은 과일이 있어 허겁지겁 먹었다.

"우, 우웩!"

구역질이 나왔다. 류웨이는 입에 구더기가 붙어 있었지만 뱉지 않았다. 그만큼 춥고 배가 고팠기 때문이다. 그렇게 구역질을 참으며 씹어 넘기다가 문득 깨진 유리창에 비친 초라한 자신의 모습이 보였다. 거지가 따로 없었다.

"으아아아!"

류웨이가 쓰레기통을 발로 걷어찼다. 열이 받았다. 류웨이는 흑사에게 넘겨받은 기술을 전송하고 귀향할 꿈에 부풀어 있었다.

청룡회로부터 받은 아티팩트. 듣기로는 중국 본토로 단번에 이동시켜주는 값비싼 아티팩트라고 했다.

비싼 아티팩트는 맞았다. 다만 그건 대인 암살용 아티팩트였다. 기사급 능력자도 한 번에 죽일 만한 아티팩트.

'왕국량……!'

엄청난 폭발력에 류웨이는 한동안 정신을 차릴 수 없었다. 가보인 '철갑의 갑옷'을 입지 않았다면 몸은 찢겨 나갔을 것이다. 갑옷은 물론 검도 박살 났고 내상은 심각했다. 그는 쓰레기를 먹어가며 간신히 한 줌의 마력을 모았을 뿐이다.

살기 위해서는 쓰레기라도 먹어야 했다. 길거리에서 맛있는 걸 팔고 있지만 그는 사먹을 엄두도 내지 못했다.

그는 도망자였다.

'크윽……. 어째서…….'

기사 자격도 정지당하고 국적까지 사라졌다.

그 사실을 알았을 때 그는 거의 넋이 나갔었다. 몸의 아픔보다 마음의 상처가 더 컸다. 자신은 그저 버리는 패였다. 기술만 꿀꺽하고 살인 멸구 당할 뻔했다.

절로 눈물이 나왔다. 자신의 가치가 겨우 이 정도였을 줄이야.

'어디서부터 꼬인 걸까?'

이진우의 얼굴이 떠오르자 몸이 절로 떨렸다.

필사적으로 흑사에게 도움을 요청하러 갔을 때 그가 본 것은 무너져 있는 빌딩이었다.

휘이익!

그때였다. 류웨이는 갑작스럽게 날아오는 검기를 간신히 피했다. 머리카락이 잘리는가 싶더니 앞에 있던 쓰레기통이 깔끔하게 두 동강이 났다. 황급히 고개를 돌려 건물 위를 바라보았다.

'저, 저 미친년이…….'

며칠 전부터 계속된 집요한 추격이었다. 어떻게 알았는지 따돌려도 따돌려도 계속 나타났다. 조금 쉬려고 하면 바로 나타나, 묻지도 않고 그냥 검기를 날려댔다.

류웨이는 필사적으로 달렸다. 예전부터 도망치는 것만큼은 장문인급이라는 말을 들은 적 있었다.

"……빗나갔네."

류웨이가 있던 곳에 내려앉은 최희연은 인상을 쓰면서 자신의 검을 바라보았다. 아직도 멀었다는 생각에 한숨이 나왔다. 검을 휘저어 검풍으로 쓰레기를 한쪽에 잘 모아놓았다. 쓰레기통도 금방 구매해 다시 복원해 놓을 생각이었다.

최희연은 목에 걸린 목걸이를 만지작만지작했다. 진우가 준 선물이었다. 목걸이를 만지작거리고 있으면 기이하게도 마음이 안정되었다.

"좀 더 집중하거라."

"네."

최희연의 옆에 나타난 검선이 그녀의 어깨를 두드렸다.

은퇴한 이후 세상사에 관여하지 않기로 한 검선이었다. 세상은 젊은이들이 이끌어가야 했으니까. 그러나 힌트 정도 주는 건 괜찮지 않을까? 그것이야말로 어른들의 몫이었다. 그랬기에 류웨이는 추적에서 절대 벗어날 수 없었다.

"허허, 당문진이 도망 하나는 잘 가르친 것 같구나."

"중국의 대사부 말씀이신가요?"

"그래, 꽤 괜찮은 검객이었지. 음, 그놈에게 아마 손녀가 하나 있을 게다."

검선은 고개를 끄덕였다. 당문진을 보고 괜찮은 검객이라고 말했지만 사실 그와의 승부는 모두 무승부였다. 은거한 후에야 검선이 더 우위에 있었지만, 당시에는 막상막하였다.

검선이 평가하기에 당문진은 괜찮은 인물이었다.

"기사가 되었다는 소문은 들은 것 같구나."

"그렇군요."

최희연이 고개를 끄덕였다.

"만약 만나게 되면 제가 꺾어 보이겠습니다. 검문최가의 검술로……."

"허허, 인연이 있다면 좋은 적수가 되겠지. 아무튼, 산 채로 잡아서 우리 진우에게 데려가야 하니 다리를 노리거라."

"알겠습니다."

검선은 등을 돌렸다. 무언가 비장함이 느껴졌다. 최희연의 손이 살짝 떨릴 정도였다.

'무슨 일이 있으신 걸까?'

최희연은 다소 걱정스러운 눈빛으로 검선을 바라보았다.

"어디 가시나요?"

"잠시 볼일이……."

검선이 흠칫했다. 급하게 움직이려던 검선의 소매에서 무언가 툭 하고 떨어졌다. 빠르게 감췄지만, 최희연은 뛰어난 동체시력으로 볼 수 있었다. 그건 응원봉이었다.

"크흠, 스위티 걸즈가 드디어 데뷔한다더구나."

"……."

"근골이 뛰어나니 제자로 받으면…… 참, 조, 좋겠구나."

"……."

"허허허! 그럼 이만……."

검선은 요즘 들어 바쁜 것 같더니 문화생활을 마음껏 즐기고 있었다. 최희연은 허공답보를 쓰며 사라지는 검선의 뒷모습을 멍하니 바라보았다. 그러곤 한숨을 내쉬며 골목에서 빠져나왔다.

'저건……?'

최희연은 커다란 버스를 볼 수 있었다. 거기에 심상치 않은 인물들이 줄을 서 있었는데, 아름다운 여인들과 다양한 연령의 남자들이었다. 느껴지는 기세가 최희연의 팔에 소름을 돋게 했다. 게다가 마력에 섞인 피 냄새는 너무나 진득했다. 반사적으로 검에 손을 올려놓을 정도였다.

"오랜만에 나오니까 좋긴 하네요."

"그러게 말입니다. 노트북 보셨어요? 사양이 엄청나던데?"

"네, 참 세상이 많이도 변했네요. 인터넷은 어찌나 빠른지……."

남자들은 그런 이야기를 나누었다.

"어떻습니까?"

"이, 이건?! 어디서 구하셨습니까?"

"근처 서점에 있었습니다."

"주인님의 아름다움을 제대로 표현하지는 못했지만, 이 정도면 준수하군요."

"그렇지요."

여인은 자부심이 넘치는 표정으로 무언가를 보여주고 있었다. 손에 들린 것은 이진우의 사진이 표지인 잡지였다.

"자자! 주목! 주인님께서 특별히 베풀어주신 휴가이니 24시간 꽉꽉 채워서 알차게 보내야 하네. 지금부터 번호를 부를 테니 대답하시게!"

제법 체격이 있는 중년의 남자가 그렇게 외치자 모두 대화를 멈추었다.

"그럼 1번!"

"네!"

"음, 고문 도구는 잘 놓고 왔겠지?"

"딱 하나만 챙겼습니다만……."

"후우, 이리 주시게. 아니! 알 만한 양반이 왜……."

"그, 그게 날붙이가 없으면 불안해서……."

1번이 품에서 커다란 가위를 꺼내자 중년의 남자는 거칠게 가위를 빼앗았다. 가위에서는 피가 뚝뚝 떨어지고 있었다.

번호를 모두 부르고 그들은 관광버스에 탑승했다. 관광버스의 앞에는 'JW 관광 투어! 주인님 만세!'라고 쓰여 있었다.

"……."

버스가 떠날 때까지 희연은 멍하니 버스를 바라보았다.

정신을 차린 희연은 일단 서점으로 들어갔다. 잠시 후, 서점에서 나온 그녀의 손에도 잡지가 들려 있었다.

진우는 평소와 다름없는 일상을 보내고 있었다. 스네이크 실드 길드 연맹은 완벽히 분쇄되었고, 금풍 길드도 마찬가지였다. 리그 길드들이 항의할 것 같았지만 그렇지 않았다.

'그놈의 돈이 뭔지.'

진우가 아예 리그 길드의 상징인 아레나 경기장을 사들였고, 1부 리그에서 가장 잘 나가는 팀들을 인수했다. 2부 리그 자체도 엄청난 후원을 해줘서 이진우 리그라는 말이 나오고 있을 정도였다. 리그 지망생들이 모여 있는 3부 리그는 이제 진우의 후원 없이는 돌아가지 않았다.

아이템들까지 대여해 주니 비판은커녕 그는 리그 길드를 사랑하는 애국자가 되어 있었다. 능력자 협회에서는 능력자 리그 발전에 지대한 공을 세웠다고 표창장까지 수여했다. 물론, 진우가 가지 않고 미래전략실의 실장이 가서 받았다. 예전이나 지금이나 귀찮은 자리는 질색이었다.

스네이크 실드 길드 연맹이나 관련자들이 쓰던 건물들은 여지없이 박살 났는데, 그곳에 공원이나 여러 편의시설이 들어선다고 하니 주변의 집값도 오르고 있었다.

언론에서도 기술 유출을 한 중국과 일본을 대놓고 욕했다. 얼마 전까지만 해도 적반하장으로 나왔던 중국과 일본이었다. JW에 부당하게 억류된 자국의 능력자를 돌려보내라는 성명까지 냈는데, 지금은 그 이야기가 쏙 들어가 있었다.

그때 서재로 유나가 들어왔다. 이번 사태에 책임을 지고 물러나려고 했던 유나를 진우가 말렸다. 그 이후에 유나의 표정은 어두워졌지만, 티를 내지 않도록 노력했다.

휴가를 주려 했지만 그녀는 휴가조차 반납했다.

"중국과 일본에 변고가 생긴 것 같습니다."

"그래?"

"네, 일본에서는 심각한 수준의 재해가 관측되었지만, 외부 도움을 받지 않겠다고 합니다. 중국은 필사적으로 숨기고 있더군요."

국제 능력자 연맹에서 일본에게 손을 내밀었지만, 바로 거절한 모양이었다. 일본 쪽의 아티팩트나 보물들도 계속 전송되는 것으로 보아 열심히 애를 쓰고 있는 것 같기는 했다.

다음 국제대회 개최지는 일본이었다. 국제대회를 무리 없이 개최할 수 있다고 발표하기는 했는데, 국제 능력자 연맹에서 심사관을 보내겠다고 하자 거절하고 있는 상태였다.

"중국과 일본에서 마정석 수입이 급증하고 있습니다. 물량이 없어 마정석 가격이 계속 오르고 있습니다."

"그렇구만."

대충 예상이 가기는 했다. 게이트를 중심으로 마계화가 진행되고 있었는데, 베리어나 기타 방어마법을 유지하며 막아내고 있는 것 같았다. 기사급 능력자라도 마정석 없이는 그러한 대규모 방어 시스템을 유지할 수 없었다. 결국, 마정석을 수입해야 하는데, 생산량은 한계가 있었다. 마정석은 상위 몬스터에서나 나오기 때문이었다.

덕분에, 마정석의 가격이 미칠 듯이 상승하고 있었다.

"JW 게이트에서 마정석 채굴 시스템이 완성되었습니다. 이번에 사로잡은 죄수들이 큰 역할을 하고 있다고 합니다."

"음……."

스네이크 실드 길드 연맹, 그리고 리그 길드원들, 관련자들 모두 JW 게이트에 있었다. JW 게이트는 죄수 수용소로도 협회에 인증을 받은 상태였다. 죄수를 이용한 노동력 창출도 승인된 상태였다. 그렇지 않고서는 가죽수집자나 그보다 더 심각한 죄인들이 있을 리 없었다.

협회에 조금의 비용만 지급하면 되었다. 말이 조금이지 한국 능력자 협회가 돌아가는 데 큰 역할을 하고 있었다. 협회의 판결도 JW 못지않아서 어느 쪽이 낫다고 할 수 없었다. 능력자 법은 그만큼 처벌 수위가 강한 편이었다.

'마침 딱 맞아떨어지네? 신기하구만.'

진우는 고개를 끄덕였다. 하급 마정석도 엄청나게 비싸져서 국가적인 협의까지 진행 중인 상황인데, 마침 광산의 생산 설비가 완성되었다. 부족한 인력이 넘칠 정도로 보충되었기에 아무 문제가 없었다. 유나는 소름이 끼치는 것을 느꼈다.

'설마 일부러…….'

중국과 일본이 필사적으로 숨기려 했지만, 정보원들의 이목을 속일 수는 없었다. 절망적인 재해라고 표현해도 무방할 정도의 사태가 벌어지고 있다고 한다. 마정석 수입만 봐도 알 수 있었다. 상황이 너무나 잘 맞아떨어지고 있었다.

'갑작스러운 재해, 마정석 생산…… 인력 보충……'

유나는 직감했다. 광산을 발견했을 때부터, 아니, 그 이전에부터 세워진 큰 그림이었다.

'내 실수조차도……'

그 계획에 자신의 부족함도 포함되어 있었다. 유나는 입술을 깨물었다. 곁에서 도련님을 모신다고 자만했던 자신이 부끄러웠다.

'내가 성장하지 않으면……'

이 부끄러움조차, 성장을 바라는 마음조차 도련님은 알고 계실 것이다. 모두 알고 있었기에 질책하지 않았다.

그럴 가치조차 없을 테지.

유나는 그렇게 생각했다. 중국과 일본은 사태가 더 심각해지면 결국 엄청난 거금을 주고서라도 마정석을 구매할 수밖에 없을 것이다. 그조차 진우가 허락하지 않는다면 성사되지 않는 일이었다.

'중국과 일본은……'

완전한 굴복!

결국, 도련님의 손안에서 춤을 추는 꼭두각시였다. 유나는 진우를 바라보았다. 너무나도 여유로운 모습이었다.

"잘됐네. 신기하게도 일이 잘 풀렸어."

"……그렇군요."

"너무 신경 쓰지 마. 어떻게든 되었잖아? 조금 쉬고 오는 건 어때?"

"아닙니다. 제가 더 잘하겠습니다."

"음, 그래."

진우는 유나의 마음을 풀어주려고 가볍게 말했지만 유나는 맹렬히 저항했다.

'왜 다들 휴가를 싫어하는 걸까? 유급 휴가인데. 비행기 표에 호텔비에, 보너스도 주는데…….'

진우는 이해할 수가 없었다. 요즘 연구실은 더욱 심했다. 그 심정은 이해하지만 말리고 싶었다. 특히 김세연은 아예 연구실에 살림을 차렸다고 한다.

유나는 다시 보고를 이어갔다.

"김영훈이 능력자 자격증을 획득하였습니다."

"그렇군."

"수사국이 이미 그를 구속한 상태입니다. 도주 가능성은 없습니다."

김영훈이 김찬영의 정보를 제공했다고 한다. 흑사의 입에서 직접 들은 이야기이니 틀림없는 사실이었다.

주인공이라 하여도 그냥 넘어갈 수는 없었다. 진우는 그가 능력자가 되기를 기다렸다. 그래야 능력자의 법이 그에게 적용되니까. 김영훈에 대한 수사를 그동안 늦춘 이유는 그 때문이었다.

'확인해야겠군.'

진우는 책을 덮고 자리에서 일어났다.

"데려와."

"네."

전화 한 통으로 김영훈의 신병은 수사국에서 JW로 넘어가게 되었다.

김영훈은 반쯤 정신이 나갔다. 이진우를 타도한다는 이유로 접근해 온 이들은 김영훈이 보기에는 영웅이었다. 그랬기에 묻는 정보에 대해 모두 알려주었다.

김찬영에 대해 자세히 알려주었다. 김찬영은 평소에 많은 이야기를 해줬기에 들은 것이 많았다.

하지만 레이첼이 해준 말은 충격이었다. 자신이 정의를 지키기 위해 한 일이 김찬영을 죽이고, 누나를 납치당하게 했고, 그리고 많은 이들을 다치게 했다. 한국에 큰 이득을 가져올 핵심 기술마저 유출되었다.

'내가…… 무슨 짓을…….'

정의라고 믿었다. 지금까지 자신이 한 일을 스스로 자랑스럽게 생각했다. 단 한 번도 뒤돌아본 적이 없었다.

결과를 생각한 적이 없었다.

김영훈은 고개를 숙인 채 흐느꼈다.

"형……. 찬영이 형……. 흐윽."

김찬영은 그가 친형처럼 따르던 형이었다. 가장 존경하는 형이었다.

김영훈은 마치 영혼이 무너져 내리는 것처럼 오열했다. 두 팔에 수갑이 채워지는 순간 자신만의 세계가 박살이 나는 것 같은 느낌을 받았다.

조사는 빠르게 이루어졌다. 모든 걸 인정했다. 김영훈이 진 빚이 모두 사라진 상태였다. 당연히 빚 탕감을 조건으로 정보를 제공했다고 생각할 수밖에 없었다. 정황상 딱딱 맞아떨어졌다.

정의로운 일이라면서 빚을 탕감해 준 그들은 굉장히 멋져 보였다. 그러나 정신을 차리고 보니 자신은 돈을 받고 김찬영을 넘긴 최악의 악당이 되어 있었다.

'……내가 악당이구나. 내가…….'

김영훈은 능력자 전용 구치소에서 웅크리고 있었다.

죄책감이 그를 짓눌렀다. 처벌을 받고 싶었다. 살 가치가 없었다. 자신은 이미 최악의 범죄자였다. 그가 악당이라 생각했던 이진우가 오히려 누나를 구했고, 그들을 응징했다고 한다. 자신은 도와주기는커녕 그 원인을 제공했다. 죄책감이 몸을 짓눌렀다.

그때 누군가 구치소로 들어왔다. 아는 얼굴이었다.

레이첼이 싸늘한 표정으로 그를 내려다보았다. 김영훈은 레이첼을 제대로 바라볼 수 없었다. 그녀가 해준 모든 충고와 조언을 무시한 결과가 바로 여기에 있으니까.

레이첼은 한숨을 내쉬었다. 사이다라도 있으면 원샷을 하고 싶었다.

"판결을 받으면 아마 세상에 나오긴 힘들 거야."

"그래도 싸요. 저는…… 제가……."

"나도 동의해."

더는 다정다감했던 레이첼이 아니었다. 그녀의 말은 얼음장처럼 차가웠다.

"죄송하다는 말…… 전해주셨으면 해요. 찬영이 형 가족 분들…… 그리고 이진우 씨에게도……."

"오랜만에 맞는 말을 하는구나."

"저는…… 제가 옳다고 믿는 게…… 뭔지 모르겠어요. 제가 생각하면 안 돼요. 생각하는 게…… 두려워요."

영훈은 자신이 옳다고 믿는 것을 평생 하면서 살아왔다. 그 믿음이 완전히 깨졌기에 이제는 생각하는 것이 두려웠다. 차라리 이렇게 갇혀 있는 게 남에게 피해를 주지 않는 방법일 것이다.

"따라와."

수사관들이 영훈을 끄집어냈다. 오랫동안 굶어 영훈은 힘이 없었다. 레이첼은 그런 그를 바라보면서 고개를 설레 저었다.

김영훈이 끌려간 곳은 JW 게이트 근처였다. 주변에는 아무것도 없었다.

김영훈은 무릎을 꿇은 채로 멍하니 고개를 들었다. 이진우가 자신을 내려다보고 있었다.

진우는 김영훈을 바라보았다. 역사적인 첫 대면이었다. 사진으로 보기는 했지만, 김영훈을 실제로 보는 것은 처음이었다. 원작의 주인공이 눈앞에 있다고 하니 신기하기는 했다.

원작의 묘사대로 외모는 평범했다. 다만, 전체적인 분위기가 상당히 찌질해 보였다.

진우는 정보의 마안으로 그를 살펴보았다.

LV.1
[-F]김영훈
잠재력 랭크: F[한계 Lv 15]
특이사항
*[F]정의감
믿는 바를 밀고 나간다.

아주 형편없는 수준이었다. 주인공이 아니었다면, 어디에나 있는 예비 하위 능력자에 불과했다.

'마안은……'

정보의 마안은 가지고 있지 않았다.

김영훈은 몸을 덜덜 떨었다. 그저 죄송하다는 말만 반복할 뿐이었다.

'심각하군.'

실망스러운 마음을 감출 수 없었다.

주인공이었다. 세상의 멸망을 막는 주인공. 근데, 최하위 능력자에 마안도, 잠재력도 없었다. 추진력과 괜찮은 의지력이 장점이었는데, 지금은 겁먹은 죄수에 불과했다. 본래대로라면 이진우가 무릎을 꿇고 있고 주인공이 내려다봐야 했다.

주인공은 그 어떤 일이 있어도 무릎을 꿇지 않았다. 쓸데없이 자존심만 강했기 때문이다.

그러나 지금은 모든 것이 무너진 상태였다. 군주는커녕 엑스트라조차 이길 수 없어 보였다.

총지배인이 진우의 옆에 서 있었다. 죄인을 끌고 가기 위해 메이드도 나와 있었다.

"규율에 따라 재판해. 처벌도 확실하게 하고."

"네, 알겠습니다."

"일단 잘 지켜봐."

진우는 김영훈에게서 시선을 돌렸다.

마음이 무거워졌다.

'큰일이구만.'

그래, 지금까지 주인공 없이 잘 해왔다. 변한 건 없었다. 차라리 트롤러 하나가 빠졌다고 생각하자.

'행운 랭크도 소용없네.'

어째 일이 잘 풀리나 싶었다.

진우는 한숨을 내쉬었다. 얄짤없이 군주는 진우의 몫이 되어버렸다. 이보다 더 큰 불행이 어디 있을까?

JW 게이트에 들어온 김영훈은 바로 재판을 받았다. 당연히 무기징역이었다. 징벌의 방은 피했지만 JW를 위해 영원토록 봉사해야 했다. 총지배인은 주인님께서 잘 지켜보라고 하신 명령을 충실히 따르고 있었다.

말 그대로 진짜 계속 지켜보고 있었다.

'음······.'

김영훈은 한 가지 생각밖에 하지 못했다. 일을 시키면 일만 했다. 주어진 시간을 목숨처럼 지켰다. 다른 죄수들과도 마찰이 있었다. 오로지 명령받은 대로만 해서 다른 죄수들이 답답함을 느꼈기 때문이다. 죄수들 사이에서 김영훈의 별명은 발암물질, 고구마였다. 죄수들 간에 싸움이 있었는데, 가장 약하면서도 어떻게든 살아남았다.

그것을 보고 총지배인은 가능성을 봤다. 김영훈에게 주인님께서 자비를 베풀었다고 하니, 그는 그 자리에서 눈물을 보였다.

한 치의 의심도 하지 않았다. 저 병신 같은 우직함, 한 가지밖에 생각 못 하는 일차원적인 사고방식, 한 번 믿으면 끝까지 가는 단순함. 그리고 기이하게 행운이 따르는 알 수 없는 능력까지.

'재능은 없군. 하지만······.'

총지배인은 고개를 끄덕였다. 주인님께서 지켜보라고 말씀하신 의미를 깨달았기 때문이다.

'재능 따위는 죽을 정도의 고통과 죽음을 넘어서는 강력한 의지만 있으면 극복할 수 있다.'

저 백지 같은 머릿속에 주인님만 존재한다면?

지금까지 주변에 고구마와 발암을 선사했다.

만약 적들에게 그렇게 할 수 있다면?

흡족하기 그지없었다. 그것만으로도 충분한 인재였다.

총지배인은 죄수들에게 이진우 전기를 꼬박꼬박 읽게 하고 있었다. 그러나 부족했다. 죄수들 사이에 구심점이 필요했다. 김영훈은 책을 손에서 놓지 않았다.

'슬슬 2기를 만들 때가 되긴 했지.'

총지배인은 고개를 끄덕였다. 김영훈의 미래는 이미 결정되었다. 새로운 바람이 불고 있었다.

문화센터는 나날이 성장해 갔다. 레스토랑이나 음식점, 노점상들이 마구 늘어났지만, 방문객이 워낙 많다 보니 대기열이 대단히 길었다. 게이트 고기가 유통되자 게이트 고기를 전문으로 취급하는 음식점들이 우후죽순 생겨났다. 아직은 JW 게이트 인근 음식점에 한정으로 유통되고 있었는데, 죽어가던 인근 상권이 화려하게 부활하여 그야말로 초호황을 맞이했다.

미튜브에서는 심심치 않게 외국인들이 문화센터의 음식을 먹고 넋이 나가버리는 것을 볼 수 있었다. 게다가 영국의 방송에서 고든 레인지가 찾아와서 노점상의 고기구이를 먹어 보고는 그 자리에서 운 것은 이미 전설이 되었다. 현재 그는 아예 호텔을 잡아놓고 계속 머무르고 있다고 한다.

그런 흐름 속에서 진우의 영향력은 D랭크가 되었다. 리그 길드, 중국과 일본의 일, 마정석 유통, 그리고 문화센터까지 합쳐지며 급격히 상승했다. 기이하게도 명예 랭크까지 상승했는데, E랭크에 이르렀다. 나름 이미지가 좋아진 것 같았다.

"도련님, 중국 측에서 면담을 요청했습니다."

"중국이나 일본은 다 무시해."

"알겠습니다."

먼저 G&P와 관계를 끊고 그런 짓을 벌이더니, 이제 와서 아주 간절하게 만남을 요청했다. 마정석은 수출이 시작되었지만, 당연하게도 중국과 일본은 제외되었다. G&P에서는 중국과 일본에 흘러 들어가면 바로 관계를 끊겠다고 공언했기에 중국과 일본은 외면당하고 있었다. G&P의 부사장은 진우의 생각보다도 더 악랄하게 중국과 일본을 괴롭히고 있었다. 게이트 산업과 관련된 기업들이 하나둘씩 인수되고 있는 걸 보면 사업 수완이 굉장했다. 진우는 모두 부하직원들에게 맡겨놓고 자신의 일을 하면 됐다.

'허영의 군주······.'

이제 움직일 때였다. 허영의 군주는 엘론티와 큰 연관이 있었다.

'일단 준기사 자격증은 따놔야겠지.'

일단 앞으로의 일을 위해서 기사는 아니더라도 준기사 정도는 되어야 했다. 준기사는 기사에 도전할 수 있는 자격을 뜻하는데, A랭크 라이센스가 있는 자들을 준기사라 불렀다.

A랭크 라이센스 시험은 기사가 되는 난관 중 하나였다.

자격 요건은 이미 충족된 상태였다. 리그 길드에 소속되거나 그에 걸맞은 경력이 있는 자, 기사급의 보증인이 있는 자, 고위 능력자 랭크를 달성한 자(인증 시험 필요).

A랭크 라이센스 응시 자격이었다. 어떻게 알았는지 검선이 보증해 줘서 제법 간단하게 자격 요건을 채울 수 있었다.

"보증인이 확실하기에 능력에 대한 간단한 설명을 첨부해서 보내면 됩니다. 형식상의 일이니 크게 신경 쓰시지 않아도 됩니다."

검선이 도움이 될 줄은 몰랐다. 진우의 기억 속에 검선은 민폐 그 자체였기 때문이다.

진우는 서재로 들어갔다. 가볍게 능력에 대해 작성하고 얼른 성소를 통해 엘론티로 갈 생각이었다.

'설명이라……'

어차피 형식상이니 간단하게 작성하면 될 것 같았다.

'그래도 형식은 맞춰야지.'

일단 유나에게 참고 서적들을 부탁했다. 유나가 바로 선별해서 골라왔다. 진우는 일단 정보의 마안으로 여러 참고 서적의 정보를 흡수했다. 서적에 랭크가 있을 리가 없으므로 기이하게 변형되어서 머릿속에 저장되었다.

'황금의 군주' 덕분이었다.

진우는 키보드에 손을 올려놓았다.

'음?'

뭔가, 뭔가 마구 써지기 시작했다.

'예전에는 자기소개서도 쓰기 힘들었는데.'

머릿속에 있는 것들이 정리되더니 손끝에서 폭발했다. 정보를 토해내는 것 같은 감각이었다.

'괜찮겠지.'

진우는 그 흐름에 몸을 맡겼다. 진우의 집중력은 너무 좋았다. 이미 인간을 아득히 돌파한 상태였다. 그의 머릿속에 있는 황금의 군주가 직접 쓰는 것 같은 느낌이었다.

진우의 의식이 저 멀리 날아가기 시작했다. 이 정도면 됐다는 생각에 손을 멈추었다. 꽤 오랫동안 집중한 것 같았다. 써 내려가는 재미도 있어 시간 가는 줄 모르고 타자를 쳤다. 300페이지가 넘어갔다. 검토하기가 귀찮을 정도의 분량이었다. 대충 읽어보니 형식에 맞게 제대로 쓴 것 같기는 했다.

유나가 다과를 가지고 서재에 들어올 때, 진우는 기지개를 켜며 자리에서 일어났다. 엘론티로 갈 생각에 조금 급하게 작성한 감이 있었다.

"벌써 다 작성하신 겁니까?"

"뭐, 대충 썼어. 음, 문제 있을까?"

"제가 검토해 보겠습니다. 형식상이니 걱정하지 않으셔도 됩니다."

"문제없으면 그쪽에 넘겨줘."

"알겠습니다."

유나는 A랭크 라이센스를 소지하고 있었다. 기사 후보생이 었고 기사가 될 가능성이 컸던 유망주였다. 그런 그녀가 검토한다면 확실했다. 귀찮은 일을 해주니 정말 고마웠다.

"이제 가봐야겠다."

"게이트에 가시는 겁니까?"

"응."

"……알겠습니다."

유나는 조금 힘없이 대답했다. 진우가 서재 밖으로 나가자 유나는 모니터 화면을 바라보았다. 스크롤을 올려보니 제목이 보였다.

'검의 미학'

그러한 제목이었다. 유나는 글을 읽기 시작했다.

'이건……'

단순한 설명이 아니었다. 완성된 이론이었다.

읽을수록 그녀의 표정이 놀라움으로 물들었다.

서재 밖으로 나온 진우는 최근 유나의 모습을 떠올려 보았다.

'요즘 들어 기운이 없어 보이네.'

유나는 근무시간 외에 수련장에서 살다시피 했다. 경호팀장의 말에 따르면 죽을 정도의 훈련량을 소화하고 있다고 한다.

진우가 말릴 때마다 더욱 훈련 강도를 높이고 있어서 말리기도 무서웠다.

'나중에 게이트에 데리고 가는 것도 괜찮겠지. 기분 전환도 되겠고.'

진우는 그렇게 생각하며 고개를 끄덕였다. 유나와 총지배인은 진우가 전적으로 신뢰하는 사람이었다. 유나만큼은 정보의 마안으로 확인해서가 아니라 그냥 믿을 수 있었다.

탐욕의 군주는 운이 좋아서 해결되었지만, 앞으로는 그렇지 않을 것이다. 이제 믿을 만한 사람의 조언이 필요했다. 앞으로의 여정은 좀 힘들 것 같았으니까.

진우는 황금의 성소로 이동했다. 늘 그렇듯 아리나가 진우를 맞이했다. 진우는 그녀에게 허영의 군주에 대해 아는 것이 있냐고 물어봤다.

"허영의 군주 말씀입니까? 탐욕의 군주 다음가는 악랄한 군주였습니다."

"그래?"

"네, 허영심이 많은 놈의 육체에 빙의했는데, 주로 왕이나 마왕 같은 존재였습니다. 허영심을 채우기 위해 재정을 파탄시키고 땅을 황폐하게 했지요. 식량을 하급 마물들에게 마구 뿌린 일화는 전설에 가깝습니다."

"그래?"

"네, 그것도 대흉작 시절 때! 단지 마물이 귀엽다는 이유로! 그런 악랄한……!"

"……그렇군."

허영의 군주, 12군주 중 약체에 속하는 편으로, 실체가 없이 육체를 옮겨 다니는 군주이다. 마계와 다른 차원이 황폐해진 이유는 탐욕의 군주와 허영의 군주가 연이어 벌인 환상적인 콜라보 때문이었다. 이해가 가지 않는 부분도 있었지만, 그냥 넘어가도록 하자.

엘론티에서 세계수와 정령 마법을 이용해 봉인석을 지키고 있었다. 봉인석은 허영의 군주의 힘이 보관된 돌이었다.

주인공은 갖은 고생 끝에 엘프들을 설득해 봉인석을 얻어냈다. 봉인석의 힘을 약하게 만들면 허영의 군주가 가진 권능과 힘도 약해졌지만, 깨뜨리게 되면 완전히 풀려나게 된다.

주인공의 트롤링으로 인해 봉인석이 깨져, 허영의 군주는 자유롭게 여러 게이트를 옮겨 다녔다. 매번 아슬아슬하게 놓쳐서 고구마와 발암의 모험이 계속되었다. 처음에는 공해상의 게이트에서 출몰했는데, 결국 중국 게이트까지 넘어가게 되었다. 최종적으로 주인공의 라이벌에게 빙의해 강력한 힘을 발휘했다.

'그놈 이름이 왕국량이던가?'

여기까지가 허영의 군주에 대해 진우가 알고 있는 내용이었다.

'분량 늘리기 대단했지.'

허영의 군주를 해치우는데 무려 3권 분량이 소모되었다.

아! 그때 그만 봤어야 했는데……. 그놈의 오기가 문제였다.

'엘프가 있는 곳은 중국 게이트와 연결돼 있으니까.'

본래라면 주인공처럼 중국 게이트를 통해 엘프들이 있는 곳으로 가야 했지만, 진우는 이미 엘론티로 게이트를 열 수 있었다. 굳이 중국까지 가지 않아도 되어서 다행이었다.

'장비를 챙겨볼까.'

낯선 곳으로 가는 것이니 장비는 든든하게 챙겨야 했다. 진우는 창고에서 가장 좋은 검을 꺼냈다. B랭크의 검이었는데 무기 중에서는 가장 비싼 돈을 주고 샀었다. 아름답기도 해서 장식용으로도 좋았다.

'좋은 거 다 바르자.'

재료를 아낄 필요 없었다. 강화석과 속성석을 마구 때려 넣어 강화했다. 아슬아슬하게 한계치까지 강화할 수 있었다.

역시 행운은 배신하지 않았다.

[A]폭풍검+12

골든 메이커 황금의 군주가 한계치까지 강화하였고 풍속성을 부여했다. 삭풍검이라 불리는 보검이었지만, 그런 초라한 이름은 어울리지 않는다. 폭풍 같은 위력을 지닌 검이다.

*속성: 바람, 물.

괴물이 탄생했다. 랭크를 보면 뭔가 그럴듯했는데, 위력은 짐작되지 않았다. 아리나가 검을 멍하니 바라보았다.

"……엘론티를 정복하러 가시는 겁니까?"

"그럴 리가. 이 정도면 든든하겠지."

검을 강화한 후 진우는 이것저것 챙겼다. 옷도 최고급으로 빼입었다. 강화도 잊지 않았다. 안전한 것이 최고였다.

짐을 챙기다 보니 왠지 여행을 가는 기분이 났다. 아리나도 같이 가고 싶어 하는 눈치였지만 아무래도 마족이다 보니 성소에 남겨두는 것이 좋을 것 같았다.

진우는 황금의 성소 중앙으로 이동했다. 그곳에서 차원의 흐름을 타고 다른 공간으로 이동할 수 있었다.

참으로 편한 기능이었다. 당연히 다른 게이트나 차원으로 가는 것은 공짜가 아니었다. 차원 금화가 들어갔다.

'기대되는군.'

항상 다른 경호원들에게 둘러싸여서 다녔기에, 혼자 떠나는 여행은 이번이 처음이었다. 고랭크에 이르는 아이템들로 무장했고 레벨도 어디 가서 꿀리지 않았기에 걱정은 없었다.

'판타지 하면 역시 엘프지.'

진우는 그렇게 생각하며 차원 금화를 잔뜩 쑤셔 넣자 차원 포탈을 열었다. 차원 금화가 분해되며 금빛이 뿜어져 나왔다. 포탈이 진우 바로 앞에서 열렸다. 진우는 망설임 없이 안으로 들어갔다.

"오……"

포탈을 넘어서자 보이는 것은 역시 숲이었다. 지구에서는 볼 수 없는 형태였다.

'좋구만.'

숲 내음이 상당히 괜찮았다. 포근한 느낌이었다. 엘론티에서 조금 떨어진 곳으로 이동된 모양이었다. 정보를 살펴보니 차원 금화를 조금 많이 넣은 탓이었다.

'엘론티는 저쪽인가?'

원작 소설의 묘사에 부족함이 있었다. 숲은 기운이 없어 보이기는 하지만 상당히 아름다웠다. 하늘이 보이지 않을 정도로 우거져 있었지만, 빛을 발하는 식물 때문인지 어둡게 느껴지지 않았다. 아름다웠다. 이러한 분위기는 최신 CG로도 표현할 수 없을 것이다.

'음?'

엘론티로 이동하려던 순간 숲 바깥쪽에서부터 시끄러운 소리가 들렸다. 돼지가 울부짖는 소리와 흡사했다. 처음 듣는 소리지만 왠지 정겨웠다.

진우는 일단 그쪽으로 이동했다. 막대한 마력이 뿜어져 나가며 진우의 몸이 빠르게 나아갔다. 진우의 몸놀림은 간결했고, 품위가 있었다. 당연히 의도한 바는 아니었다.

숲과 초원의 경계선까지 도착했다. 진우는 높은 언덕 위에서 눈앞에 펼쳐진 광경에 잠시 고개를 끄덕였다.

'너무 전형적인데……'

오크 부대와 엘프들이 전투 중이었다. 딱 판타지에 나올법한 상황이었다.

'엘론티가 오크들에게 자주 침공을 받는다고 나오긴 했지.'

허영의 군주 때문이었다. 오크들이 봉인석을 노리고 있다는 짤막한 설정이었다.

오크들은 숫자가 천이 넘어갔는데, 엘프들은 그에 비해 상당히 적은 숫자였다. 오크들이 숲을 불태우기 시작했다. 엘프들이 물의 정령을 소환해 불을 끄려 애쓰고 있긴 한데, 효과가 미미했다.

진우는 엘프가 소환한 정령을 바라보았다. 뭔가 비실비실했다.

[E -> F+]물의 하급 정령
엘프의 정령 마법으로 소환한 물의 정령. 영양 부족 상태라 본래의 힘에 40%밖에 낼 수 없다.

생각했던 것보다 엘론티의 상태가 심각했다. 판타지에서 엘프들이 등장하는 방법은 크게 두 가지였다. 첫 번째는 주인공이 숲을 지나가다가 갑자기 쏟아져 온 화살을 맞이하는 것. 두 번째는 몬스터에게서 엘프들을 구해주는 것이다.

굳이 엘론티에 입장하는데, 엘프들의 호감을 사거나 할 필요는 없었다. 진우는 지원을 해주고 엘론티의 귀족 신분을 얻었기 때문이다.

'앞으로의 일을 위해서는……'

역시 구해주는 것이 바람직했다. 겸사겸사 검도 시험해 볼 수 있을 것 같았다.

취이익!

전형적인 오크의 소리가 들려왔다. 어째서 정겹나 했더니 전형적인 판타지 소설에서나 나오는 오크 소리였기 때문이다. 오크들은 레벨이 높지 않았다. 20대에서 40대까지였다.

오크들이 마구 달려들기 시작했다. 화살이 하늘을 메우며 오크들에게 쏟아졌다. 오크들은 화살을 맞으면서도 진격했다. 오크답게 대단히 단순했다.

진우는 검을 잡았다. 높은 언덕에서 뛰어내리며 오크들 사이에 내려섰다. 진우의 검이 오크 하나를 가르고 자연스럽게 바닥을 찍었다.

그 순간이었다.

두드드드! 콰아!

진우를 중심으로 대지가 갈라지더니 수십의 오크들이 하늘로 마구 치솟았다. 진우가 의도했던 것과는 전혀 다른 결과였다. 진우는 일단 부대장으로 보이는 놈을 제거하려는 의도였다.

'이거……'

분명 가볍게 내리찍었는데…….

강화가 너무 심각하게 잘된 것이 문제였다. 하늘로 치솟은 오크들은 기이하게도 계속 하늘에 떠 있었다.

진우가 허리를 펴고 땅에서 검을 뽑자.

툭! 투두두두둑!

오크들이 소나기처럼 떨어져 내렸다.

진우는 볼 수 있었다. 그가 자세를 잡을 때까지 오크들을 떠오르게 하고 있던 복잡한 술식들을 말이다.

'하여간 연출 하고는……'

어쨌든, 위력만큼은 엄청나니 만족스러웠다.

진우는 고개를 들어 오크들을 바라보았다.

정적이 내려앉았다. 엘프들에게 달려들던 오크도, 엘프도 모두 멍하니 진우 쪽을 바라보았다.

진우의 검에 마력이 폭발하듯 모여들었다. 찬란한 황금빛이 뿜어져 나오며 주변의 오크 시체들을 증발시켰다. 살짝 휘날리는 머리카락과 펄럭이는 옷자락, 그리고 무심한 표정은 전장과는 거리가 있어 보였다.

진우는 가볍게 검을 휘둘렀다. 단순한 휘두름이었지만 허공에 유려한 궤적을 만들어냈다. 황금빛 검기가 뿜어져 나가며 정면의 모든 것을 잘라 버렸다. 정면에 있던 오크 대장의 목에서 살짝 피가 흘러나왔다.

오크 대장은 눈을 부릅떴다. 무언가 말하고 싶었지만 말할 수 없었다. 피가 뿜어져 나오더니 머리가 바닥에 떨어졌기 때문이다. 주변의 오크들의 목이 시차를 두고 도미노처럼 쓰러져 내렸다. 육체가 바닥에 쓰러지는 데까지는 조금 시간이 걸렸다. 분명 몸통을 훑고 지나간 것 같았지만 어쨌든 처리했으니 상관없었다.

황금의 군주는 일대일보다 다수를 상대할 때 진정한 위력을 발휘했다. 검의 위력은 물론이고 연출 역시 극대화되었다. 쓸데없이 마력이 소모되는 느낌이었지만 마력은 넘칠 정도로 많으니 큰 영향은 없었다.

진우의 검은 거침이 없었다. 특별한 검술의 기교 없이 파괴력으로 밀어붙여도 충분했다. 검이 워낙 좋아서 검술을 펼치지 않아도 알아서 오크들이 터져 나갔다.

진우가 움직일 때마다 수십의 오크에게서 피분수가 치솟는 광경은 가히 장관이었다.

뿌우우!

뿔피리 소리가 들리자 오크들이 퇴각하기 시작했다.

진우는 살짝 숨을 내쉬며 검을 검집에 넣었다.

휘이익!

검면을 따라 휘몰아치는 폭풍을 보는 듯한 빛이 뿜어져 나왔다. 소리 역시 폭풍을 연상시켰다.

검을 완전히 검집에 넣는 순간.

철컥! 파앙!

진우를 중심으로 거센 바람이 몰아치더니 숲의 불길이 모조리 꺼졌다.

"……."

그저 검집을 넣은 것일 뿐이었는데, 마무리까지 완벽했다.

다시 침묵이 자리 잡았다.

'음…….'

어쨌든, 오크들의 숫자가 꽤 줄었으니 당분간은 괜찮을 것 같았다. 도주하는 오크 쪽을 바라보다가 엘프들을 향해 몸을 돌렸다. 엘프들은 다들 멍한 표정이었다. 무기를 든 채로 굳어 있다가 천천히 무기를 내렸다.

멍한 표정이었지만 미모를 감추지는 못했다. 역시 엘프라 그런지 다들 상당한 미모를 자랑했다.

'원작에서는 상당히 싸가지 없고 냉정하던데…….'

실제로 어떨지 궁금했다.

엘프들이 정신을 차리더니 다급히 고개를 숙였다. 진우도 묵례하자, 그들은 당황하며 더 깊게 고개를 숙였다. 원작의 묘사처럼 예의가 없지는 않았다. 오히려 진우가 부담스러울 정도였다.

숲에서 누군가 달려왔다. 주변에 있던 엘프들이 정중히 무릎을 꿇었다.

"도움에 정말 감사드립니다. 황금의 군주님. 군주님께서 오시지 않았다면 엘론티는 큰 희생을 치렀을 것입니다."

엘론티 디 엘라. 싸가지 없는 히로인. 원작 독자들에게 제일 많이 욕을 먹었던 여인이었다. 엘라는 주인공을 무시하고, 냉대했다. 그 컨셉은 엘론티에서 활동할 때까지 계속 유지되었고, 그 이후에는 언급된 바가 없었다. 그러나 지금은 굉장히 예의 바른 태도로 진우에게 진심을 담아 인사를 하고 있다.

진우는 엘라를 바라보았다. 역시 판타지의 꽃은 엘프였다. 여왕이니 더욱 아름다운 건 두말 할 필요도 없었다. 빛이 나는 것 같은 화려한 금발에 숲을 닮은 초록색 눈동자, 잘 빠진 몸매는 그야말로 여왕 그 자체였다. 순해 보이는 눈망울 덕분에 차갑다는 인상은 전혀 들지 않았다. 오히려 따뜻한 느낌이 들었다. 약간 병약해 보이긴 했는데, 그것조차 매력이 있었다. 식물의 줄기를 엮은 것 같은 하얀 드레스도 인상적이었다.

'음…….'

지구에 나타난다면 아마 난리가 나지 않을까?

진우는 그런 생각을 했다.

엘라는 진우의 눈치를 살폈다. 엘프들도 마찬가지였다.

진우를 멍하니 올려다보다가 화들짝 놀라며 고개를 숙이는 엘프도 있었다. 진우는 그런 반응이 무척이나 신선하게 느껴졌다. 주인공과 같은 흔해 빠진 전개는 아니었다.

차원 금화를 지원을 해주었고, 오크들로부터 구해주기까지 했다. 게다가 진우는 엘론티의 귀족 지위를 가지고 있었다. 그러니 저런 태도가 일반적이라고 볼 수 있었다.

'요즘 너무 막장을 많이 겪어서 그런가?'

정상적이면 의심부터 하게 되는 자신이 슬프게 느껴졌다.

진우는 고개를 끄덕이면서 입을 뗐다.

"네, 반갑습니다."

"엘라 디 엘론티입니다. 이렇게 만나 뵙게 되어 영광입니다. 군주님의 명성은 전 차원을 뒤흔들고 있지요. 오늘 직접 뵈니 그 명성은 오히려 아주 작은 부분임을 깨달았습니다."

"과찬이십니다."

엘라의 말에는 진심이 담겨 있었다. 전혀 가식적으로 느껴지지 않았다. 그녀의 눈망울은 굉장히 맑고 투명했다.

"정말 감사드립니다. 군주님 덕분에 엘론티는 희망을 품을 수 있게 되었습니다. 어려운 결정이셨을 텐데⋯⋯. 엘론티로 모시겠습니다."

엘라는 굉장히 정중했다. 원작의 묘사와 매치되지 않았다.

"누추한 곳이지만, 안내해 드리겠습니다."

엘프 여왕이 직접 엘론티를 안내해 주었다.

호위병들은 모두 여성이었고 주변을 둘러보니 여성 비율이 압도적으로 높았다. 갑옷은 노출이 상당했다. 원작 작가의 흑심이 잔뜩 들어간 느낌이었다. 원작 작가를 저주하는 진우였지만 이번만큼은 조용히 넘어갔다. 드물긴 하지만 때로는 통하는 것이 있기도 했다.

'좋은 곳이네.'

엘론티의 전경은 아름다웠다. 멀리 보이는 거대한 나무를 중심으로 성과 마을이 형성되어 있었다. 나무를 자르지 않고 나무 그 자체가 건물이 되었는데, 그야말로 자연 속의 마을이었다. 저 거대한 나무가 바로 세계수였다. 잎사귀가 많이 없었고, 메말라 보였다. 세계수라는 이름이 아쉬울 정도로 초라했다.

'탐욕의 군주가 뿌리를 먹어치웠다고 했지.'

아마도 샐러드 먹듯이 먹어치웠을 것이다. 일 대 일로 만나면 참 신사적이고 괜찮은 친구인데, 민폐도 이런 민폐가 없었다.

진우가 인상을 쓰자 엘라가 흠칫했다.

"그…… 지원해 주신 금화는 밭을 조성하고 세계수와 숲을 회복시키는 데 사용했습니다."

"그렇습니까?"

"네, 저 밭입니다."

성 앞에 조성된 밭을 보여주었다. 세계수의 힘이 약해졌고 토양이 오염되어 과일이나 영양소가 풍부한 잎사귀들은 이제 나오지 않는다고 한다. 동물들도 사라지고 없었다. 각고의 노력 끝에 간신히 밭을 조성해서 싹을 피웠는데, 진우가 지원해 준 차원 금화로 상당한 진척이 있었다고 말해주었다.

밭에는 새싹이 올라오고 있기는 했다. 오염된 토양에서만 나오는 검은빛의 벌레들이 기어 다녔다. 엘프들이 수작업으로 벌레들을 제거하고 있었다.

'잠깐……'

진우는 원작 내용이 떠올랐다.

'그러고 보니……'

경고 사격을 받은 주인공은 어떻게든 허영의 군주에 대한 실마리를 찾고 싶어 했다. 엘론티 들어가려다가 성 앞의 풀들을 태워 먹은 묘사가 살짝 나왔다. 원작에서 엘프들은 그저 허영의 군주를 제거하는데 방해하는 이들로 설명을 했다.

"이 밭을 조성하는 데 얼마나 걸렸습니까?"

"대략 60년 정도입니다. 대지에 마력과 영양분이 부족하고 벌레들이 들끓어 오랜 시간 기다려야 했지요. 군주님의 지원

덕분에 밭을 유지할 수 있게 되었습니다. 다시 한번 정말 감사드립니다."

"아……."

이제 이해가 되었다. 그 60년의 성과를 하루아침에 날려 버린 것이 바로 주인공이었다.

처형을 당하지 않은 것이 다행이었다. 엘라가 그렇게 주인공을 대한 것이 이해가 되었다. 이런 배경 설명을 빼놓았으니 개연성이 부족한 것은 당연했다. 결국, 엘라만 이상한 히로인이 된 것이었다.

주인공을 가둬놓기는 했지만, 나중에는 풀어주고 조언까지 해주었다. 엘라의 호위병들이 격렬하게 주인공을 죽이려 했던 것도 이해가 되었다.

만약 자신이었다면 그 자리에서 없애 버리지 않았을까?

진우는 갑자기 등골이 오싹했다.

'……JW에 봉인시키길 잘했군.'

주인공의 트롤링 목록이 6건으로 업데이트되었다. JW에 봉인해 놓은 것은 인생 최고의 선택이었다. 아무래도 주인공이다 보니 조금 찜찜하기는 했는데, 그런 찜찜함이 모두 사라졌다.

진우는 엘라와 함께 밭을 돌아보기로 했다. 엘라는 밭으로 들어가 새싹을 퍼 올려 보여주었다. 뿌리라도 다칠까 조심스러웠다.

"참 기특한 아이지요? 튼튼하게 자라고 있습니다."

"그렇군요."

"이 아이도 군주님께서 베푸신 은혜를 잊지 않을 겁니다."

상당히 사정이 안 좋았지만 어떻게든 살아가기 위해 노력하고 있었다. 정말이지 사정이 딱한 히로인이었다.

진우는 엘라의 안내를 받으며 마을에 도착했다.

"둘러봐도 괜찮을까요?"

"네, 물론입니다."

마을은 보기 좋았다. 오랜만에 시골 동네에 온 것 같은 푸근한 느낌이 들었다. 가구를 생산하고 있는 엘프들도 있었고, 그림이나 조그마한 조각상을 만드는 모습도 보였다.

양조장은 간신히 가동되고 있었다. 숲 자체는 규모가 상당했지만, 엘프들의 숫자는 그 규모에 비해 적었다.

오크들의 계속된 침략 때문이었다.

'실력은 정말 대단한데?'

조각상이라고 말하기는 했지만, 나무를 깎아 만든 것이 아니라 나무 그 자체를 변경시킨 느낌이었다. 색도 자연스럽게 입혀져서 생동감이 넘쳤다.

그림도 마찬가지였다. 몇 가지 없는 색으로 그렸지만, 마치 튀어나올 것 같은 느낌이었다. 진우는 이쪽 방면에는 문외한이었지만, 확실히 예술이라 부를 만했다.

"마음에 드십니까?"

"대단한 장인들이군요."

진우가 칭찬하자 엘프들의 귀가 벌겋게 달아오르며 쫑긋거렸다.

"군주님! 선물로 드리겠습니다!"

"이것도⋯⋯."

"정말 감사드립니다. 받아주세요."

진우는 엘프 장인들의 선물을 받았다. 엘프들은 굉장히 친절했다. 마을을 한 바퀴 도니 선물이 품에 가득 찰 정도가 되었다. 엘프들은 여왕을 대하는 것과 같은 태도로 진우를 대했다.

'음?'

문득 걷다가 뒤를 바라보았다. 따라오던 엘프들이 화들짝 놀라며 몸을 숨겼다.

후두둑!

나무 위에 있던 엘프들이 서로 몸이 엉키며 바닥에 떨어졌다. 호위병들이 재빨리 달려가 엘프들을 옆으로 밀었다.

"아! 서, 성안으로 가시지요."

"네. 그러지요."

엘라는 무척 당황한 듯했다.

성안에서 본격적인 이야기가 시작되었다. 진우가 온 목적은 허영의 군주 때문이었다. 숨길 것 없이 그에 대해 바로 말했다. 엘라는 차분한 표정으로 고개를 끄덕였다.

"허영의 군주, 오래전, 선대 여왕께서 세계수의 힘으로 그를 봉인했지요. 세계수가 힘을 잃고 회복하지 못하는 원인 중 하나입니다. 저도 적극적으로 돕고 싶습니다만⋯⋯."

무언가 문제가 있는 모양이었다.

"봉인석이 있는 세계수의 중심으로 가기 위해서는 세계수의 의지를 깨워야 합니다. 한때 저도 여왕으로서 세계수의 의지를 다루는 힘이 있었습니다. 그러나 지금은⋯⋯."

여왕에 관한 사랑과 관심, 그리고 지지가 세계수의 의지를 깨우고 움직이게 할 수 있었다. 그런데 지금은 세계수의 목소리도 들을 수 없다고 한다. 엘프의 숫자가 적어졌고, 오크들의 침략으로 숲의 규모도 작아졌기에 현재로서는 턱없이 부족했다. 세계수의 힘이 현저하게 약해진 이유도 있었다.

봉인석이 있는 곳까지 가려면 세계수의 도움은 필수였다. 아니면, 세계수의 중심부까지 파괴하면서 가야 했다. 그렇게 한다면 세계수는 아마 견디지 못할 것이다. 원작에서는 언급되지 않은 부분이었다.

진우는 잠시 생각에 빠졌다.

'원작에서는⋯⋯.'

엘프들의 긴 회의 끝에 간신히 허락이 떨어지자 주인공은 거침없이 세계수의 중심으로 나아갔다. 마치 던전에 들어간 것처럼 세계수의 줄기가 공격했는데, 그는 마구 잘라 버리며 진격했다. 아마도 엘라는 허영의 군주를 막는 것이 세계수보다 더 중요한 일임을 알고 희생을 감수한 것 같았다.

주인공은 봉인석을 얻자마자 바로 엘론티를 떠났다. 그 후 바로 봉인석을 깨뜨려 먹었고, 3권 분량의 모험이 시작되었다. 솔직히 첫 편과 마지막 편만 읽으면 전체 내용을 알 수 있었다.

봉인석을 얻은 이후에 엘론티가 어떻게 되었는지 나오진 않았다. 엘라 역시 엘론티와 함께 빠르게 퇴장하여 최단기 퇴장 히로인이라는 불명예를 안게 되었다.

그때의 인상적인 댓글이 떠올랐다.

'와, 이제 좀 살 것 같네.'

'정말 어지간히 해야지.'

'발암 캐릭터 없어져서 좋네요. 이제 주인공도 없어져야죠? 네? 죽이고 완결하죠? 네?'

너무한 결말이었다. 진우도 비슷한 댓글을 달긴 했다.

'알고 보면 참 착한데 말이야.'

바라보는 것만으로도 마음이 포근해지는 느낌이었다. 숲속에서 느낄 수 있는 따듯함과 포근함이었다.

진우는 고개를 돌려 호위병들을 바라보았다.

'훈훈하군.'

역시 정말 대단했다! 오랜만에 힐링이 되는 기분이었다. 총지배인이나 고위 심사관 같은 약간 정신이 나간 이들만 상대하다가 너무 지쳐 버린 진우였다.

진우는 잠시 엘라의 정보를 살펴보았다.

Lv.68

[B]엘론티 디 엘라.

지위: 엘론티의 여왕.

나이: 201세.

호감도: 65%

보유기술: [A]천상의 노래, [A]요정의 춤, [C]요정의 기도, [B]정령술, [C]궁술, [C]농사

*특수 기술

[A]숲의 여왕

관심과 인기, 지지도가 높아질수록 세계수와의 연결이 강해진다. 세계수의 의지를 깨워 숲 전체를 움직일 수 있다.

[A]숲의 가무

거친 자연재해조차 물러가게 하는 춤과 노래는 천상의 것이라 불러도 손색이 없다. 정신을 맑게 해주고 근심을 지워주는 힘을 지녔다.

레벨과 전체 랭크는 낮았으나 보유기술은 대단했다. 하나하나 모두 엘프 여왕다운 기술이었다.

'주인공처럼 막 나갈 순 없지.'

세계수가 죽어버리면 엘론티도 멸망할 건 불 보듯 뻔했다. 숲마저 사라진다면 오크들에게서 살아남을 수 없을 것이다.

엘라는 도움이 되지 못해 굉장히 미안해했다. 살짝 눈물마저 보일 정도였다. 그걸 보니 오히려 진우가 미안했다.

"군주님께 도움이 되지 못해 정말 죄송합니다."

"아닙니다. 사정이라는 게 있으니까요. 시간도 충분하니 같이 방법을 생각해 봅시다."

"네, 제가 도울 수 있는 일이라면 뭐든지 돕겠습니다."

이 얼마나 훈훈한 광경이란 말인가.

진우는 대화하면서 감동으로 차올랐다. 참으로 오랜만에 정상적인 대화를 한 느낌이었다. 판타지에 나오는 엘프, 그것도 여왕과의 대화가 가장 정상적이라니, 생각해 보면 참으로 기가 찰 노릇이었다.

방법을 고민해 보았다. 그저 도움만 주어서는 안 될 것 같았다. 차원 금화는 남아돌기에 지원해 준다고 하니 엘라는 화들짝 놀라며 어찌할 바를 몰라했다. 저번 지원금에 대한 은혜를 갚기도 힘들다고 했다.

그러고 보니 이런 열악한 상황임에도 불구하고 정기적으로 엘프주와 엘프차, 가구 등을 꾸준히 보냈다.

'아⋯⋯.'

진우는 또다시 미안해졌다. 차원 금화를 더 지원해 준다면 아마 그녀의 심성상 견디지 못할지도 몰랐다. 게다가 그저 차원 금화를 쏟아붓는 것만으로는 한계가 있어 보였다. 서로 오고 가는 게 있어야 자생력도 갖춰질 것이고 살아가는 원동력이 될 수 있었다.

세계수의 의지는 고민을 해봐도 답이 나오지 않았다.

"저도 도움을 받아야 하니 도움을 드리겠습니다. 이러면 서로 괜찮겠지요?"

"정말 감사드립니다."

엘라는 진우를 바라보다가 눈물을 뚝뚝 흘렸다.

엘라는 마음고생이 굉장히 심했던 것 같았다. 호위병들도 살짝 눈물을 보였다. 엘프는 우는 것조차 예뻤다.

"어려움에 감사하고 싶습니다. 덕분에 군주님께서 엘론티에 오셨으니⋯⋯."

말 정말 예쁘게 하네!

엘라는 맑은 눈동자로 진우를 바라보았다.

"근원석을 공유해 드리겠습니다. 언제든 엘론티의 중심으로 오실 수 있으실 겁니다."

"감사합니다."

엘라는 눈을 감고는 숲의 근원석을 소환했다. 진우가 가지고 있는 열쇠에 엘론티가 등록되었다.

[황금의 열쇠에 엘론티가 등록되었습니다.]

[황금의 군주에 관련된 모든 것은 분해의 영향을 받지 않습니다.]

[엘론티로 바로 이동할 수 있습니다.]

이제 성소를 통하지 않고 바로 엘론티로 이동이 가능해졌다. 편해서 좋았다.

진우와 엘라가 서로 마주 보며 웃었다.

"약소하지만 선물입니다. 장인들이 군주님께 감사를 표하고 자 담근 술입니다. 부디 받아주세요."

엘라는 조심스럽게 나무 병에 담긴 술을 건네주었다.

고급 엘프주였다. 랭크가 높은 값진 술이었다.

엘론티의 사정상 더는 만들어낼 수 없었다. 진우는 고급 엘프주를 받고 엘라를 바라보았다.

"저도 약소하지만……."

주기적으로 멀린에게 보내고도 황금사과는 넘쳤다. 황금사과가 가득 든 상자를 잔뜩 꺼내자 엘라의 눈이 동그랗게 떠졌다.

"선물입니다."

"가, 감사합니다."

엘라는 뜻밖의 선물에 어쩔 줄 몰라 했다. 진우는 만족했다. 저렴하게 표현을 하자면 베푸는 맛이 있었다.

사이다는 아니지만 따듯한 코코아를 마시는 기분이었다. 조금 일이 복잡해졌지만, 짜증이 나거나 하지는 않았다. 서로서로 좋은 결과가 나오도록 하는 것이 맞았다.

허영의 군주 때문에 한쪽이 손해를 본다면, 싸우기도 전에 패배하는 것이었다.

'혼자 고민해도 답은 내려지지 않으니…….'

진우는 고개를 끄덕였다. 부하 직원이 괜히 있는 게 아니었다.

유나는 검을 휘두르고 있었다. 검 끝에는 무거운 철근이 붙어 있었는데, 오랫동안 휘둘러 두 손이 덜덜 떨렸다. 땀에 흠뻑 젖었지만, 수행을 멈추지 않았다. 진우가 쓴 이론을 보자마자, 그녀는 큰 충격을 받았다. 그녀가 생각했던 이상적인 검의 형태가 그 이론 속에 존재했다. 자신의 단점이 눈에 보일 듯 명확해졌다. 마치 자신에게 이야기하는 것처럼.

'내 부족함을 알고 계셨어.'

유나는 이를 악물었다. 그 이론이 어떤 파문을 불러올지 부족한 자신으로서는 예측할 수 없었다. 다만, 그 계획에 지장이 없도록 진행하는 것이 그녀의 임무였다.

저번 일이 머릿속에 떠올랐다.

'결국, 해결한 건……'

총지배인이었다.

유나는 이를 악물었다. 그녀는 총지배인 만큼은 아니더라도 비슷한 정도의 신뢰를 받고 싶었다. 그러기 위해서는 총지배인 만큼의 무력이라도 되어야 했다. 오랫동안 검을 잡지 않아서인지 좀처럼 실력이 나아지지 않았다. 그녀는 답답함을 느꼈다.

"쉬엄쉬엄해. 그러다 병난다."

"도, 도련님?"

유나가 깜짝 놀라며 검을 내렸다.

색다른 복장의 진우가 보였다. 이렇게 늦은 시간에 진우가 찾아올 줄은 예상하지 못한 유나였다.

유나는 빠르게 검을 내리고 그에게 다가갔다. 진우는 제법 진지해 보였다.

유나는 그의 표정을 보자 긴장했다. 무슨 말이 나올지 예상할 수 없었다. 그러다가 진우의 말을 들은 유나는 그저 눈을 깜빡일 수밖에 없었다. 솔직히 조금 힘이 빠졌다.

"그러니까 엘프가…… 예쁘고 착한데, 그…… 여러모로 사정이 좋지 않다는 말씀입니까?"

모바일 게임을 안 하시는 것 같더니 다시 시작하신 건가?

예전에 가끔 가볍게 의견을 구한 적이 있긴 했다. 대부분 게임 회사를 인수해 버리는 결말이었지만 말이다. 유나는 그렇게 생각할 수밖에 없었다. 알아들을 수 없는 내용이었지만 성심을 다해 답변을 해야 하는 것이 그녀의 일이기도 했다. 일단 상황을 파악해야 했다.

"상황을 자세히 알지 못하면 대책을 마련할 수 없습니다. 제가 직접 봐야 할 것 같습니다."

"역시 그렇지? 준비해."

"네?"

유나는 예상외의 말에 진우를 바라보았다.

"직접 봐야 한다며."

"네, 그렇습니다만……."

"그럼 직접 가야지. 기분 전환도 되고 좋을 거야. 가보니까 꽤 좋더라고. 음, 휴가 간다고 생각해."

아무래도 외출을 준비하란 말 같았다.

"알겠습니다. 죄송하지만 잠시만 기다려 주십시오."

"천천히 준비해도 돼."

그녀는 현재 땀범벅이었다. 빠르게 샤워를 하고 평소에 입는 깔끔한 정장으로 갈아입었다. 경호원들을 대기시키고 도련님이 애용하시는 차의 키를 꺼내왔다.

준비는 완벽했다. 예전 같은 실수를 하지 않으려 경호 시스템을 더욱 강화했기에, 어디로 가든 전혀 문제가 없었다.

그녀는 한 번 더 경호팀을 점검하고는 기다리고 있는 진우에게 다가갔다.

"죄송합니다. 준비에 시간이 조금 걸렸습니다. 이동하시지요."

유나는 차고로 이동하려 했다. 그러나 진우는 움직이지 않고 유나를 바라보고 있었다. 의아한 눈으로 진우를 바라보자 진우는 그저 웃을 뿐이었다.

"이쪽이야."

진우가 손을 휘젓자 공간이 일그러지더니 황금빛을 뿜어내는 소용돌이가 생겼다. 유나의 표정이 멍해졌다. 진우를 따라 조심스럽게 안으로 들어갔다.

"아……."

눈앞에 새로운 세계가 펼쳐져 있었다. 유나는 넋을 잃고 바라보다가 손에 든 차 키를 떨어뜨렸다.

유나는 말을 잇지 못했다. 처음 황금빛 포탈을 봤을 때는 JW 게이트로 향하는 줄 알았다. 다소 멍하기는 했지만, 평정심을 발휘하며 진우의 뒤를 따랐다. 그러나 눈앞에 펼쳐진 풍경은 그녀가 상상했던 것과는 전혀 달랐다.

숲이었다. 거대한 나무들이 즐비한 숲. 숲이 하나의 마을을 이루고 있었고 하얀 나무 형태의 성이 보였다. 그리고 하늘을 가릴 정도로 거대하고 높은 나무가 존재했다. 생동감이 넘쳐 절대 꿈이라고 생각할 수 없었다.

'이종족……?'

귀가 긴 아름다운 여인들이 호기심이 섞인 눈으로 자신을 바라보고 있었다. 마치 판타지 영화에 나오는 엘프를 보는 것 같았다. 게이트 산업이 발달하면서 판타지 영화가 우후죽순 쏟아져 나왔다. 모든 영화에 엘프는 거의 빠지지 않았다.

지성을 지닌 이종족이 존재하는지에 대해 세계 최고의 게이트학 권위자들이 열띤 토론을 했고, 지금도 여전했다. 일반인들 사이에서도 유행하는 주제였다. 모 대형 커뮤니티나 미튜브에서는 '엘프 실존설'로 한때 시끄러웠다. 그러나 능력자 협회는 루머일 뿐이라며 일축했다.

간신히 정신을 차린 유나는 진우를 바라보았다. 진우는 이종족들의 환대를 받으면서 앞서 나가고 있었다. 그 모습이 무척이나 익숙해 보였다. 유나는 빠른 걸음으로 진우를 따라갔다.

"도, 도련님? 이건 대체……."

"아까 설명해 줬잖아."

"설명해 주신 건……."

유나는 진우가 이곳에 데려오기 전 했던 말을 떠올려보았다. 요약하자면 '엘프들이 참 예쁘고 착한데, 사정이 딱하다. 이런저런 문제가 있다. 그래서 도와주고 싶다.' 정도였다.

그런 설명으로 과연 이 상황을 이해할 수 있을까?

"엘프라고요?"

"그렇지."

창을 든 엘프들이 다가왔다. 식물로 짜올린 것 같은 흰색 갑옷과 하얀 천을 두르고 있었다. 굉장히 고귀해 보였는데, 진우를 보자 고개를 깊게 숙였다.

"군주님, 저분이 군주님께서 말씀하셨던 분입니까?"

"맞아. 어때?"

"과연……. 범상치 않습니다."

진우가 그렇게 말하자 엘프가 고개를 끄덕이며 유나를 바라보았다.

"황실호위단장님이셨군요. 환영합니다."

"네, 바, 반갑습니다."

황실호위단장?

엘프가 정중히 인사하자 유나는 그녀답지 않게 당황하면서 마주 보며 인사했다. 한국어를 하는 것 같지는 않은데 기이하게도 말이 통했다. 자신을 바라보며 피식 웃는 진우를 보자 유나는 겨우 평정심을 되찾았다. 진우는 자신이 당황하는 걸 보고 상당히 즐기고 있었다.

"설명해 주셔야겠습니다."

"가면서 천천히 이야기해 줄게."

"어디로 가는 겁니까?"

유나의 질문에 진우는 씨익 웃었다.

"여기 여왕 만나러."

"여왕……? 저들의 여왕 말씀하시는 겁니까?"

"맞아."

유나는 할 말을 잊었다. 격식 없이 이렇게 산책하듯 가서 이 종족, 아니 엘프의 여왕을 만난단다. 힘들기는 하지만 어떻게든 이해하려 노력했다. 무엇보다 궁금한 것이 있었다.

"혹시 총지배인도 알고 있습니까?"

"아니, 네가 처음이야."

"……그렇군요."

유나의 표정이 급속도로 밝아졌다.

"그럼, 이동하도록 하지요."

걸음에도 힘이 들어갔다. 그녀는 진우를 따라가며 질문 세례를 퍼부었다. 진우가 대답해 주기는 했지만 들으면 들을수록 이해가 되지 않았다. 진우는 엘라에게 유나를 소개해 주고 밭을 둘러본다며 사라졌다. 복잡한 설명을 하기 귀찮다는 이유가 가장 컸다.

엘라는 진우에게 했던 것처럼 유나를 안내해 주었다. 엘프 여왕이라 불편할 것 같았지만 의외로 편했다. 진우의 말대로 착하고 순진하게 느껴져 마치 여동생을 대하는 것 같기도 했다. 여왕이기는 하지만 말이다.

엘라도 진우를 대할 때보다는 유나를 편하게 대했다. 진우는 아무래도 군주다 보니 격식을 차릴 수밖에 없었다.

"군주님께서 많은 도움을 주셨어요."

"군주님……?"

"네."

유나는 의문이 생겼다. 모두 진우를 군주라고 부르고 있었다. 지구에서의 영향력을 생각해 보면 군주라 불러도 어색함이 없긴 하지만 그런 건 아닌 것 같았다.

유나는 살짝 돌려 물어보았다. 군주에 대해 어디까지 아느냐는 질문이었다.

"모든 차원을 고통에 빠뜨렸던 탐욕의 군주, 그 탐욕의 군주를 찾아가 직접 처리하셨지요. 탐욕의 군주가 무릎을 꿇으며 직접 황금의 왕관을 만들어 바쳤다고 합니다. 맞지요?"

"……네, 아마도……."

"역시 사실이었군요!"

유나는 일단 얼버무리며 대답했다. 엄청나게 스케일이 큰 이야기였다. 게이트에 갈 때마다 무슨 일을 하는지 알려주지 않았던 진우였다. 총지배인은 진우가 게이트에 온 것조차 몰랐다. 들어보니 군주는 흡사 마왕과도 같은, 아니 그보다 훨씬 강대한 존재였다.

진우는 대단히 큰 짐을 홀로 감당하고 있었다. 먼지투성이가 되어서 왔을 때는 위로해 주기는커녕 자신은 다소 감정 섞인 반응을 보였었다. 그런데 그 아름다운 포션이 군주를 해치우고 얻은 전리품이라고 생각하면 앞뒤가 맞았다. 유나는 마음이 아파졌다.

'……그래도.'

도련님이 자신을 믿고 도움을 요청한 것이다!

유나의 마음은 감동과 충성심으로 차올랐다. 그러나 자신의 부족함이 마음에 걸려 표정이 어두워졌다. 그런 거대한 신뢰를 감당하기에는 자신이 너무 초라하게 느껴졌다.

엘라는 그런 유나를 바라보다가 싱긋 웃었다. 엘라는 유나의 마음을 짐작할 수 있었다. 요정안이라 불리는 엘프의 눈은 생명체의 마음에 닿을 수 있는 눈이었다. 비록 황금의 군주를 바라볼 때면 끝없는 심연만 보였지만 말이다.

"유나 님께서는 군주님의 호위단장으로서 충분한 자격을 갖춘 분이에요. 군주님께서 유나 님에 대해 말할 때 굉장히 즐거워 보이셨습니다."

"……그렇습니까?"

"네! 자신을 의심하지 마세요. 모든 신뢰는 자신을 믿는 것부터 출발하니까요."

엘라의 말에 유나는 고개를 끄덕였다. 한결 마음이 가벼워졌다. 유나는 엘프들이 어째서 그토록 그녀를 사랑하는지 이해했다. 엘라는 부드러운 미소를 지으며 그녀를 바라보았다.

유나와 엘라는 이야기를 나누며 부쩍 친해졌다. 엘론티의 문제에 대해서도 깊은 이야기를 나누었다. 엘라는 유나가 굉장히 마음에 들었는지 아예 그녀의 손을 잡으며 반짝반짝 빛나는 눈으로 그녀를 바라보았다.

엘라는 친구가 없었다. 엘프들은 그녀를 경외의 대상으로 바라보았다. 그건 가장 가까이에 있는 호위병들도 마찬가지였다. 늘 존경과 흠모로 그녀를 대했다. 또래는 아니었지만, 어쨌든 유나가 친구처럼 느껴졌다.

"오크들이 엘론티를 공격했어요. 엄청난 대군이었지요. 그런데, 군주님께서 나타나셔서 파팍 하고……!"

"파팍 말씀이십니까?"

"네! 오크들이 한순간에 서걱!"

"그렇군요."

"휘이잉 파앙 하고……!"

"네."

도련님은 대체 무슨 일을 하신 걸까? 알 수 없었다.

진우는 엘프들과 상당히 친해졌다. 엘라는 물론이고 호위병들과도 친해졌는데, 자연스럽게 말을 놓게 되었다.

진우가 귀족이니 당연한 거라고 한다. 알고 보니 엘프는 오로지 여왕만 있고 다른 신분은 존재하지 않았다. 그러니까 귀족은 진우만을 위해 만든 특별한 신분이었다.

유나와 엘라의 만남은 상당히 인상적이었다. 마치 동양과 서양의 미가 만나서 시너지가 폭발하는 느낌이었다!

'주인공은 그런 광경 못 봤겠지.'

진우는 그런 생각을 하며 피식 웃었다. 아무튼, 밭에 이런저런 걸 시도해 볼 생각이었다. 엘라의 호위병, 델루가 진우의 곁에 서 있었다. 늘 엘라가 따라다닐 수는 없었기에 진우를 배려해서 붙여준 엘프였다.

진우는 일단 차원 금화 주머니를 꺼냈다.

"구, 군주님? 그건……."

"음……."

차원 금화를 한 움큼 집어 밭에 뿌렸다. 델루가 반쯤 넋이 나가 버렸다.

"꺄악!"

"아……!"

"허억!"

밭에서 벌레를 잡고 있던 엘프들도 마찬가지였다. 반응이 아주 다양했다. 진우의 눈에 차원 금화가 밭에 스며드는 것이 보였다. 순도 높은 마력이 뿜어져 나가며 밭에 영양분이 되었다. 그러나 곧 벌레들이 몰려와서 전부 먹어치웠다. 소용이 없는 듯했다.

'효과가 너무 미미한데.'

벌레를 잡는 장치도 금방 가득 차 소용이 없었다. 일단 골든 트리 몇 마리를 가져와 심어보았다. 벌레를 잡아먹고 성장하는 골든 트리였기에 기대를 했지만, 결과는 좋지 않았다.

'토양이 너무 안 좋군. 특히 마력이 심하게 부족해.'

포션을 물처럼 주고, 강화한 덕분에 지구에서도 잘 자랐던 골든 트리였지만, 이곳에서는 아니었다. 골든 트리가 벌레를 먹다가 바로 뱉어버렸다. 검은 벌레에 깃든 기운에 금방 오염되어 시들시들해졌다. 생존할 수는 있겠지만 성과를 내기는 어려워 보였다. 황금의 성소에 두니 폭발적으로 성장한 것을 떠올려 보면 역시 마력 또한 풍부해야 했다. 식물형 몬스터이기 때문에 상성의 문제도 있었다.

'이거 생각보다 쉽지 않은데?'

너무 쉽게 생각한 것 같았다. 그만큼 쉬웠다면 엘프가 오랫동안 고통받지는 않았을 것이다.

진우는 골든 트리를 아공간에 넣었다. 곰곰이 생각하고 있을 때 엘라와 유나가 밭에 도착했다. 유나의 손을 잡고 있었다. 참으로 흐뭇한 광경이었다. 유나는 진우의 시선을 느끼자 헛기침을 하고 슬쩍 손을 놓았다.

그녀는 진우의 옆으로 다가와 밭을 살펴보았다.

"해충이 많군요. 몬스터처럼 젠이 되는 것 같습니다."

"아마도 세계수의 힘이 줄어들어서겠지."

"음……."

유나는 손으로 검은 벌레를 집고는 진지하게 관찰했다. 잠시 생각하다가 엘라를 바라보았다. 벌레도 좋은 영양 공급원이긴 했다.

"엘프의 식성은 어떻습니까? 고기를 먹습니까?"

"고기는 먹지 않아요."

"특별한 이유가 있습니까?"

"엘프들은 후각과 미각이 발달해서 고기의 깊은 냄새와 맛을 잘 견딜 수 없어요. 게다가 동물에 깃든 불순한 마력은 엘프의 마력을 탁하게 만들기도 한답니다."

채식하는 엘프. 전형적인 판타지 설정이었다. 엘프가 오랫동안 힘든 생활을 버틸 수 있었던 이유는 엘프들이 지닌 순수한 마력 덕분이었다. 벌레도 마력에 영향을 주기에 먹을 수 없었다.

유나는 잠시 생각하다가 엘라를 바라보았다.

"마력이 없고, 냄새와 맛이 적은 고기라면 괜찮겠습니까?"

"네, 그러면 괜찮을 것 같아요."

대화를 듣다 보니 진우도 고개를 끄덕이게 되었다.

괜찮은 생각이 떠올랐기 때문이다.

"게이트 고기 말고, 지구의 것은 어떨까?"

"네, 시도해 봄직합니다. JW 요리에 비하면 지구의 요리는 맛이 깊지 않고 마력도 없으니까요. 영양도 JW 요리와 큰 차이가 없다는 연구 결과가 있습니다."

"처음 게이트 재료로 요리를 해 먹었을 때 충격이긴 했지. 반대로 생각해 보면……."

진우와 유나의 말을 듣고 있던 엘라는 이해하지 못하고 고개를 갸웃했다.

"일단 벌레를 연구소에 가져가서 분석을 해봐야겠군요. 독성이 있을 수도 있으니까요."

"그래. 어찌어찌 실마리가 보이긴 하네."

의외로 간단했다. 고기의 풍부한 향과 맛, 그리고 함유된 마력이 없으면 되는 문제였다.

진우는 바로 지구로 돌아가서 지구의 요리를 챙겨왔다. 연구소에 맡긴 벌레를 분석한 결과가 나왔는데, 마력을 먹어치우며 토양을 오염시키기는 하지만 특별히 위험하지는 않다고 했다.

벌레들은 대부분 지구에 오자마자 금세 죽어버렸다. 먹어치울 마력이 없어서였다. 마력을 자체 생산할 수 있는 수단이 없다면 생존할 수 없었다. 독성도 존재하지 않았다. 그건 마안으로 본 정보와 일치하는 결과였다.

엘라와 호위병들을 모아놓고 지구의 요리를 꺼냈다. 포션도 많으니 혹시나 하는 사태를 걱정하지 않아도 되었다. 진우가 가져온 것은 후라이드 치킨이었다. 엘라와 호위병들은 치킨의 냄새를 맡았다. 엘프들은 고기의 향을 맡으면 거부 반응이 생겼는데, 치킨은 그렇지 않았다. 오히려 향을 즐기기까지 했다.

"하일락과 비슷한 향기가 나네요."

"하일락?"

"네, 오래전에 멸종된 식물이에요."

진우는 고개를 끄덕였다. 게이트의 식물들은 향이 깊고 맛이 풍부해서 그럭저럭 이해가 되었다. 그리고 보면 채식주의자들도 환장하며 JW 문화센터에 줄을 서고 있었다. 여러 가지 식물을 섞은 샐러드는 가장 잘 팔리는 메뉴 중 하나였다.

"그, 그럼 먹어볼게요."

엘라가 먼저 치킨을 들었다. 잠시 망설이다가 한 입 베어 물었다. 진우는 유심히 엘라를 관찰했다. 정보의 마안까지 쓰면서 엘라의 몸에 변화가 있는지 살폈다.

우물우물하던 엘라가 눈을 크게 뜨며 감탄했다.

"아! 마, 맛있네요."

모두 치킨을 먹기 시작했다.

"아……."

"이건……!?"

호위병들도 먹어보더니 눈을 동그랗게 떴다. 엘프들에게는 간이 딱 맞는 것 같았다. 마력도 전혀 탁해지지 않았다. 오히려 오랜만에 영양소가 들어가 잠들어 있던 마력이 활성화되고 있었다. 비록, 마력을 보충해 주지는 못했지만 이 정도만으로도 충분히 훌륭했다. 역시 치킨은 대단했다.

엘라와 경호원들은 살짝 눈물까지 보였다. 거의 백 년 만에 먹어보는 제대로 된 음식이었기 때문이다. 지금까지 시들시들한 잎사귀를 먹거나, 나무줄기를 잘 갈아 죽을 해 먹었다. 요즘에는 그마저도 구하기 힘들어 아무리 엘프라도 버티기가 힘들었다.

진우는 고개를 끄덕였다. 역시 치킨은 진리였다.

"양계장을 만들어볼까?"

"시험해 보는 것도 좋을 것 같습니다. 자급자족이 가능해지면 식량 문제도 해결될 테니까요."

닭은 쉽게 구할 수 있으니 시도해 보는 것도 나쁘지 않았다. 진우는 미래전략실에 가장 씨알이 좋은 토종닭을 수배하라는 지시를 내렸다. 명령을 내린 지 얼마 되지 않아 바로 수백 마리가 배달되었다.

진우는 닭을 대량으로 아공간에 담아 엘론티로 가지고 왔다. 토종닭이 차원을 넘어 엘론티에 입성하는 순간이었다.

엘라와 엘프들이 몰려왔다. 요리에 대한 소문이 퍼졌는지 관심이 대단했다. 호위병이 잔뜩 몰려온 엘프들을 뒤로 물러나게 할 정도였다.

진우는 일단 닭 한 마리를 꺼냈다.

"귀엽네요."

"귀엽나요?"

"작고 귀여워요. 새인가요?"

"네, 날지 못하는 새라고 보면 됩니다."

"가여워요."

게이트의 동식물들은 모두 크기가 큰 편이니 닭이 귀여워 보일 만했다. 진우의 말을 들은 엘라는 가여운 듯 닭을 바라보았다.

"전에 먹었던 것이 이것입니다."

"네? 아……. 조, 좋은 새로군요!"

엘라의 눈빛이 바뀌었다. 호위병들도 마찬가지였다. 다른 엘프들도 눈을 반짝였다. 아주 오랜만에 보는 동물이었기 때문이다. 태어난 지 십수 년 된 어린 엘프들은 동물을 아예 보지도 못했다.

닭이 영문을 몰라 고개를 갸웃거렸다. 진우는 일단 밭에 닭을 내려놓았다. 달아나는가 싶더니 주변을 맴돌다가 바닥을 바라보았다.

푹!

벌레를 부리로 잡더니 그대로 먹어치웠다.

"오!"

"귀여운데 용맹하군!"

엘프들이 감탄했다. 진우는 한동안 닭을 관찰해 보았는데, 멀쩡해 보였다. 오히려 더 활발해진 것 같았다.

유나는 고개를 끄덕였다.

"의외로 지구의 동물은 강하군요. 게이트에서 전혀 꿀리지 않습니다."

"그러게."

유나의 말에 진우가 고개를 끄덕이며 대답했다. 닭은 벌레만 잡아먹고 새싹은 건드리지 않았다.

엘라가 조심스럽게 닭의 뒤를 쫓자 호위병들도 엘라를 따랐다. 닭은 경계하는가 싶더니 엘라의 주변을 맴돌았다. 엘라가 손을 뻗자 부리를 비볐다.

'역시 엘프는 엘프네. 문제없겠군.'

진우는 가지고 온 닭을 모조리 밭에 풀었다. 수백 마리의 닭이 밭으로 퍼져나가며 벌레를 쪼아먹기 시작했다. 닭은 신기하게도 엘프들의 말을 아주 잘 따랐다. 의외로 엘프와 궁합이 아주 잘 맞았다.

"안전한 것 같으니 상황을 지켜보다가 점차 종류를 늘려가는 것도 좋을 것 같습니다."

유나의 말에 진우는 고개를 끄덕였다. 마력이 살아가는데 필수요소인 동물들은 시름시름 앓다가 모두 숲을 떠나거나 죽어버렸다고 한다. 그나마 버티던 동물들도 오염된 토양을 견디지 못했다. 그러나 닭은 그런 기색이 전혀 없었다.

"군주님!"

엘라의 주변에 닭이 잔뜩 몰려와 있었다. 엘라는 닭을 들고는 환하게 웃었다. 뭔가 어울리지 않으면서도 상당히 어울려 진우는 웃을 수밖에 없었다.

진우는 스케줄 때문에 한동안 엘론티에 가지 못했다. 이 주정도 지난 후에야 겨우 시간을 낼 수 있었다. 유나와 함께 다시 엘론티에 도착했다. 엘라가 밭에 있다고 해서 밭으로 향했다.

"음?"

"저건……?"

진우와 유나는 놀랄 수밖에 없었다.

"군주님!"

엘라가 진우를 불렀다. 엘라는 무언가에 타고 손을 흔들고 있었는데, 말은 아니었다. 엘론티에는 동물이 존재하지 않았기 때문이다. 아무리 봐도 그건 닭이었다. 생김새는 토종닭이 확실한데, 크기가 엄청 커져 있었다.

"닭이 굉장히 커졌어요!"

"……."

지구의 닭은 생각보다 적응을 너무 잘하고 있었다. 저러다가 아예 몬스터화가 되는 것이 아닌가 걱정이 되었다. 진우는 닭을 살펴보았다.

[F]엘론티 치킨

한국의 토종닭이 검은장갑벌레를 먹고 진화하였다. 검은장갑벌레를 온전히 소화하여 생긴 특수한 개체이다. 하늘을 날 수는 없지만 활강할 수 있으며, 지구의 타조를 가볍게 능가할 정도로 빠르다. 지능도 높아 주인을 잘 따른다.

부리로 돌 따위는 가볍게 부술 수 있다.

*[-F]활강

*[F]달리기

수백 마리 중에서 서른 마리 정도가 거대하게 진화하였다. 나머지들도 살이 통통 올랐고 달걀을 아주 많이 낳고 있었다. 식욕이 더욱 왕성해졌는지 벌레를 보이는 족족 잡아먹고 있었다. 호위병들은 거대한 닭에 아예 안장까지 달아놓고 타고 다녔다. 훈련하고 있었는데, 대열을 맞춰 진격하는 모습은 이상하면서도 멋있었다. 생각해 보면 지구인도 게이트에서 진화에 가까운 성장을 했다. 닭이라고 그러지 말란 법 없었다.

쿵쿵!

그때 숲속에서 더욱 거대한 수탉 한 마리가 달려왔다. 정보를 확인해 보니 무려 E랭크였다. 닭 볏이 무척 높게 치솟아 있었다. 닭들의 우두머리였다. 대장 닭은 한쪽 눈이 없었다. 엘프들이 안대를 씌워준 듯 검은 안대를 쓰고 있었다.

대장 닭은 부리에 오크 한 마리를 물고 있었다.

퉤!

죽은 오크가 바닥에 떨어졌다.

진우와 유나는 잠시 말을 잊었다. 지구의 동물은 생각보다 훨씬 강한 모양이다. 다양한 가축을 데려오려던 계획은 잠시 보류되었다.

닭은 엘론티에 아주 큰 도움이 되었다. 숲 전체를 돌아다니며 벌레를 닥치는 대로 먹어치웠다. 그뿐만 아니라 숲에 해가 되는 작은 몬스터들이나 심지어 정찰 나온 오크들까지 먹이로 삼았다. 무서운 점은 먹으면 먹을수록 마치 경험치가 쌓이듯이 랭크업이 된다는 점이었다. 개체마다 한계가 있지만, 그래도 경이로울 정도의 성장이었다. 계란도 술술 낳아서 당장 먹을거리가 해결되었다.

진화하지 않는 닭들은 따로 분리해서 식용으로 썼다. 상당수의 닭이 진화했지만, 변화가 없는 닭도 상당히 많았다. 엘프의 주식이 채소에서 고기로 바뀌는 순간이었다. 엘프들이라 생명을 죽이는데 거부감이 들 것이라 생각했는데, 의외로 손질을 아주 잘했다.

'하긴, 오크 같은 돼지들이랑도 잘 싸우는데······.'

다만, 주기적으로 위령제를 지낼 계획이라 한다. 숲이 울창할 때는 동물들의 영혼들이 정령이 되었다고 하는데, 어쩌면 닭도 그렇게 되지 않을까?

닭 정령. 생각만 해도 유치하고 괴상했다.

'아무리 막장 세계라도 그러지는 않겠지. 설정에 빈틈이 많아서 뭐가 나올지 알 수 없네.'

진우조차 예상하기 힘든 설정들이 여기저기 숨어 있으니 혹시 몰랐다. 고개를 돌려 엘라와 유나 쪽을 바라보았다.

"깃털이 푹신푹신해서 좋아요."

"생각보다 괜찮군요. JW 게이트에 도입하는 것도 괜찮을 것 같습니다."

"군주님의 영지 말인가요? 모든 차원 중에서 가장 찬란한 곳이며, 차원의 중심이라고 알고 있어요."

"그렇습니까?"

유나도 금세 적응해서 엘론티 치킨을 잘 타고 다녔다. 호위병들을 보니, 닭에 바람의 정령 마법을 이용해서 먼 거리를 도약하는 방법까지 쓰고 있었다. 부리부터 떨어져 내리며 바위를 박살 내는 모습은 폭격기 그 자체였다.

'오크들은······.'

미안하지만 어쩌면 멸종당할지도 몰랐다. 닭은 이미 오크들을 먹잇감으로 보고 있었다. 엘론티 이외엔 모두 적이었다. 의도치 않았지만, 전력상의 문제도 해결된 상태였다.

보통 영화에서 엘프들은 사슴 같은 동물을 타고 다녔다. 사슴 대신 닭을 타고 다니는 엘프 부대가 머릿속에 떠오르자 피식 웃을 수밖에 없었다. 일단 제일 급한 불은 꺼졌다. 아니, 꺼지다 못해 얼어버렸다.

며칠간 지켜보니 닭은 다양한 종류의 벌레를 먹을수록 다양한 진화가 일어났다. 인간으로 따지면 힘, 민첩, 내구력 스탯을 찍는 것과 같은 느낌이었다. 마력이 없으니 피지컬이 발달하고 있었다. 전혀 예상하지 못한 일이었다. 게이트에 독이 있는 것은 어쩌면 이런 결과를 방지하기 위해서가 아닐까? 어설픈 설정에 현실 보정이 들어간 느낌이었다.

아무튼, 벌레의 영향력이 줄어들어 토양도 회복세에 들어섰고 새싹도 조금씩이지만 성장을 했다.

'골든 트리도 이제 심을 만하네.'

골든 트리 역시 느리기는 하지만 열매를 생성해낼 수 있게 되었다. 주기적으로 엘프들이 마력을 쏟아부어야 했지만 그건 벌레를 잡는 것에 비하면 쉬운 일이었다. 황금사과를 먹은 닭은 깃털의 색이 화려하게 변하며 풍성해졌다. 그러니 꽤 볼만했다. 아무튼, 이제 세계수의 의지를 깨우는 것에 집중해야 했다.

"군주님."

델루가 진우에게 다가왔다.

"준비가 끝났습니다."

엘라와 엘프들은 진우에게 감사를 표하고 싶어 했다. 황금의 군주인 진우에게 물질적인 것은 아무런 감흥이 없다는 것을 잘 알고 있었다. 차원 금화를 산처럼 쌓아놓고 있다는 전설을 간직한 황금의 군주였다. 게다가 차원 금화를 밭에 그냥 뿌려 버리는 만행을 목격한 엘프들도 많았다. 진우는 모르고 있었지만, 마계에서는 그의 눈에 들기 위해 필사적으로 움직이는 세력들도 많다고 한다.

엘라는 감사를 표현하기 위해 황금의 군주를 위한 노래를 만들었다. 정령들을 부리고 숲을 가꾸기 위해서는 노래는 필수였다. 엘프들은 모두 노래를 잘한다고 보면 되었다. 숲이 찬란했을 때는 노래가 끊이지 않았다고 한다.

엘프들은 진우에게 감사하기 위해 오늘을 황금의 날로 정하고 축제를 열었다. 엘론티의 모든 엘프가 참여했지만, 인구가 적어 규모는 소박했다.

'소박하지만…… 이런 게 축제겠지.'

마음에 들었다. 솔직히 지구에서의 축제는 과하다 못해 흘러넘칠 지경이었으니까.

진우는 설마 엘프의 숲에서 닭요리, 달걀 요리를 볼 줄은 몰랐다. 향을 내는 식물들은 숲에도 꽤 있었기에 엘프 장인들이 진지하게 연구하고 있었다. 불의 정령을 이용해 온도를 맞추거나, 물의 정령으로 찜을 해보는 요리법이 등 무척이나 다양했다.

'연구원들이랑 통할 것 같네.'

어린 엘프들이 나란히 앉아 삶은 달걀을 오물거리는 모습은 귀여웠다. 진우와 눈이 마주치자 잠시 갈등하더니 달걀을 내밀었다. 마음이 참 예쁜 아이들이었다.

엘라와 엘프들이 자연스럽게 노래를 불렀다. 영양실조 상태의 정령이 아니라 본래의 아름다운 정령들이 나타났다.

'정령 마법······.'

이상하게 적용되어서 그렇지 진우도 정령 마법을 익히고 있기는 했다.

'오······.'

절로 입가에 미소가 지어졌다. 엘라가 우아하게 춤을 추자 정령들이 그에 맞춰 환상적으로 움직였다. 숲의 나무와 풀들이 마치 응원하듯 흔들렸다. 악기는 없었지만, 숲에서 들려오는 자연의 소리가 반주가 되어 전혀 어색하지 않았다. 오히려 오케스트라가 떠오를 정도로 웅장하고 성스럽게 보였다. 엘라가 입을 떼며 노래를 불렀다.

'좋은데?'

너무나 아름다운 목소리였다. 어째서 A랭크인지 알 수 있었다. 듣고 있는 것만으로도 근심이 사라지고 가슴에 따듯함이 차올랐다. 마치 숲에게 위로를 받는 것 같은 기분이었다. 진우는 그저 가만히 감상하게 되었다. 노래라는 것이 마음조차 움직일 수 있다는 걸 처음 알게 되었다. 정령을 다루고 세계수의 의지를 깨워 숲 전체를 움직일 수 있는 노래다웠다.

숲의 여왕 엘라 디 엘론티. 어째서 그녀가 여왕인지 확실하게 알 수 있었다.

원작처럼 멸망하지 않아서 다행이었다. 역시 발암 요소는 빠르게 제거해야 했다. 암이라는 게 전이가 되면 걷잡을 수 없으니까 말이다.

'그러고 보니 관심과 사랑, 그리고 지지라고 했던가? 요약하자면 팬심 정도겠군.'

팬심. 진우가 생각하기에 꽤 적절한 단어였다. 엘프들은 모두 여왕의 팬이었지만 숫자가 적었다. 한때 숲의 모든 동물도 여왕을 사랑했다고 한다.

진우는 잠시 생각에 빠졌다.

팬심은 엘프에 한정되지 않았다. 그 말은…….

'차원 게이트를 통해 지구로 연결이 되어 있으니까.'

엘론티는 중국과 연결되어 있었다. 중국 게이트의 깊은 곳으로 들어오면 엘론티로 가는 길을 찾을 수 있었다. 게다가 차원의 흐름을 따라 황금의 성소와도 연결되어 있으니 한국과도 연결되어 있다고 봐도 무방했다. 중국과 일본의 아티팩트 사태는 차원끼리 연결되어 있어서 생긴 현상이었다. 세계수의 의지를 깨울 수 있었을 당시, 엘프의 인구는 약 7만 정도라고 했다.

지구의 인구는 70억이 넘었다. 엘론티와 규모 자체가 아예 달랐다.

'이거…… 괜찮을지도.'

장인들의 작품을 둘러보던 유나가 다가왔다. 그녀는 문화센터를 통해 판매할 계획을 추진하고 있었다.

유나는 샘플을 몇 개 챙겼다. 진우의 곁으로 다가와 같이 엘라의 노래를 들었다. 후반부로 향하자 성당의 미사를 보는 것 같은 것같이 거룩하게 느껴지기도 했다. 순진한 엘라의 모습과는 전혀 다른 모습이었다.

"성스럽게 느껴집니다. 역시 엘라 님은 여왕이 맞군요."

"엘라가 만약 지구에 나타난다면 어떨까?"

진우가 그렇게 말하자 유나는 진우를 바라보았다. 진우의 말을 단번에 이해했다. 스스로 내뱉고도 어이가 없긴 했지만, 지구 출신의 거대한 닭도 엘론티를 뛰어다니고 있었다. 생각해 보면 엘라가 직접 지구로 갈 필요는 없었다. 미튜브나 여러 플랫폼도 많았기 때문이다. 시도해 볼 가치는 충분했다.

"지구인도 포함이 되는지가 가장 중요하겠군요."

유나는 진우의 말에 곰곰이 생각에 빠졌다가 고개를 끄덕이며 말했다. 시험해 본다고 해서 손해 볼 것은 전혀 없었다. 통하지 않으면 바로 접으면 되니까.

"음……."

"확실히……."

진우와 유나는 동시에 엘라를 바라보았다. 황당한 아이디어이기는 하지만 절로 고개가 끄덕여졌다. 노래를 끝마친 엘라는 둘이 동시에 자신을 바라보자 머리에 물음표를 띄웠다.

'이거 되겠는데?'

엘라는 모든 조건을 다 갖추고 있었다. 아니, 아득히 초월하고 있었다.

바로 일이 진행되었다. 문화센터에 임시이기는 하지만 기획사도 만들었다. 기획사 이름은 엘론티 엔터테인먼트였다. 임시이기는 하지만 유나를 사장으로 앉혔고, 엘라가 소속 가수가 되었다. 델루도 엘라와 마찬가지로 신분을 만들어 매니저로 넣어놓았다. 문제라면 미래전략실이 일을 너무 잘해서 소문이 아주 크게 났다는 점이었다. 생태계를 파괴하는 거대한 공룡 기획사가 등장했다며 난리가 났다. 국내 3대 기획사도 엄청나게 긴장할 수밖에 없었다. 자본 앞에 장사는 없었으니까.

솔직히 진우가 돈만 조금 풀면 스타급 연예인들을 모두 빼올 수 있었다. 가장 유명한 기획사들도 시가총액이 겨우 1조 원에 불과했다. 하지만 진우는 그럴 마음이 전혀 없었다. 지금은 그저 돈밖에 없는 유령회사일 뿐이었다.

"일단 시험 삼아 찍어보자."

고급 장비를 챙겨왔다. 유나가 기계를 제법 잘 다뤄서 일단 유나에게 맡겼다. 전문가는 아니었기에, 그냥 시험 삼아 해보는 것이었다. 조금이라도 반응이 있는지 알아보기 위함이었다. 진우는 카메라와 장비들을 모조리 강화했다. 장비빨로 실력을 커버할 생각이었다. 속성석까지 바르니 성능이 이래도 되나 싶을 정도로 상승했다. 황금의 군주가 강화했기에 보정 효과로 자연스럽고 아름다운 영상이 된다고 한다. 확실히 누구나 탐낼 만한 장비였다.

"조금 어색하네요."

엘라는 낯선 장비에 당황한 모습이었다. 그래도 세계수의 의지를 깨우기 위해서라면 뭐든지 할 생각이었다. 진우에게 은혜도 갚아야 했다.

엘라의 의지가 굳건해졌다. 진우는 엘라에게 평소처럼 불러 달라고 했지만, 그녀는 모든 힘을 쏟아부을 생각이었다.

엘라는 최선을 다해 노래를 불렀다. 너무 최선을 다한 감이 있었지만, 덕분에 아주 좋은 영상을 찍을 수 있었다. 소리도 잡음 없이 아주 잘 담겼다. 유나는 황당한 표정이었다.

"이런 장비면 엔지니어가 따로 필요 없겠군요. 도대체⋯⋯."

유나는 말을 잇지 못하고 진우를 바라보았다. 구도 자체는 아마추어 느낌이 났지만, 오히려 그게 더 괜찮은 느낌이었다. 인위적이지 않고 브이로그 같은 자연스러움이 묻어났기 때문이다. 마치 의도된 연출 같았다.

"이대로 올린다면 엘프 컨셉의 가수겠군요."

"그것도 괜찮을 것 같은데."

"테스트용이니 특별히 문제 될 건 없을 것 같습니다."

이대로 올리는 것이 어필할 요소가 많기는 했다. 엘프가 실존한다고는 누구도 생각하지 못할 테니 문젯거리가 될 건 없었다. 숲이 움직이거나 물이 휘몰아치는 모습은 능력자라고 변명하면 그만이었다. 지구에서도 능력자 출신의 가수가 드물긴 하지만 존재했다. 계정도 정직하게 '엘프 퀸 엘라'로 만들었다.

"편집해서 올려보겠습니다."

"일단 엘라에게 영향이 가는지만 살펴보자."

"알겠습니다."

진우와 유나는 엘프들에게 익숙해져서 무뎌진 감이 있었다. 아무튼, 엘라도 차원 상점을 쓸 수 있으니, 지구에서 수입이 생긴다면 진우처럼 차원 금화로 환전할 수 있을 것이다. 진우가 그 사실을 말해주자 엘라의 눈이 동그랗게 떠졌다. 일이 잘만 풀린다면 엘론티에 자생력이 생길 것 같았다.

"앞으로 열심히 하겠습니다! 많은 지도 부탁드립니다!"

엘라의 의지가 활활 불타올랐다.

엘라는 마치 막 데뷔한 신입 가수를 보는 것 같았다.

다시 무언가 일어나려 하고 있었다.

류웨이는 필사적으로 달렸다. 그의 몰골은 몰라볼 정도였다. 잠적한 스네이크 실드 길드 연맹의 암살자들에게 간신히 연락이 닿아 일본으로 밀항을 시도하려 했다. 지금까지 해온 고생을 생각하면 눈물이 앞을 가렸다.

눈앞에 작은 배가 보였다. 그의 얼굴이 희망으로 물드는 순간이었다.

콰앙! 화르륵!

배에서 폭발음이 울리더니 형체도 알아볼 수 없을 정도로 산산이 조각났다. 류웨이도 폭발에 휩쓸려 뒤로 날아갔다.

간신히 몸을 일으킨 류웨이는 알 수 있었다. 저건 일반적인 폭발이 결코 아니었다. 규모는 작기는 하지만 저 화력은 능력자들을 한 번에 태워 버릴 정도로 강력했다.

"아, 아⋯⋯."

뜨거운 바람이 분 것 같았다.

류웨이는 뒤를 바라보았다. 어둠 속에서 달빛을 받으며 모습을 드러낸 사내가 있었다. 류웨이도 아는 얼굴이었다.

"여, 염제 이민우⋯⋯."

염제 이민우. 이진우와 닮은 모습이기는 하지만, 인간미가 전혀 느껴지지 않았다. 이민우는 능력자들 사이에서도 유명했다. 일선 그룹에서 있었던 피의 숙청 때 그의 손에 죽어 나간 능력자가 한둘이 아니었다.

시체는 없었다. 모두 재가 되어버렸으니까.

"으, 으아아아!"

류웨이가 전력을 다해 도망치려 했지만,

서걱!

"허억!"

바로 앞에 있던 기둥이 검기에 의해 잘려 나갔다. 최희연이 어느새 그의 앞을 막고 있었다. 뒤에는 이민우, 앞에는 최희연이었다.

"최 가주님이군요. 이곳에는 무슨 일입니까?"

"범죄자를 잡으러 왔어요."

"아쉽지만 제가 먼저 온 터라……."

"정말 죄송합니다만, 양보해 주실 수 없나요?"

"죄송합니다."

이민우는 정중히 거절했다. 분위기가 너무나 차갑게 가라앉았다.

최희연은 배를 바라보았다. 형체도 알아볼 수 없을 정도였다. 안에 있는 관련자들은 목숨을 부지할 수 없었을 것이다.

"굳이 다 죽일 필요는……."

"범죄자들일 뿐입니다. 협회에서도 생사 불문의 수배가 걸린 흉악범들이지요."

최희연의 눈동자가 크게 떠졌다. 저 박살 난 배는 함정이었다.

"일부러 이곳으로 몰아넣었군요."

"이렇게 처리하는 것이 더 확실합니다. 저자가 지닌 정보가 필요하니 데려가겠습니다."

류웨이는 그 중간에 끼어 덜덜 떨었다. 최희연에게 잡히면 총지배인이 있는 JW 게이트로 갈 것 같았고, 이민우는 정보를 빼내고 자신을 태워 죽일 것이 분명했다.

자신의 운명은 정해져 있었다. 최희연은 류웨이를 살려서 데려가고 싶었고, 이민우는 정식으로 수사국을 통해 공식적인 증거를 확보한 후에 바로 제거하려 했다. 철저히 계획하고 후환을 절대 남기지 않는다는 점이 이민우의 무서운 점이었다. 싸늘한 분위기가 이어졌다.

그 분위기를 깬 것은 최희연도, 이민우도, 류웨이도 아니었다.

"그렇게 서로 얼굴을 붉혀서야 되겠는가."

둘 사이에 내려선 검선이었다.

"자네가 정보를 얻고, 저자를 검문최가에 넘겨주면 될 것 같군. 너무 힘 빼지 마시게."

검선이 나타나자 차가운 분위기가 한순간에 날아갔다. 검선까지 등장한 이상, 이민우라고 하여도 한걸음 물러날 수밖에 없었다. 검선은 능력자들 사이에서 전설적인 인물이었고, 요즘은 일반인에게도 영향력이 굉장했다. 적으로 돌릴 이유도 없었다. 따지고 보면 같은 편이었으니까.

"알겠습니다. 그렇게 하도록 하지요."

"감사합니다."

이민우가 고개를 끄덕이자 최희연도 받아들였다. 이민우는 차가운 분위기를 풀고 살짝 웃었다. 최희연도 표정이 부드러워졌다. 그것만으로도 분위기가 단번에 풀어졌다.

"최 가주님, 실례가 많았습니다."

"아니에요. 저야말로 죄송합니다."

"동생을 잘 부탁합니다. 최 가주님께서 진우의 곁에 계셔주신다면 참 든든할 것 같습니다."

"네? 알겠습니다! 마, 맡겨주세요."

진우를 빼놓고 묘한 거래가 오가는 듯한 분위기였다. 이민우의 부하들이 나타나 류웨이를 결박한 후에 차의 트렁크에 넣었다. 류웨이는 눈물을 흘리며 울부짖었지만, 이민우 쪽은 화기애애했다. 마치 다른 세상인 것 같은 느낌마저 들었다.

"자네는 살기를 다스릴 필요가 있네. 검을 계속 빼 들고 있으면 녹슬게 마련일세. 검을 집어넣고 마음에 안정을 찾도록 하게나."

"조언 감사드립니다."

"조언은 무슨, 허허, 괜히 꼰대질한 것 같아 미안하구만."

"아닙니다. 많은 도움이 되었습니다."

SNS상에서 검선은 대중의 마음을 꿰뚫어 보고 조언을 해주는 것으로 유명했다. 감히 검선에게 악플을 다는 이들은 없었다. 심한 악플을 달았다가 검선이 직접 찾아가서 충고를 해주고 마음을 달래준 사건은 상당히 유명했다. 그 후 그 악플러는 검문최가에 일반인 수련자로 들어갔다.

검선이 저렇게 대놓고 돌아다니니, 한국의 군사력이 더욱 올라갔다는 평가가 있었다.

"그럼, 먼저 실례하겠습니다."

이민우는 검선과 최희연에게 인사를 하고 차에 올랐다. 수사국으로 향하면서 검선이 했던 말이 떠올라 핸드폰을 꺼냈다. 검선의 SNS 계정을 찾아 들어가 보았다.

"……."

요즘 핫한 스위티 걸즈와 나란히 찍은 사진이 인상적이었다. 검에 대한 견해도 많아 좋은 참고가 되었다.

이민우는 검선의 SNS를 보다가 최신 글에 어떤 영상을 링크해 놓은 것을 발견했다.

'놀랍다. 자연과 노래의 환상적인 조화! 경이롭구나.'

이런 말과 함께 말이다.

호기심이 생겨 링크를 눌러보았다. 처음 듣는 선율이 울려 퍼졌다. 자연의 소리가 화음처럼 들어가 있었는데, 마치 오케스트라 같은 느낌이 들기도 했다. 엘프 분장을 한 여인은 너무나 아름다웠다. 이민우도 잠시 넋을 잃을 정도였다.

목소리가 자신을 위로해 주는 것 같았고, 그녀의 손짓이 마음을 어루만져 주는 것처럼 느껴졌다. 이민우는 몇 번이고 듣다가 차 안의 스피커를 통해 크게 틀었다.

'……좋군.'

마음이 고요해졌다. 오랜만에 느껴보는 감정이었다.

이토록 편안했던 적이 있었던가?

문득 누가 영상을 올렸는지 보니 '엘론티 엔터테인먼트'라고 쓰여 있었다. 이민우는 눈을 깜빡이다가 피식 웃었다. 엘론티 엔터테인먼트라고 하면 그의 동생이 최근에 세운 기획사였다.

'또 뭔가 하려는 모양이야.'

자신의 마음조차 이렇게 사로잡아 버렸는데, 성공은 불 보듯 뻔했다.

'확실히 이희진 회장과는 다른 왕이 되겠군.'

대중들은 이미 G&P가 퍼트린 문화를 누리고 있었다. G&P에 대한 거부감은 제로에 가까웠다. G&P의 요리는 유행이 되었고, 최근 출시된 인피니티 폰은 없어서 못 구할 지경이었다. 물량이 턱없이 부족해 몇 달은 기다려야 했다.

대체 제품은 없었다. 누구는 배터리 걱정 없이 마음껏 쓰고 있는데 다른 제품이 눈에 들어올까?

다른 스마트폰 제조사들은 어떻게든 인피니티 테크놀러지가 들어간 배터리를 구하기 위해 사력을 다하고 있었다. 자본이 아닌 기술의 유린이 시작되고 있었다. 물론, 이민우는 이미 구매해 가지고 있었다. 검선도 마찬가지였다.

'엘프 퀸 엘라……'

이민우는 문득 언젠가 한 번 만나봤으면 좋겠다고 생각했다. 그는 잠시 망설이다가 '구독'과 '좋아요' 버튼을 눌렀다. '좋은 노래 감사합니다'라고 댓글도 남겼다.

트렁크에 있던 류웨이도 희미하게 들리는 그 노랫소리에 눈물을 흘렸다.

"크흑……"

오랜만에 들어보는 따뜻한 목소리였다. 대사부의 가르침이 드디어 이해가 되었다. 그러나 이미 너무 늦어버렸다.

황금의 성소에 돌아온 진우는 아리나에게 그간의 일을 말해주었다. 아리나는 상당히 흥미로워했다.

"저도 고통을 달래려 노래를 부르곤 했지요."

"아……"

"배고픔을 잠시 잊을 수 있었습니다."

아리나의 표정은 괴로워 보였다. 마치 PTSD를 겪고 있는 것 같았다. 그러고 보니 아리나는 '[D]암흑의 노래'라는 기술을 보유하고 있었다. 특별히 노래를 배운 건 아니었지만, 배고픔 속에서 자연스럽게 생긴 기술이었다.

"불러 드릴까요?"

진우가 호기심이 생겨 고개를 끄덕이자 아리나는 섬뜩한 표정으로 노래를 불렀다. 절망만이 가득한 우울한 노래였다. 멜로디도 엄청 구슬펐다. 마치 죽음을 노래하는 것 같았다.

으슬으슬…….

진우는 갑자기 춥고 배가 고파졌다. 눈 오는 거리에 홀로 버려진 것 같은 비참한 기분이 들었다.

이 장르를 뭐라고 할 수 있을까? 악마의 노래, 또는 데스 발라드 정도가 적당할 것 같았다.

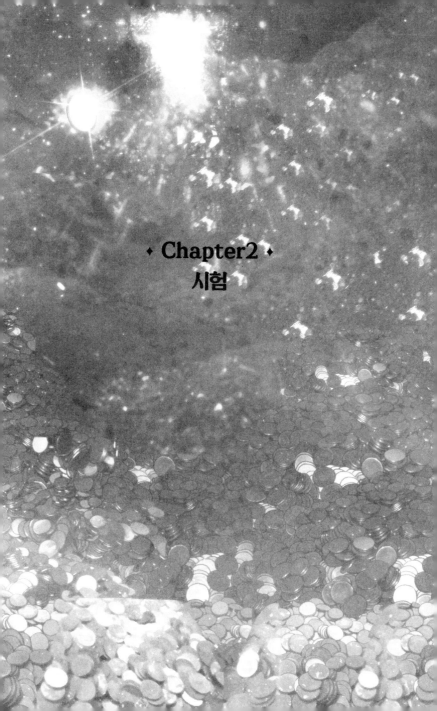

♦ **Chapter2** ♦
시험

　진우는 이런저런 스케줄을 소화하느라 바빴다. 최근까지 거의 엘론티에 머물고 있었기에 밀린 스케줄이 잔뜩 있었다.

　G&P의 보고도 받아야 했고, 깜빡하고 있었던 시장과의 만남, 그리고 각계 정상급 인사와의 일정 등을 소화해야 했다. 뺄 수 있는 자리를 모두 뺐는데도 굉장히 바빴다. 점점 돈 많은 백수라는 꿈과 멀어지고 있었다. 어쩌다 보니 괜히 일을 늘린 느낌이었다.

　'이러다 군주를 해결하고도 쉬지 못하는 거 아냐?'

　한숨을 내쉬어봤지만 대부분 자신이 원인이었고, 부하 직원들은 일을 너무 잘한 것밖에 없으니 탓하기도 뭐했다. 그래서 내년에 새롭게 정한 사훈은 '휴가는 꼭 가자'였다. 그리고 그 기간 연구실, 본사 출입 금지라는 회사 내규도 생겼다. 특단의 조치였다. 연구원들은 크리스마스 때도 몰래 숙직실에서 연구하고 있었으니 이렇게라도 해야 했다.

최희연이 류웨이를 잡아 왔다는 소식에 그녀와 만났다. 검선은 요즘 아주 바빠서 오지 않았다. 검선만 만나면 피로가 몰려왔기에 정말 다행이었다. G&P 빌딩에서 차를 마셨다.

"협조 감사드립니다."

"당연한 일이에요. 도움이 돼서 다행이에요."

최희연과 단둘이 만나 이야기하는 건 처음이었다. 류웨이를 JW 게이트에 넘긴 후 만남을 요청했기에, 거절할 수 없었다. 류웨이는 바로 구속구를 차고 메이드들에게 끌려갔다.

'이민우와 수사국을 거쳐서 왔다고 했나?'

이민우는 중국과 일본을 무지막지하게 때리고 있었다. 이래도 되나 싶을 정도로 팼다. 진우가 서서히 목을 조이고 있다면, 이민우는 대놓고 얼굴에 펀치를 꽂아 넣고 있었다.

수사국과 국제 능력자 연맹을 이용한 합법적인 일, 그리고 비합법적인 일도 마다하지 않았다.

'역시 이민우야.'

진우는 이민우와는 그럭저럭 사이가 나쁘지 않다는 것에 안도했다.

"그…… 차, 차가 참 맛있네요."

"그렇지요?"

최희연과 단둘이 만나는 건 조금 어색하긴 했다. 차는 엘론 티에서 가지고 온 차였다. 숲의 향기가 가득해 일품이었다.

"A랭크 라이센스에 응시한다고 들었어요."

"네. 일단 도전해 볼 생각입니다."

"그렇군요. 응원하겠습니다. 다만……."

최희연이 잠시 망설이다가 입을 뗐다.

"응시생들 사이에서 A랭크 라이센스를 얕본다는 소문이 도는 것 같습니다."

"그렇겠지요."

A랭크 라이센스에 도전하는 이들은 보통 고위 능력자 아카데미에서 5년 이상의 정규 과정을 거쳤다. 리그 길드에 소속되지 않는다면, 그 이후에 여러 시험을 통과한 후 겨우 자격조건을 갖출 수 있었다. 최희연은 고위 능력자 아카데미 졸업 시험을 단번에 통과하고, 추천을 받아 시험에 응시해 단번에 A랭크 라이센스를 획득했다. 원작과는 다르게 진우와 만남 이후에 바로 기사가 되었다. 진우는 아카데미에 다니지도 않았고, 대학에도 거의 나가지 않았다. 그러니 그런 말이 나올 수밖에 없었다. 심지어 JW 장비빨로 시험을 보는 게 아니냐는 말까지 돈다고 한다.

'기왕 하는 거 더 확실하게 해주지.'

진우는 그런 생각을 하며 고개를 끄덕였다.

"신경 쓰지 마세요. 그저 입만 산 자들입니다."

"배려 감사드립니다."

다시 어색해졌다. 류웨이를 잡아줬으니 뭔가 보상을 해줘야 할 것 같았다. 류웨이는 엑스트라치고는 도망치는 실력은 정말 대단했다. 총지배인조차 감탄할 정도였다.

총지배인이 오랫동안 게이트를 비울 수 없어 그 일을 일단 검문최가에 맡긴 상태였다.

'아! 그게 있었지.'

중국으로 흘러 들어간 검문최가의 검이 떠올랐다. 아티팩트 사태 때 황금의 성소에 도착했는데, 카메라와 장비를 강화하는 김에 같이 진행했다. 기존 외형보다 훨씬 화려하고 아름답게 바뀌었지만 그래도 완벽하게 복구되었다. 하다 보니 흥미가 붙어 푸른 검신과 어울리는 냉기 속성까지 집어넣었다. 보답으로 딱 좋았다.

그냥 돌려주려다가 잠시 잊고 있었던 것이 어찌 보면 다행이었다. 조금은 어색한 대화가 끝날 때쯤 진우는 아공간에서 검문최가의 천검을 꺼냈다.

최희연이 검을 보자마자 눈을 동그랗게 떴다. 천검은 검문최가의 사람이라면 모두 단번에 알아볼 수 있다는 기록이 있었다. 그녀는 허무맹랑하다고 생각했지만, 천검을 눈앞에서 본 순간 그것이 사실임을 바로 깨달았다. 검문최가의 기운 그 자체가 깃들어 있었기 때문이다.

그녀의 눈이 마구 흔들렸다. 떨리는 손으로 조심스럽게 검을 받았다.

"이, 이건……."

"보답입니다. 중국 쪽에 있더군요. 운 좋게 구할 수 있었습니다."

최희연이 검을 잡자마자 검에서 서리가 내렸다. 그녀와 굉장히 잘 어울렸다. 최희연은 기사정복 위에 검문최가를 상징하는 겉옷을 입고 있었는데, 천검을 드니 화룡점정이었다.

최희연은 감동을 주체하지 못했다. 검선조차 들지 못했던, 가주를 상징하는 검이 그녀의 손에 들려 있었다.

진우와 만나기 전 그녀는 마음고생이 심했다. 검선의 검술을 정식으로 물려받지 못해 가문이 분열될 뻔했다. 검술을 배울 수 있는 계기를 준 것은 눈앞에 있는 이진우였다. 그리고 자신의 모자란 재능을 보충해 줄 수 있는 보물까지 주었다. 거기에 그치지 않고 이제는 가주를 상징하는 천검까지 찾아주었다.

'아…….'

이제 최희연은 가주로서 결점이 없었다. 이제 검선조차 지니지 못했던 정통성까지 존재했기 때문이다.

눈물이 나올 것 같았지만 참아냈다. 최희연은 다른 것보다 이진우에게 정식으로 인정을 받은 것 같아 더욱 가슴이 벅차올랐다.

"정말 감사합니다. 유실될 때 부서졌다고 들었는데……."

"멋대로 고쳐봤습니다. 죄송합니다."

"아, 아니에요."

진우의 말에 최희연이 당황하며 고개를 저었다. 천검은 그냥 고칠 수 있는 검이 아니었다. 아마도 대단한 장인들을 불러서 각고의 노력 끝에 복원했을 것이다. 아니, 복원 수준이 아니라, 한 차원 더 진화했다고 보는 것이 맞았다. 기록상에는 이런 냉기를 품고 있다고 쓰여 있지 않았으니까. 이렇게까지 자신을 생각해 주는 진우에게 감동할 수밖에 없었다.

최희연은 직감했다. 아마도 오랫동안 준비해 왔을 것이라고. 중국의 사태를 보면 알 수 있었다.

"정말 큰 은혜를 입었습니다."

"아닙니다. 서로 주고받은 것이니 신경 쓰지 마세요."

검선도 류웨이의 추적에 도움을 주었다고 하니, 진우는 검선의 몫으로 엘론티의 차를 선물해 주었다. 최희연이 미소를 지으며 차를 건네받았다.

진우는 훈훈하게 이야기가 끝나 다행이라고 생각했다. 최희연을 배웅해 주고 한시름 놓고 있을 때, 대기하고 있던 유나가 빠르게 다가왔다.

"도련님, 드릴 말씀이 있습니다."

"엘론티 일이야?"

"네."

진우는 조용한 방으로 이동했다. G&P 빌딩에 마련된 진우의 개인용 방이었다. 유나는 바로 태블릿PC를 진우에게 건넸다. 엘론티 엔터테인먼트에서 만든 미튜브 계정이었다. 시험 삼아 올려본 것이기에 홍보는 하지 않았다. 어제 확인했을 때만 해도 묻히는 분위기였다. 전 세계에서 올라오는 영상이 워낙 많아서였다.

"조회 수가……."

엄청났다. 오백만을 넘어서고 있었다. 지금도 엄청난 기세로 조회 수가 가파르게 올라가고 있었고 구독자 숫자 역시 20만에 이르렀다. 구독자도 조회 수와 마찬가지로 가파르게 상승하고 있었다.

'어제 분명 80명이었는데⋯⋯.'

100명 정도 되었을 때 엘라에게 영향이 있는지 물어볼 생각이었다. 이쯤 되면 외부적인 요인이 있다고 볼 수밖에 없었다. 유나가 검선의 SNS를 보여주었다.

'이 양반 때문이군.'

포털 사이트에 기사까지 난 모양이었다. 지금 나이버 실시간 검색어 1위였다.

[G&P가 키운 비밀병기, 핵폭탄급 화제.]
[엘라, 그녀의 정체는?]
[아무도 예상하지 못한 엘론티 엔터테인먼트의 전략.]

기자들이 알아서 홍보 기사를 내보냈다. 진우에게 충성하는 기자들이 생각보다 그 숫자가 대단히 많았다. 미래전략실에서 꾸준하게 관리를 했기 때문이다. 댓글도 호평 일색이었다. 엘라의 환상적인 비주얼을 찬양하거나, 모두 CG라고 우기는 사람들, 한참 동안 울었다는 이들, 삶이 너무 힘들어 스스로 목숨을 끊으려다가 구원을 받았다는 댓글도 있었다.

진우의 예상보다도 훨씬 폭발적이었고 막대한 영향을 끼치고 있었다.

"어쨌든 엘라가 돈을 벌 수 있으니 괜찮겠지."

"네, 혹시나 해서 광고를 걸어놓은 것이 다행이었습니다."

광고 수입만으로도 상당할 것 같았다. 엘론티 엔터테인먼트로 벌써 광고나 방송 섭외가 오는 모양이었는데, 일단 다 거절하라고 지시했다.

'효과가 있는지 확인하는 게 먼저겠지.'

효과가 있다면, 우선 세계수의 의지를 깨우고 난 이후에 엘라가 어떻게 생각하는지 알아보고 결정해야 했다.

유나가 궁금한 것이 있는 듯 진우를 바라보았다.

"도련님, 말씀대로 신분을 만들라고 전달하기는 했습니다만, 아리나는 누구입니까? 그런 이름을 지닌 엘프는 보지 못했습니다."

"성소에 대해 말해준 적이 있지? 그곳을 관리해 주는 마족이야."

"악마라는 말씀입니까?"

"비슷할걸?"

유나는 잠시 생각하다가 고개를 끄덕였다. 엘프까지 본 마당에 마족이 있다고 해도 이상할 건 없었다. 게다가, 그녀가 모시는 도련님은 그 악마보다 훨씬 높은 군주였다.

진우는 아리나가 간절히 부탁해서 일단 승낙은 했다. 차원금화를 벌 수 있다고 하니 아리나는 굉장히 적극적으로 자신을 어필했다. 게다가 촬영 장비를 만져보고는 금방 다루는 것도 모자라, 분해한 다음, 마물과 합성을 통해 자동촬영 기능이 달린 카메라까지 만들어냈다. 마계에도 비슷한 아티팩트가 있는데 장점만 골라 쑤셔 넣었다고 한다. 주로 몽마 계열의 마족이 자신을 홍보하거나 할 때 쓰였다.

진우는 처음으로 마계에 대해 호기심이 생겼다. 판타지 하면 엘프였고, 마계 하면 서큐버스였다!

'음……'

아리나는 엘라에게 라이벌 의식을 불태우고 있었다.

"아! 자료가 있긴 한데, 볼래? 본다는 걸 깜빡했어."

"네."

아리나는 무언가 결심을 하더니 마계로 며칠 동안 휴가를 갔다. 그리고 마계에서 돌아왔을 때, 그녀는 초췌해져 있었다. 그녀가 검토해 달라면서 진우에게 구슬 하나를 꼭 쥐여주었다.

진우는 그녀의 아주 간절한 눈빛 때문에 일단 아공간에 넣어놓았다. 아공간에서 그녀가 준 구슬을 꺼냈다.

"아티팩트입니까? 신기하군요."

마력을 살짝 불어넣자 구슬에서 빛이 나더니 홀로그램과 비슷한 영상이 떠올랐다. 평소와는 달리 도발적인 옷을 입고 있는 아리나가 검게 일렁이는 연기 속에서 걸어 나왔다. 굉장히 우울하고 무거운 반주가 울려 퍼졌다. 다소 음침하고 우울한 분위기였다. 듣고 있는 것만으로도 피부가 오싹하고 섬뜩했는데, 엘라와는 정반대로 무언가 마음의 어두운 면을 자극하는 기분이었다. 원초적인 무언가가 있었다.

아리나가 노래를 부르며 손을 휘젓자 땅에서 해골들이 일어나고 붉은 안광을 빛내는 좀비가 기어 다녔다.

"……."

"……."

진우와 유나는 멍하니 바라보았다. 두 팔을 벌리자 등 뒤로 검은 피막의 날개가 뿜어져 나왔다. 나름대로 화려한 엔딩이었다.

[좀 더 매혹적인 표정으로!]

[이, 이렇게?]

[야! 엘프 따위한테 지고 싶어? 잘 만하면 황금의 군주님께…….]

영상이 끝난 후 그런 목소리가 살짝 들렸다. 녹화 도중에 섞인 것 같았다. 잠시 침묵이 내려앉았다.

"……어떤 촬영기법을 썼는지는 모르지만, 연출이 훌륭하군요. 전문가의 솜씨입니다."

"그러게."

"아티팩트라서 그런지 현장감도 대단합니다. 연구한다면 새로운 유행이 될 수도 있을 것 같습니다."

임시이기는 하지만 유나는 엘론티 엔터테인먼트의 사장이었다. 유나는 남몰래 틈틈이 이쪽에 대해서 공부를 하고 있었다. 어떻게든 최선을 다하려는 모습이었다.

"엘라 님과 완벽히 반대되니 좋은 시너지 효과가 있을 것 같기는 합니다만……. 제가 전문가가 아니라 확실히 말씀드리기 어렵군요. 엘론티 엔터테인먼트가 궤도에 오르게 되면 전문 경영인을 스카우트하는 것이 좋을 것 같습니다."

"그건 그때 가서 생각해 보자."

"네, 지금은 일단 시험을 생각하셔야겠지요."

진우는 유나의 말에 그녀를 바라보았다.

"시험?"

"말씀드렸지 않습니까? 내일부터 A랭크 라이센스 시험이 있습니다."

아!

아직 꽤 남은 줄 알았는데, 어느새 그렇게 되었다. 이렇게 일 하나를 마무리하면 일이 또 생겼다. 바쁜 이유였다.

"정말 잊어버리신 겁니까?"

"지금부터 준비하면 괜찮지 않을까?"

"네, 일단 집으로 돌아가시지요."

집으로 돌아온 진우는 서재에 들어갔다. 유나가 두께가 아주 두꺼운 책들을 잔뜩 가지고 왔다.

쿵! 쿵!

책상에 올라온 책들이 거의 천장이 닿을 것 같았다.

"필기시험 참고 서적들입니다."

"원래 이렇게 많아?"

"네, 고위 능력자 아카데미에서 5년간 가르치는 내용입니다.

최 가주는 1년 만에 통과를 했다고 합니다."

준기사가 되는 것조차 마치 고시 공부하듯 해야 한다고 한다. 경쟁률을 따져봤을 때 아마 더 어렵지 않을까?

유나는 진우를 바라보았다. 공부한 흔적이 보이지 않았다. 그러나 전혀 걱정되지 않았다. 지금까지 보여준 능력에 비하면 이런 건 아무것도 아니었다.

"그럼 방해하지 않겠습니다."

유나가 조용히 문을 닫고 나갔다.

엘론티로 가는 건 시험 이후로 미뤄야 할 것 같았다.

진우는 책을 슬쩍 살펴보았다. 두께만 두꺼운 것이 아니었다. 글씨도 마치 사전처럼 빼곡했다. 게이트에 관한 전문지식은 물론, 능력 이론 같은 내용도 폭넓게 이해하고 있어야 했다. 바이러스나 항체 같은 생물학적인 부분도 있었다.

'음…….'

다른 나라 같은 경우 능력 랭크에 따라 특별전형도 있었지만, 한국은 어림없었다. 고위 랭크의 능력을 지니고 있든, 하위 랭크든 간에 무조건 시험을 쳐야 했다. 보자마자 졸렸다. 진우는 수북하게 쌓여 있는 책을 바라보다가 그냥 정보의 마안으로 모두 흡수했다. 지식이 쌓이기는 하니 어쨌든 답을 쓸 수는 있을 것이다. 편법이라 욕할 수도 있었지만, 양심에 전혀 찔리지 않았다.

'생각해 보면 참…….'

정의 덕후인 주인공조차 그 능력을 대놓고 사용했다. 물론

진우는 주인공보다도 더 대놓고 사용할 생각이었다.

뭐 어쩌겠는가, 이것도 능력인데. 그게 억울하면 악역 하던가.

진우는 시험장으로 향했다. 시험장은 리그 길드의 결승전이 열리는 아레나 옆에 있는 고위 능력자 아카데미였다. 아레나는 진우의 소유였다. 리그 길드 최상위권 팀들도 실질적으로 진우가 소유하고 있었다. 진우의 G&P가 구단주였기 때문이다.

'리그 참 잘 돌아가겠네.'

예전보다 정말 잘 돌아갔다. 외국 자본이 빠져나가니 파벌 싸움도 일어나지 않았고, 능력 위주로 막대한 금액을 주니, 능력자들이 해외로 빠져나가지도 않았다. 아무튼, 진우는 시험장에 도착했다. A랭크 시험장에는 경호원을 대동할 수 없어 홀로 들어갔다.

'수능 보러 온 느낌인데.'

미래전략실, 총지배인, G&P에서 응원 나온다는 걸 간신히 말린 진우였다.

진우가 나타나자 모든 이목이 쏠렸다. 보통 이런 경우 시비를 걸거나 양아치 같은 놈이 등장하곤 했다. 원작에서도 그러했다. 그러나 진우에게 시비를 거는 간 큰 이들은 존재하지 않았다.

응시생들의 나이대는 높은 편이었다. 가장 빠른 경우도 20대 후반이었고, 40대까지 존재했다. 능력자의 전성기는 40대로 보고 있어서, 늦은 편은 절대 아니었다. 오히려 진우가 비정상적으로 빨랐다. 다들 손에 두꺼운 책을 들고 있거나 요약 노트를 보고 있었는데, 진우만 빈손이었다. 말 그대로 몸만 왔다.

'주인공도 이때 참가했었나?'

원작에서는 갑자기 학원물 느낌을 주고 싶었는지 아카데미에 입학했다가 발암 전개로 욕을 잔뜩 먹고 바로 A랭크 라이센스 시험을 치렀다. 그때까지는 무료 분량이었다.

응시생의 숫자는 300명이 넘었다. 시험장은 큼직해서 모두 한 시험장에서 시험을 볼 수 있었다. 자체적으로 사전 평가를 해서 순위별로 자리가 배치되어 있었다. 시험조차 보지 않았는데 벌써 평가가 매겨져 있었다. 능력자는 항상 계급이 매겨졌고, 위로 올라갈수록 더욱 그러했다.

사전 평가는 고위 능력자 아카데미의 교장이자, 고위 기사인 김운종, 그리고 능력자 협회의 고위 관계자들이 직접 봤다. 심도 있게 평가를 하기 위해 공통 시험 외에 순위에 따라 추가 시험도 봐야 했다. 개인 맞춤별 시험이었다.

진우는 일단 형식상으로 자료를 제출한 상태라 사전 평가는 기대하지 않았다.

'음.'

게시판을 보고 자리를 찾아가는 아날로그적인 방식이었다.

진우가 나타나자 모두 뒤로 물러났다. 뭔가 서로 맹렬한 기 싸움을 하고 있던 것 같았는데, 순식간에 정리가 되었다.

진우는 신경 쓰지 않고 아래부터 찾다가, 이름이 없어 제일 위를 바라보았다.

1. 진우 S좌석 1호
사전 평가 점수: (120`100)

맨 꼭대기에 있었다. 만점을 넘어선 수치였다. 추천만으로 시험을 응시하게 되면 사전 평가는 최하 점수였지만, 진우는 달랐다. 고위 기사인 김운종이 직접 평가한 것이니 논란이 나올 여지도 없었다.

'이것 참······.'

시험장에 들어가니 S좌석은 따로 맨 앞에 나와 있었다. 모두가 S좌석을 바라보는 형태의 좌석 배치였다. 누가 어떤 개막장과 같은 이유로 이런 배치를 했을까?

좌석에 앉자 따가운 시선들이 꽂혔다. 고개를 들어 주위를 바라보면 응시생들의 고개가 획하고 돌아갔다. 진우를 힐끔 쳐다보는 응시생들 외에는 모두 두꺼운 책을 보면서 필사적으로 암기를 하고 있었다.

시험 시간이 되자 칼같이 감독관이 들어왔다. 김운종이 직접 감독했는데, 시험관들도 상당히 많이 들어왔다. 평소와 다른 점이 있다면 김운종 뒤로 다른 기사들도 보인다는 점이었다. 모두 하나같이 베테랑 기사였다.

응시생들이 놀라며 수군거렸다. 몇 번이고 시험을 본 응시생들도 많아 평소와 다르다는 걸 깨달았기 때문이다.

"그럼 시험을 시작하겠다."

김운종이 시험 시작을 알렸다. 시험지는 거의 백지였다. 문제만 몇 개 쓰여 있을 뿐. 보통 답안지가 부족했기에 여유분도 충분히 지급했다. 진우 같은 경우에는 추가 문제가 4문제 더 있었다. 모두 논술형이었다.

"시험시간은 넉넉히 19시 5분까지니 성심성의껏 시험에 임하도록. 부정행위를 하면 응시 자격이 영원히 박탈되니 명심하도록 해라."

지금은 아침 9시였는데, 저녁까지 시험시간이었다. 시험이 시작되자 김운종은 진우의 앞에 섰다. 다른 기사들도 마찬가지였다. 그 시선이 굉장히 부담되었다. 마치 해볼 테면 해봐라라는 느낌이 강했다.

'……빨리 치고 나가야겠다.'

그 생각밖에 들지 않았다. 진우는 시험관들이 나눠준 펜을 잡았다. 시험 문제를 살펴보았다.

'할 만하네.'

머릿속에 저장된 정보와 매치를 해보니 답이 술술 떠올랐다. 문제는 황금의 군주가 항시 발동하고 있다는 점이었다.

김운종과 기사들이 어서 빨리 답안을 작성해 보라고 시선으로 압박했다. 진우의 뒷좌석에 앉아 있던 응시생이 흠칫 놀라 펜을 떨어뜨렸다.

'두 시간 정도면 끝나려나?'

진우는 펜을 들었다. 펜 끝에 아주 복잡한 술식이 새겨지기 시작한 건 김운종도 기사들도 알아차리지 못했다.

휘익!

너무나도 아름다운 글씨가 새겨지기 시작했다. 진우는 적당히 할 생각도 있었지만, 황금의 군주는 그런 걸 절대로 용납하지 않았다. 황금의 군주는 언제나 우아하고 완벽해야 했으니까.

고위기사 김운종의 눈이 부릅떠진 것은 그때였다. 진우가 답안을 써 내려갈수록 김운종의 눈이 커져만 갔다. 그는 눈에 핏줄까지 섰지만, 도저히 눈을 감을 수 없었다. 진우의 펜 끝을 따라 눈동자가 고정되어 움직이고 있을 뿐이었다. 다소 질이 좋지 않은 시험지가 마치 새하얀 도자기의 표면을 보는 것 같았다. 그 도자기 위에 예술 작품이라 불러도 손색이 없는 글씨가 빠르게 새겨졌다.

글씨는 날카로웠고, 아름다웠으며 부드러웠다. 다른 기사들도 마찬가지였다. 마치 어떤 술식이라도 작용하는 듯, 눈을 감을 수 없었고, 눈을 뗄 수 없었다. 당연히 눈에 핏줄이 설 수밖에 없었다.

황금의 군주는 흐트러짐을 허락하지 않았다. 진우의 자세는 처음과 똑같았고, 그저 낙서라도 하는 것 같은 가벼운 펜

놀림이었다.

"허어!"

"흐음."

"음!"

그러나 그 가벼운 펜 놀림은 그들의 시선을 매혹시켰다. 탄식만이 고요한 시험장에 주기적으로 울려 퍼졌다. 시험에 방해된다고 따지는 이들은 없었다. 오히려 멍하니 바라보다가 컨닝 처리가 될 뻔했다.

진우는 처음에는 김운종과 기사들의 시선이 거슬렸지만 금방 몰입해 그 시선을 느낄 수 없었다. 자료를 쓸 때와 마찬가지로 알고 있는 정보들이 쏟아져 나왔다. 변형된 부분이 있기는 하지만 본질적인 뜻은 똑같으니 괜찮을 것 같았다.

'끝났군.'

답안지 작성이 모두 끝나자 깊은 몰입에서 깨어났다. 진우는 숨을 내쉬고 펜을 내렸다. 답안지는 아름다운 글씨로 빼곡했다. 그러나 보고 있노라면 답답하다거나 빽빽하게 느껴지지 않았다. 하나의 문양을 보는 것 같은, 조금 더 과장하자면 몰아치는 파도를 보는 것 같기도 했다. 그리고 적당히 분배된 빈 곳은 잠시 여운에 잠길 수 있는 하얀 눈밭이었다.

주변을 살펴보니 아예 김운종이 진우의 뒤에 서 있었고, 기사들은 아예 진우의 책상 주변을 둘러싸고 있었다. 시험장에 붙어 있는 시계를 보니 두 시간이 지났다. 진우가 펜을 놓았을 때가 정확히 두 시간이 지나는 시점이었다.

진우는 망설임 없이 자리에서 일어났다. 그가 일어나자 모든 이목이 쏠렸다. 필기시험을 이렇게 빨리 끝낼 리가 없었기 때문이다. 그렇다고 포기를 했다고 보기에는 모양새가 이상했다.

"가도 되나요?"

김운종이 고개를 끄덕였다. 기사들도 그럴 필요는 없었지만 모두 고개를 끄덕였다. 답안지는 어느새 김운종의 손에 들려 있었다.

아무것도 없이 맨몸으로 왔으니 챙길 건 없었다. 남들 다 열심히 문제 풀고 있을 때 혼자 나오는 기분은 대단히 상쾌했다.

'가끔 시험 보는 것도 괜찮은데?'

정보를 토해내니 머릿속도 정리되는 것 같고, 기분 전환도 되는 것 같았다. 진우가 시험장에서 나와 차에 다가가자 유나가 대기하고 있었다. 마치 금방 나올 걸 알고 있기라도 한 것 같았다.

"잘 보셨습니까?"

"아니. 망쳤어."

"그렇습니까?"

유나가 살짝 웃었다.

꼭 시험 잘 본 애들이 저러더라. 그건 예전부터 진우가 해보고 싶었던 말이었다.

필기시험이 끝나고 난 후, 김운종은 심각한 표정으로 진우에게 낸 추가 문제를 보고 있었다. 처음 봤을 때는 액자에 넣고 싶었다. 그 자체로도 상당히 보기 좋았기 때문이다. 한 번 읽었을 때는 감탄했고, 두 번째는 경악했다. 세 번째는 고개를 끄덕였다.

자신의 수준에 따라서, 바라보는 시야에 따라서 마치 글자가 시시각각 변하는 것처럼 깊이가 달라졌다. 김운종이 처음 그 자료를 보여줄 때만 해도 저들은 이진우가 썼다고 믿지 않았다. 그래서 오늘 시험장에 직접 찾아온 것이었다.

그러나 지금은 완전히 믿고 있었다. 아니, 믿음을 넘어 매료되었다.

"미학을 추구하는데 충분한 근거가 되는군."

"음! 이것도 보게. 생각해 보지 못했던 새로운 관점이야."

"오……."

부정적인 태도를 보였던 기사들조차 진지하게 토론을 하고 있었다. 김운종은 고개를 끄덕였다.

A랭크 라이센스 시험은 시험이 모두 끝난 후 모든 답안지가 공개되었다. 일정 점수 이상을 받은 답안지는 논문의 형태로 재구성되어 남기도 했다. 그것들은 기사 심사 때 참고 자료로 쓰였다.

김운종은 굉장한 변화가 생길 것이라 직감했다.

'실기 시험은……. 후우, 그놈들 때문에 생각하기도 싫군. 협

회는 어째서……'

분노가 들끓었다. 근 10년 동안 그를 괴롭히는 골칫덩어리들이 존재했다. 끝까지 달라붙어 시험의 본질을 흐려놓았다. 필기시험은 김운종이 주관했지만, 실기는 아니었다. 그건 능력자 협회 주관이었다.

'그놈의 파벌이 뭔지……'

대한민국의 미래가 심히 걱정되었다. 그러나 그는 내색하지 않고 입을 뗐다.

"내일 바로 실기 시험이니 빨리 들어가도록 하시게."

"선배님. 아시지 않습니까? 어차피 미뤄질 텐데요. 그런다고 자기들 입맛에 맞는 기사가 나오나? 참나……. 그러니 싹 다 죽어 나가지."

김운종의 말에 기사 하나가 그렇게 대답했다. 앞으로 어떨지 모르겠지만 지금까지는 사실이었다.

실기 시험은 필기시험이 끝나고 하루 뒤에 있었다.

의아한 부분이 있었다. 시험은 배틀로얄 방식이었다. 원작에서도 처음에는 그렇게 언급이 되었지만 정작 대련 형태로 진행되었다.

'배틀로얄이라면서 왜 대련을 처하고 있냐고.'

'전편 설정도 까먹은 거야?'

'님들 어디 하루 이틀인가요? 그냥 넘어 갑시다.'

그래서 댓글에 정중한 수정 요청이 있었는데, 당연히 수정은 이루어지지 않았다. 늘 그렇듯 원작 작가의 실수겠거니 하면서 넘어갔던 기억이 있었다.

'음……'

실기 시험은 대련이 아니라 배틀로얄이 맞았다. 총 3회, 같은 방식으로 보았다. 많은 이들을 탈락시킬수록, 오래 남을수록 점수가 가산되는 형식이었다.

설명은 그럴듯했다. 국제대회는 권모술수가 난무하는 살벌한 전쟁이었기에 A랭크 라이센스 시험도 많이 순화하기는 했지만 그러한 형태를 만들었다고 한다. 파벌이나 음모를 꾸며도 좋으니 모든 걸 보여주라는 의미에서였다.

'원작 설정이랑 정면으로 충돌하는군.'

설정에 구멍이 있는 건 하루 이틀도 아니었지만, 배틀로얄과 대련은 너무 큰 차이가 있었다. 진우가 이상하다고 생각하고 있을 때 유나가 기분 나쁜 정보를 알려주었다. 응시생들이 진우가 JW 장비를 착용할 경우, 너무 불공평하다는 주장을 했다고 한다.

'항의서라……'

정식으로 항의서까지 냈다. 물론, 항의서 내용은 정중하기는 했다. 진우에게 감사와 찬양을 바치다가 문제점을 살짝 언급하는 식이었다. 문제를 제기했다는 응시생의 정보를 은근히 공개하기도 했는데, 조사해 보니 이번에 처음 시험을 보는 응시생이었다. 제법 재능이 있는 유망주에 속했다. 의도가 뻔히 보였다.

"항의서는 관례와도 같은 일입니다. 그렇긴 하지만 대단히 건방진 소리군요."

유나도 기분이 나쁜 듯 눈썹을 찡그렸다. 사실 항의서는 관례와도 같았다. 실기 시험이 진을 쏙 빼놓는 필기시험 바로 다음 날, 그것도 아침에 있었기 때문이었다. 응시생 중에서 시험에 여러 번 탈락한 이들, 고참 응시생이 나서서 항의서를 작성하고 바로 김운종에게 전달했다.

시간을 벌기 위한 수단이었다. 조그마한 문제라도 있으면 안 되기에 이런 항의서가 오면 시험을 뒤로 미루고 회의를 통해 결정을 내렸다. 그건 능력자 협회에서 정한 규칙이었다.

고위 능력자 아카데미는 능력자 협회 산하 교육기관이었기에 그 규칙을 반드시 지켜야 했다. 그 때문에 항의서를 내면 보통 시험이 뒤로 미루어졌다. 예전 같았다면 날씨 핑계나, 국제정세 등을 핑계로 냈지만, 더욱 많은 시간을 끌기 위해 진우를 문제 삼았다. 응시생들만의 생각이라고 보기에는 힘들었고, 아마도 다른 세력이 개입한 것 같기는 했다.

그렇지 않다면 겁대가리 없이 저런 행위를 할 수 없었다.

처음에는 이진우라는 이름에 망설이다가, 일단 관례였고 동조하는 숫자가 많아지니 대부분 항의서에 동참했다. 응시생들은 적어도 일주일이라는 시간을 벌 수 있을 거라 생각했다. 착용 아이템에 제한이 있는 건 아니었다. 아이템도 실력에 포함되었기 때문이다. 따지고 보면 응시생들도 많은 돈을 투자하거나 대여받은 아이템을 쓰고 있었다.

"음……."

하지만 그들은 실수를 했다. 굉장히 어리석은 실수.

'나를 이용했군.'

진우는 그런 꼴을 볼 수 없었다. 거우 그런 이유로 자신을 걸고넘어지는 꼬락서니가 상당히 보기 안 좋았다.

진우는 바로 연락해 해결 방안을 내놓았다. 회의가 시작되기 전에 깔끔하게 결론이 지어져서 시험은 내일 아침으로 결정되었다.

"정말 이 장비로 보실 생각입니까?"

진우는 유나의 말에 살짝 웃을 뿐이었다. 유나가 가지고 온 것은 아카데미에서 입는 운동복과 보급용 철제 검이었다. 그건 아카데미에 입학하면 기본으로 지급되는 보급품이었다. 진우가 이 보급품으로 시험을 치르겠다고 하니 회의를 할 이유가 사라졌다.

보급품은 괜히 보급품이 아니었다. 품질은 좋지 않았고 가격도 저렴해 반납할 필요도 없었다. 당연히 응시생들이 가지고 있는 아이템보다 훨씬 떨어졌다. 지금까지는 말이다.

진우는 시험을 미루는 꼴도 보고 싶지 않았고, 그들의 의도대로 놀아줄 생각도 없었다. 굳이 성소로 갈 필요 없이 서재 옆에 있는 작업실로 들어갔다. 작업실에는 랭크가 달린 테이블과 장비들이 진열되어 있었다. 진우는 운동복과 보급용 검을 테이블 위에 올려놓았다. 강화석과 속성석을 잔뜩 꺼냈다. 그래도 게이트 재료로 만든 물품이니 강화를 꽤 할 수 있을 것 같았다.

진우는 정성을 다해 신중하게 강화를 했다. 지금까지의 강화는 최대한 빠르게 하느라 대충한 부분이 있기는 했지만, 지금은 아니었다. 적당한 분노와 짜증은 집중력을 강화해 주었다.

진우는 결과물을 바라보았다.

[D+]저주받은 보급용 철검+10(한계 돌파!)
'그의 심기를 건드린 자, 철저한 파괴를 맛볼 것이다.'
악의 화신 황금의 군주가 악한 마음을 담아 강화한 보급용 철검. 태초의 어둠이 깃들어 기이한 능력을 지니게 되었다.
*속성: 암흑.

[D+]빛나는 운동복 +10
'기본 스킨은 고인물의 상징.'
기본 운동복. 원본을 해치지 않는 선에서 아름다움을 살렸다. 전혀 촌스럽지 않고 오히려 자연스러운 기품이 살아 있다.
*[D]기품
*속성: 대지, 바람.

진우는 고개를 끄덕였다. 그러고 보니 황금의 군주라는 칭호에 가려졌지만, 진우는 악의 화신이라는 직업을 가지고 있었다. 강화도 영향을 받는 모양이다.

'괜찮네.'

만족할 만한 수준이었다. D+랭크라면 현시점에서 보검 축에 충분히 들고도 남을 수준이었다. 외견은 조금 달라진 부분이 있기는 하지만, 크게 눈에 띄지 않았다. 오히려 훨씬 깨끗해져서 보급품인 것이 눈에 더 잘 들어왔다.

착용한 듯 안 한 듯하지만 강한 아이템. 이런 게 바로 진짜 장비빨이었다.

A랭크 라이센스 시험은 참가 자체만으로도 큰 의미를 가졌다. 시험 성적표를 바탕으로 협회 공무원이나, 능력자 수사국 쪽에 이력서를 내기도 했다. 실제로 A랭크 라이센스 성적표는 능력자 수사국 입사 때 많은 가산점이 되었다. 대부분 한가락 했던 이들이었고, 떨어진다고 하더라도 결코 흠이 아니었다. 그 정도로 리그 길드와 준기사 사이에는 매우 큰 벽이 존재했다. 준기사와 기사는 더욱 그러했다. 그러다 보니 시험 자체에 안주하는 사람도 생겼다. 시험에 몇 번 참가했는지를 훈장처럼 여기기도 했다. 그러다가 썩어버렸다.

실기 시험은 아레나에서 이루어졌다. 진우가 실기 시험에 참여한다고 알려지니 그 어느 때보다도 관심이 폭발하고 있었다. 능력자 협회의 고위 관계자들과 기사들, 초청인들이 참관하고 있었다. 기사급 인물은 신청하면 참관할 수 있었는데, 최희연도 자리했다. 역대 최고로 많은 참관인이 자리했다고 한다. 모두 진우 때문이었다.

아레나에 도착하니 진우에게 이목이 쏠렸다.

"아카데미 운동복?"

"보급용 검을……."

"진짜 이진우 맞아?"

들리지 않게 작게 수군거렸지만 진우의 귀에 모두 들렸다.

모두 부랴부랴 장비를 손질하고 있었는데, 진우만 유일하게 운동복에 보급용 검을 들고 있었다. 흔히 말하는 츄리링, 운동복이었지만 강화하면서 변형되기도 했고, 진우가 입으니 뭔가 다른 느낌이었다.

'내로남불이군.'

리그 길드와 계약을 조건으로 장비를 대여받은 이들도 있었고, 지금까지 모은 돈으로 장비를 산 이들도 많았다.

E랭크의 장비도 있었다. 굉장히 불쾌했다.

"안녕하십니까? 이진우 님. 실기 시험은 전략이 매우 중요한 시험이지요."

"능력뿐만 아니라 정치력 판단력도 보는 시험입니다. 그러나 저희는 그 점을 이용하여 새로운 형태의 시스템을 만들어냈습니다."

"저희가 나서서 좋은 대진을 만들어 드리겠습니다. 예쁘게 봐주시면……."

진우에게 고참 응시생들이 다가와 그런 말을 건넸다. 그들의 말을 들으니 어째서 배틀로얄 형식의 시험이 대련으로 바뀌었는지 알 것 같았다. 고참 응시생들이 마치 권력자처럼 내부 규칙을 만들어 휘둘렀다. 필기시험보다 응시생이 적은 것도 그 때문이었다. 최종 합격자는 당연히 많지 않았다. 특별하게 눈에 띄지 않는 이상 높은 점수를 받기 어려운 형태였다.

'이놈들 때문이었군.'

원작에서 설명하지 않았지만, 현실적으로 생각해 보면 주인공은 이들의 제안을 받아들인 것이 틀림없었다. 진우가 인상을 찡그리자 고참 응시생들이 말을 멈추었다. 그들은 갑자기 온몸이 굳어 말을 이어나갈 수 없었다. 숨이 턱 막혀서 숨을 내쉬는 것조차 힘들었다. 진우는 그를 스쳐 지나가며 대기실 좌석에 앉았다. 시선조차 주지 않았다.

주변 응시생들은 몸을 부르르 떨었다. 어째서인지 한기가 느껴졌기 때문이다.

실기 시험 시간이 되었다. 많은 점수를 따기 위해서는 3번 모두 참여해야 했지만, 응시생들은 약속이라도 한 듯이 모두 한 번씩만 참가하려 했다. 3번 다 대련을 할 수 없었기 때문에, 숫자를 나눠서 자체적으로 만든 명단에 이름을 올렸다.

"저, 저기 이진우 님. 세 번 모두 참가하실 생각이십니까?"

고참 응시생이 조심스럽게 다가와 그렇게 물었다. 진우는 가볍게 무시했다.

"이진우 님, 저만 믿으십쇼! 제가 다 챙겨 드리겠습니다."

대답할 가치가 없었다.

"······답답하네요······."

"일단 점수 팍팍 드려서 점수 좀 땁시다."

"음! 그럼, 제가 희생하겠습니다."

"예전에 최희연도, 그렇고 참······."

진우는 귀가 좋았다. 고참 응시생들의 중얼거림이 진우의 귀에 들렸다. 응시생들의 시선을 무시하며 제일 먼저 아레나 경기장의 무대 위로 올라갔다. 제일 먼저 무대 위로 올라오자 참관인들이 웅성거렸다. 게이트 재료로 만들긴 했지만, 일반 운동복보다 조금 더 좋은 수준인 운동복과 보급형 철검을 들고 있었기 때문이다.

첫 번째 시험에 참여하는 이들이 올라왔다. 진우에게 말을 걸었던 고참 응시생을 포함해 모두 57명이었다. 고참 응시생은 선배 응시생의 뒤를 이어서 10년 동안 이 시험을 꽉 잡고 있었다. 그건 누군가 지원을 해주지 않고서는 불가능한 일이었다.

아레나에 발을 디딘 순간부터 시험 시작이었다. 국제대회처럼 전쟁이 벌어져야 했다. 그러나 응시생들은 모두 점잖게 무기를 내리고 자신과 대련할 이들을 찾기 시작했다.

"D21번 능력자님이시죠? 제가 D32번입니다."

"네, 그럼 저쪽으로······."

나쁜 의미로 선비 같았다. 대련은 실력을 마음껏 보여줄 수 있었고, 실기 시험 점수제와 어울리는 부분도 있었다. 상대를 탈락시키고 오래 남을수록 점수가 쌓였기 때문이다.

물론, 진우는 저들과 어울릴 생각이 전혀 없었다. 점잖은 분위기는 오늘로 끝이었다.

진우는 천천히 검을 들었다. 폭풍검에 비할 바는 아니었지만, 철검에서 뿜어져 나오는 어두운 기운이 마음에 들었다.

진우가 한걸음 내딛는 순간.

쿵!

무대에 균열이 생기며 먼지가 위로 치솟았다.

각자 구역에서 대련을 시작하려던 사람들은 깜짝 놀라며 진우를 바라보았다. 현장을 총괄하면서 마지막에 대련하여 꿀을 빨려던 고참 응시생도 마찬가지였다.

진우의 모습이 흐릿해지는가 싶더니 고참 응시생 앞에 나타났다. 고참 응시생이 당황하면서 대여받은 무기를 들었다.

"어억?!"

다급히 방어 자세를 취했지만, 소용없었다. -E랭크에 이르는 고가의 무기가 단번에 박살 나며 바닥에 떨어졌다. 고참 응시생이 경악 어린 눈으로 자신의 무기를 바라보던 순간이었다. 진우의 검이 어느새 그의 코앞까지 도달해 있었다.

휘이이익!

사방으로 검풍이 몰아쳤다. 거대한 기운이 파도처럼 그를 덮쳐왔다. 그 순간 랭크가 붙은 갑옷과 팔찌, 액세서리가 모조리 박살 나기 시작했다.

텅! 쨍그랑! 쿵!

수억 대에 달하는 아이템들이 모조리 깨져나가며 바닥에 떨어졌고, 옷조차 갈기갈기 찢어져 팬티 한 장만 겨우 걸치고 있었다. 진우는 그를 무심하게 바라보았다.

"이, 이게 뭐…… 커억!"

진우가 가볍게 검면으로 싸대기를 후려치자 고참 응시생의 몸이 붕 떠서 날아가더니 벽에 처박혔다. 피를 토하며 날아가는 모습은 굉장히 처량했다. 주변에서 멍하게 바라보고 있던 응시생들도 같은 운명을 맞이했다.

쨍그랑!

진우의 검이 움직이자 장비가 모조리 화려하게 터져 나갔다. 장비의 조각들은 아름다운 보석이 되어 진우의 주변을 수놓았다. 마치 장비들이 스스로 파괴되며 화려하게 진우를 꾸며주는 것 같은 기분마저 들었다. 그들에게는 넋을 잃을 시간도 주어지지 않았다.

"끄아악!"

"커억!"

응시생들은 바닥을 마구 구르다가 몸을 부르르 떨더니 그 자리에서 기절했다.

정적이 일었다. 모두 그대로 굳은 채 진우를 바라보았다.

진우의 입가에 조그마한 미소가 걸렸다.

오싹!

응시생들은 진우의 몸에서 거대한 검은 기류가 뿜겨져 나오는 듯한 느낌을 받았다. 소름이 돋으며 몸이 덜덜 떨렸다.

'좋군.'

진우는 검이 마음에 들었다. 보급용 철검은 생각보다 더 악랄한 위력을 지닌 검이 되어 있었다. 저들에게 점수를 1점도 내주지 않을 생각이었다. 올해 합격자는 1명으로 충분했다. 그 한 명은 당연히 그가 될 것이었다.

김운종은 또다시 눈을 부릅떴다. 자신도 모르게 주먹을 불끈 쥐었다. 너무나도 통쾌한 순간이었다. 저 골칫덩어리 놈이 박살 나면서 바닥을 구르는 순간 너무나 통쾌해 비명을 지를 뻔했다.

그러나 그는 시험 감독관이었다. 이 자리에는 협회의 고위급 인사 중 한 명인 은퇴한 고위 기사 출신의 대선배도 자리하고 있었다. 함부로 웃지는 않았다.

한춘섭. 한때 도왕이라 불렸으나 지금은 퇴물이었다. 무기를 들지 않고 파벌 싸움만 해댔다.

"크, 크흠, 저래도 되나? 작년에……."

"선배님, 원래 저게 시험 의도에 맞습니다."

"허어, 그렇다고 하여도……."

"그럼 이진우 응시생에게 따지시겠습니까?"

"아니 누가 뭐라 했나? 허허, 거참, 우리 이진우 님은 역시 역대 최고의 천재구만! 허허허!"

한춘섭이 복잡한 심경을 감추며 애써 웃었다. 매번 참관하여 오지게 태클을 걸었는데, 이번에는 그럴 수 없었다. 바로 이

진우가 그 주인공이었기 때문이다.

'크으! 타격감 죽인다!'

김운종은 진우의 움직임을 보면서 감탄했다.

레벨이 달랐다. 검술은 너무나 아름다웠다. 초식의 연계는 환상적이었고 검풍과 검기는 완벽한 절제미를 보여주고 있었다.

'대단해. 이미 기사, 아니, 적어도 중위 기사급이겠군.'

흔히 기사급이라 칭하는 수준은 하위 기사에 속했다. 하위 기사는 브론즈, 실버, 골드로 나누어져 있었고, 플래티넘 계급을 중위 기사라 불렀다. 중위 기사 위는 고위 기사였다.

'검을 잡은 지 2년도 되지 않았다고 하는데……'

그가 이해할 수 있는 영역의 재능이 아니었다. 인류 역사상 한 번 나올까 말까 한 재능이었다. 그조차 어떤 묘리로 장비를 저토록 처참하게 파괴하는지 알 수 없었다.

그저 보급 철검에 불과했다. 그도 흉내를 내려면 할 수는 있겠으나, 진우의 나이를 생각해 보면 경이로운 일이었다.

'검의 미학.'

그 이론은 완벽했다. 그 완벽한 이론이 진우의 검에 온전히 녹아들어 있었다. 기사들마저 모두 경악했다.

김운종은 옆을 바라보았다. 오로지 최희연만이 잔잔한 미소를 그리며 진우를 바라보고 있었다. 김운종은 1년 동안 그녀를 지도한 적이 있었는데, 웃는 얼굴을 거의 보지 못했다.

"최희연 경."

"네, 선생님."

"그가 무슨 의도인 것 같나?"

김운종은 최희연이 기사가 되기 위해 얼마만큼 노력했는지 알고 있었다. 노력은 지금도 이어지고 있다. 아니, 오히려 더 열정적으로 변했다. 그 동력은 아마도 이진우겠지.

최희연은 진지한 표정이 되었다.

"세상을 바꾼다고 했습니다."

"세상을?"

"네. 정직하고 아름답게……."

뒷말에는 최희연의 사견이 조금 들어갔다.

김운종은 감탄하며 고개를 끄덕였다.

정직하고 아름답게 세상을 바꾼다! 김운종은 이진우가 그리고 있는 그림이 희미하게 보이는 것 같았다.

'협회를 바꾸려 하고 있군.'

A랭크 라이센스. 여러 파벌이 얽혀 있는 이 시험을 대놓고 부수고 있었다. 압도적인 실력으로 말이다.

파벌들이 몰래 지급한 장비를 철저히 박살 내고 있었다. 이번 일은 협회의 썩어빠진 고인물들을 흔드는 거대한 흐름이 될 것이다.

'검술 이론을 공개한 것도…….'

이미 그의 검술 이론에 매료된 기사들이 있었다. 아마 필기 시험 답안지와 그의 검술 이론이 공개된다면 그를 중심으로 새로운 세력이 생길 가능성이 컸다. 그만큼 매력적이었다.

'과연⋯⋯.'

천지개벽! 저 남자와 가장 잘 어울리는 단어였다.

최희연은 품에서 스마트폰을 꺼냈다. 얼마 전에 선물 받은 인피니티 폰이었다. 잠시 헤매다가 카메라 녹화 버튼을 눌렀다. 주변에 있던 기사들도 희연을 따라 스마트폰을 들었다.

조금은 낯선 광경이었다.

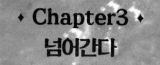

♦ **Chapter3** ♦
넘어간다

　진우는 거침없이 다 때려 부쉈다.

　"끄아악!"

　"커헉!"

　봐주는 것 없이 모조리 다 박살을 냈다. 응시생들은 초식동
물처럼 진우를 피해 도망치느라 바빴다. 아니, 도망쳐야만 했
다. 그렇지 않고서는 비싼 장비가 다 박살 났기 때문이다.

　고참 응시생들을 아예 싹 다 벗겨 버렸다. 나머지는 적당히
장비를 박살 내고 무력화시키는 선에서 봐주고 있었다.

　진우는 그 정도까지 악랄하지 않았다.

　"으, 으아아아!"

　"막아!"

　그러니 자연스럽게 응시생들이 연합해서 진우에게 덤벼들
기 시작했다. 이게 시험의 본 모습이 아닐까?

다만 소용없는 발악일 뿐이었다. 실기 시험에 응해서 아레나에 들어온 이상 기권과 항복은 허락되지 않았다. 기권이나 항복을 한다면 영원히 A랭크 라이센스 시험에 응시할 수 없었다. 1회 시험을 보고 갈등하던 응시생들은 어쩔 수 없이 이를 악물고 2회 시험에 모조리 올라왔다. 숫자가 많든 적든, 연합하던 진우의 적수가 되지 못했다.

'마지막이로군.'

남아 있는 응시생들이 모두 뭉쳐 방어 자세를 취하고 있었다. 제법 그럴듯한 방어진이었다. 하지만 소용없었다.

진우의 몸이 흐릿해지는가 싶더니 그들을 뒤에 나타났다.

"응?"

"뭐가……."

"모, 몸이 안 움직여!"

몸이 움직이지 않았다. 고개를 돌려보려고 해도 움직여지지가 않았다. 진우는 천천히 검을 내렸다. 검 끝이 바닥에 닿는 순간 이변이 일어났다.

쩌저적!

그들이 지니고 있던 모든 아티팩트가 금이 가기 시작했다.

진우는 천천히 검을 검집에 넣었다.

파바바박!

"커억!"

"끄악!"

그들의 갑옷과 장비가 터져 나가며 공중으로 치솟다가 그대로 바닥에 꽂혔다. 거품을 물고 기절했는데, 누가 봐도 전투 불능이었다. 멍하니 진우를 바라보던 시험관이 다급히 깃발을 들었다. 이제 아레나에는 전투 가능한 응시생들이 남아 있지 않았다.

"S1번 이진우, 총점 3,500점. 나, 나머지 0점! 시험 속행 불가!"

계산은 손쉬웠다. 진우는 최고 기록을 경신했고, 나머지는 0점이었다. 고참 응시생의 수작질 때문에 해마다 실기 시험은 꼬박 하루가 걸렸지만, 지금은 한 시간도 지나지 않았다. 최고 기록과 최단 시간을 갱신하며 A랭크 라이센스의 시험이 끝났다.

진우는 천천히 계단을 내려갔다. 탈락한 응시생들이 치료를 받으며 멍하니 진우를 바라보았다. 원한을 가져야 했지만 그런 생각도 들지 않았다. 원한을 가진다고 해서 어떻게 될 상대가 아니었다. 이번 연도 A랭크 라이센스의 합격자는 S1번 응시생, 이진우 한 명뿐이었다.

A랭크 라이센스를 획득한 사람이 진우뿐이라는 것이 능력자들 사이에 퍼지자 약간의 소란이 있었다. 편파 판정 아니냐, 능력자들을 억압하는 것 아니냐 하는 소란이 있었지만, 진우가 보내준 이론, 필기시험 답안지, 그리고 마지막으로 실기 시험 동영상이 능력자 협회를 통해 공개됐다. 능력자 인증을 해야 볼 수 있었는데, 공개되자마자 불만은 완전히 사라졌다. 오

히려 여론이 급격하게 바뀌었다.

[F]59,231번: 저게 무슨 검술이야?

[F+]42,321번: 말도 안 돼.

[E]13,521번: 간지 보소.

[D+]7,230번: 저거 이영욱 아니야? 와, 그냥 미니언이네.

능력자들이 쓰는 오픈 채팅은 진우의 이야기로 도배가 되었
다. '검의 미학'이라고 이름이 붙은 자료, 아니, 논문은 페이지
가 잠시 다운이 될 정도로 사람이 몰렸다. 다운은 받을 수 없
고 협회 홈페이지에서만 볼 수 있었기 때문이다. 김운학과 기
사들이 정리해서 올린 진우의 답안지 역시 그러했다.

그만큼 진우의 검은 아름다웠다. 그냥 아름다운 것이 아니
었다. 남자의 심금을 울리는 멋이 존재했다. 마치 영화를 보는
듯한, 아니 영화를 뛰어넘는 그런 멋이었다.

[-E]21,112번: 한시운 유파 검객인데요. 우리 사부님도 빠져 계시더
라구요. 요즘 좀 멋져짐.

[F+]42,333번: 제가 듣기로는 이진우 준기사님의 검은 검문최가의
기본 검형에서부터 출발했다는데요?

[-C]4,311번: 좋은 정보 감사합니다. 당장 갑니다.

진우의 검에 홀린 검객들이 검문최가로 몰리기 시작했다.

검선이 세상에 나오면서 떠오르고 있기는 하지만, 그렇다고 사람이 많이 몰리진 않았다. 워낙 수련이 혹독했기 때문이다.

그런데, 한적했던 검문최가가 그 바람에 북적댔다. 수련이 힘겨워 돌아가는 이들도 있었지만 많은 이들이 검문최가에 머물렀다. 멋을 추구하는 의지는 생각보다 강력한 힘을 낳았다. 검문최가의 수련생을 중심으로 검의 미학을 추구하는 사람들이 모이기 시작했다. 검의 미학 논문, 답안지, 검문최가의 기본 검형은 새로운 검술 유파를 만들어냈다.

'폭풍검우'였다. 멋이 폭풍처럼 쏟아져 내린다는 뜻에서 출발한 이름이었다.

차 안에 있던 진우는 갑자기 명예와 영향력이 오르자 고개를 갸웃했다. 엘라의 동영상 덕분에 영향력 수치가 오른 것까지 확인은 했는데, 갑자기 상당히 많이 올랐기 때문이다.

진우는 일선 그룹이 주최한 축하 파티와 여러 스케줄을 소화하고 G&P 빌딩으로 돌아왔다. 한숨을 내쉬며 넥타이를 풀었다.

"엘라 님의 영상 조회 수가 4억을 넘었더군요."

"벌써?"

"네, 정식 음원으로도 출시했는데 국내, 해외 차트를 다 휩쓸고 있습니다. 특히 일본에서는 압도적 1위입니다."

"그렇구만."

일본에서는 자체적으로 극장에서 상영회까지 열었다고 한다. 2시간 동안 엘라의 영상만 봤다고 하는데, 진우는 고개를 끄덕였다. 엘라의 모습을 떠올려보면 일본에서 폭발적인 인기를 끄는 것도 이해가 되었다. 아리나의 영상도 올라갈 예정이긴 했다. 아티팩트가 아니라 영상을 추출해서 미튜브에 올릴 예정이었다.

'영향력을 생각해 보면 일을 진행하는 것도 괜찮겠지.'

진우는 고개를 끄덕였다.

"엘론티 소속사 건물 옆에 굿즈점을 열었습니다. 오픈 이틀 전에 찾아와 줄을 서더군요."

"그거 엘라 조각상이랑 그림이었지?"

"네, 상당히 비싼 가격이지만 완판될 것 같습니다."

살아 숨 쉬는 듯한 엘라의 조각상과 그림이었다. 수백만 원을 호가했는데도 경쟁률이 치열했다. 엘론티 엔터테인먼트의 수입은 바로 정산되어 바로 엘라의 통장으로 들어갔다. 미래전략실에서 엘론티 운영에 도움을 주었고, 현재 이쪽 방면에 정통한 인재를 찾고 있었다.

그때 유나가 이어폰에 손을 올려놓더니 고개를 갸웃했다.

"도련님."

"왜?"

"문화센터에 이민우가 왔다고 합니다. 혼자 온 것 같은데……."

"형이?"

그러고 보니 병무청 통지서를 가져다줄 때 빼고는 한 번도 만나지 못했다. 축하연도 오지 않았다.

진우는 일단 문화센터로 향했다. 이민우가 문화센터로 올 이유는 아무리 생각해 봐도 없었다.

'나를 만나러 온 건가?'

문화센터에 도착해서 경호원들을 물리고 이민우가 있는 쪽으로 갔다. 엘론티 소속사 건물이 있는 쪽이었다. 진우는 엘론티 굿즈점 앞에 있는 이민우를 발견할 수 있었다. 야밤에 선글라스를 쓰고 있긴 하지만, 외모를 감출 수는 없었다.

굉장한 아우라를 풍겼다. 줄을 서고는 있지만, 이민우의 주변 반경 1m 안에는 사람이 없었다. 그는 당당히 책을 읽으며 줄을 서고 있었다.

"……."

"구, 굿즈를 사, 사러 온 모양입니다."

진우는 말을 꺼내지 못했고, 유나는 그녀답지 않게 당황하며 말을 더듬었다.

'음…….'

진우는 그 자리에서 생각에 잠겼다. 그리고 보니 받지는 못했지만, 전화가 두 번 정도 왔다고 한다.

"일단…… 조각상이랑 그림 모두 챙겨줘."

"알겠습니다. 티 나지 않게 사람을 시키겠습니다."

"그래."

진우는 조용히 뒤로 물러났다. 괜히 마주쳐서 어색한 상황을 연출하고 싶지 않았다.

진우는 고개를 끄덕였다. 취미는 존중해 줘야 했다.

화려한 날개, 높게 치솟은 볏, 품위 있는 꼬리 깃털. 칼날을 보는 것처럼 날카로운 부리와 발톱.

괴물이었다. 괴물의 두 눈은 포식자의 눈이었다.

오크를 보며 군침을 흘리는 포식자! 오크들은 미칠 지경이었다. 갑자기 나타난 정체불명의 새들은 오크들을 갈기갈기 찢고 먹이로 삼았다. 기이하게 풍성한 깃털은 도끼조차 통하지 않게 만들었다. 철갑을 두른 것보다 더 위협적으로 느껴졌다.

엘론티에 방문한 군주. 오크 대장은 군주가 만들어낸 생명체라 생각했다.

"크윽!"

오크 대장은 왼팔을 매만졌다. 깔끔하게 잘려 나가 있었다. 그 붉은 볏을 떠올릴 때면 온몸이 떨렸다. 붉은 볏의 한쪽 눈을 가져오는 데 성공했지만 팔 하나를 잃고 말았다.

"붉은 볏!"

군주는 차원이 다른 존재였지만, 붉은 볏은 인생 최고의 숙적이었다. 그러나 세 번째 맞붙었을 때는 무기마저 버리고 도망칠 수밖에 없었다. 황금 깃털로 변모한 붉은 볏은 한층 더 강해져 있었다. 오크들을 잡아먹고 더욱 강해진 것이다.

초원 각지에서 오크 부족들이 모여들었다. 겨우 귀쟁이 놈들을 상대하는데 다른 부족의 힘을 빌리는 건 무척이나 자존심이 상하는 행위였다. 그러나 붉은 볏, 그리고 거대한 새 군단은 너무나 위협적이었다. 빨리 싹을 자르지 않으면 안 된다.

'지금은 군주도 없다!'

엘론티에 방문한 군주 역시 오랜 기간 자리를 비우고 있었다. 많은 희생으로 얻은 정보였다. 지금이 적기였다.

"취익! 모든 부족이 모였다!"

"오늘은 귀쟁이들의 최후다!"

난쟁이들을 박살 내고 온 명예로운 오크 부족들이었다.

오크 대장은 부족장들을 바라보며 고개를 끄덕였다. 귀쟁이들이 숨기고 있는 어둠의 힘을 얻는 순간, 전 차원의 지배자가 될 것이다. 다른 군주의 눈치를 볼 필요가 없었다. 새로운 군주가 되어서 침략을 개시할 것이다!

번식과 약탈! 그것이 오크가 살아가는 이유였다.

오크 대장은 거대한 둔기를 들었다.

"귀쟁이를 죽인다! 붉은 볏을 죽인다! 오크 군주가 된다!"

"오오오!"

"죽여라!"

오크 부대가 엘론티로 진격하기 시작했다. 오크들의 주둔지에는 아무도 없었다. 모든 오크가 오크 부대에 합류해서 진격했기 때문이다. 수만에 달하는 대군이었다. 이 엄청난 대군 앞에서는 붉은 볏도 한낱 작은 새에 불과했다.

그러나 준비는 철저해야 했다. 오크들은 땅까지 파가며 조용하고 은밀하게 이동하였다. 저 멀리 엘론티가 보이는 순간 오크 대장이 무기를 치켜들었다.

뿌우우우!

환호와 함께 뿔피리 소리가 울려 퍼졌다. 파멸을 알리는 전주곡이었다.

진우는 엘론티로 돌아왔다. 엘론티로 오니 마음이 정화되는 기분이었다. 쌓였던 스트레스가 모두 사라지는 것 같았다.

"군주님!"

엘라가 거대한 황금 닭을 타고 진우에게 다가왔다. 황금 닭은 안대를 끼고 있었는데, 그윽한 시선이 인상적이었다.

부리에는 줄기가 긴 풀도 물고 있었다.

엘론티 골든 치킨. 닭이라 부르기가 굉장히 어려워졌다.

"오랜만이에요!"

"그렇군요."

그렇게 오랜만은 아니지만, 아무튼 반가웠다. 닭에서 내린 엘라는 진우에게 인사를 하고는 유나를 덥석 하고 안았다. 유나는 어색한 표정이었지만 싫지는 않은 모양이었다.

이야기할 것들이 많아 일단 성으로 이동했다. 유나가 자세한 이야기를 해주었다.

"조각상과 그림이 완판되었습니다."

"정말요?"

"네."

엘라는 환하게 웃었다. 기뻐하는 장인들이 눈에 선했다. 차원 상점에서도 인기가 전혀 없던 작품들이었다. 유나가 판매 가격을 알려주자 엘라가 깜짝 놀라며 뒤로 넘어질 뻔했다. 곁에 있던 델루가 넘어가려는 그녀를 잡아주었다.

"그, 그렇게나 비싸게……."

"확인해 보세요."

진우가 그렇게 말하자 엘라는 고개를 끄덕이고는 환전소를 열었다. 엘라는 근원석의 권능을 이용해서 환전소와 차원 상점을 이용할 수 있었다. 환전소를 확인하던 엘라가 깜짝 놀라며 벌떡 일어났다. 그러더니 떨리는 손으로 단위를 확인하기 시작했다. 동공이 마구 흔들렸다.

"이, 이, 이거 정말인가요?"

진우가 고개를 끄덕이자, 엘라는 환전소를 닫고 거친 숨을 내쉬었다. 유지비만 빼고 다 정산해 주었기 때문에 금액은 상당했다. 진우가 지원해 준 금액보다 훨씬 많은 양이었다.

유나가 살짝 웃으며 엘라를 바라보았다.

"음원, 그러니까 녹음한 노래의 판매 금액이 정산되면 훨씬 더 많이 들어올 겁니다."

유나의 말에 엘라의 얼굴이 창백해졌다. 거의 숨이 넘어가기 일보 직전이었다. 곁에 있던 델루가 엘라의 등을 쳐주었다. 엘라는 그제야 숨을 내쉬었다. 힘이 빠졌는지 테이블 위에 상체를 묻었다. 그러다가 벌떡 하고 상체를 일으켰다.

"유, 유나 님, 제, 제가 하는 게 뭐라고 하셨지요?"

"가수입니다. 정확히 엘프 컨셉 아이돌 가수라고 정의할 수 있습니다."

"괴, 굉장한 직업이군요."

엘라는 주먹을 꼬옥 쥐었다.

더 열심히 하겠다고 다짐을 하며 의지를 불태웠다. 이제 세계수의 의지를 깨우는 것에 효과가 있는지 살펴볼 차례였다.

'오래 걸렸군.'

드디어 때가 되었다. 허영의 군주 때문에 참 오래 돌아온 것 같았다. 할 수 있을 때 바로 하는 것이 좋았다.

엘라에게 말하자 결연한 표정으로 고개를 끄덕였다.

"네, 시도해 볼게요."

진우는 엘라와 함께 세계수로 다가갔다. 거대했고 존재감이 남달랐다. 판타지 영화에 나올 법한 모습이었다. 메마르기는 했어도 세계수는 역시 세계수였다. 그러고 보니 이렇게 가까이에서 세계수를 보는 건 처음이었다.

'웅장하긴 하네.'

길게 늘어져 있는 잎들은 은은한 분위기를 연출해 주었다. 하얀 덩굴이 얽혀 있어 신성하다는 느낌마저 들었다. 무척이나 얌전하고 예의가 바른 나무를 보는 것 같았다.

엘프들이 세계수 주변으로 모여들었다. 숲의 경계를 지키는 병력 이외에 엘론티의 엘프들이 거의 다 모인 것 같았다.

엘라가 세계수의 의지를 깨우면, 엘프들의 기도를 받아 그 소원을 이루어준다고 한다. 엘라가 세계수 앞에 조용히 섰다. 그녀의 표정에서 긴장이 묻어났다. 아주 오랜만에 해보는 일이었기 때문이다.

진우와 유나는 조금 떨어진 곳에서 엘라를 지켜보았다. 델루가 감격에 찬 모습으로 세계수를 바라보았다. 진우는 미소를 지으며 그녀를 바라보았다.

"세계수가 깨어나면 움직이기도 하나?"

"네, 엘프와 동물이 많았을 때, 세계수는 무척이나 활발하게 움직였습니다. 외부의 적으로부터 보호해 주었고, 늘 친구가 되어주었지요."

"그래?"

"네, 의지가 강하게 깃들어 숲 전체에 활력이 넘쳤지요. 그 광경을 볼 수 있다니…… 감격입니다."

진우는 고개를 끄덕였다.

"음, 옛날에는 인구가 많았나 봐?"

"네, 엘론티의 전성기 시절에는 15만 명가량 되었습니다. 그 때는 숲이 너무 활발해서 걱정될 지경이었다고 합니다. 지금은 상상조차 할 수 없네요."

"그렇구만."

종족 전체가 15만 명이면 상당히 적은 숫자였다.

엘라의 몸에서 빛이 뿜어져 나왔다. 그 환상적인 모습에 진우도 감탄했다. 대단히 아름다웠는데, 진우는 왠지 불안한 느낌이 들었다.

"델루, 너무 활발하다고 했나?"

"네, 기록에 따르면 그렇습니다."

델루의 말에 진우와 유나가 서로를 바라보았다.

"그…… 조회 수가 몇이라고?"

"아침에 확인했을 때 5억 정도였습니다. 구독자 숫자도 100만을 돌파해서 200만을 바라보고 있습니다."

"음……."

진우는 잠시 생각에 빠졌다. 델루의 설명을 들어보니 의지가 너무 많이 깃들어도 문제가 될 것 같았다.

엘라는 모든 의지와 마력을 일으키며 전력을 다하고 있었다. 그동안 전력을 다해도 아무런 응답이 없었기 때문이다.

"일단 천천히……."

진우가 엘라에게 최대한 힘을 빼고 하라고 말하려 할 때였다. 엘라에게서 뿜어져 나온 빛이 점점 강해지더니 빛의 기둥이 되어 하늘로 치솟았다. 구름이 단번에 지워졌다.

엘라는 얼떨떨한 표정이 되었다. 호위병들도 눈을 동그랗게 떴다. 다른 엘프들도 마찬가지였다. 대부분의 엘프는 세계수의 의지를 깨우는 광경을 본 적이 있었다. 엘라에게서 성스러운 빛이 뿜어져 나오기는 했지만, 이 정도는 아니었다.

휘이이이!

바람이 한차례 불었다. 외부에서 불어온 것은 아니었다. 세계수에서부터 뿜어져 나온 바람이었다. 나뭇가지와 나뭇잎들이 떨어져 내렸다.

드드드!

세계수를 중심으로 진동이 퍼져나갔다. 성이 뒤흔들릴 정도였다. 거대한 줄기가 땅을 뚫고 치솟자, 잠을 자고 있던 닭들이 깜짝 놀라며 날갯짓했다.

초원에서 정찰하던 엘프 정찰대원들이 닭을 타고 빠르게 다가왔다. 급하게 보고할 것이 있었기 때문이다.

"오크들이 대규모 기습…… 아……."

"오크들의 숫자가 수만에 이름……."

그러나 말을 다 잇지 못하고 멍하니 거대한 줄기를 바라보았다. 거대한 줄기들이 지축을 뒤흔들며 일어났다. 주변에 있던 엘프들은 황급히 대피했다. 엘라가 진정시키려 노력했지만, 세계수의 의지는 너무나도 강했다.

고오오오!

거대한 세계수의 본체가 천천히 몸을 일으켰다. 진우와 유나는 멍하니 그 광경을 바라볼 수밖에 없었다. 델루가 넋이 나간 표정이 되더니 들고 있던 창을 떨어뜨렸다.

쿵! 쿵!

세계수가 꿈틀거리며 숲의 경계로 이동했다. 육지 위에 올라온 문어를 보는 것 같기도 했다. 아니, 더 정확히 비유하자면 육지에 올라온 크라켄이었다. 숲 전체에 자욱한 먼지가 일어났다. 마치 괴수 영화를 보는 것 같은 기분마저 들었다.

세계수가 순식간에 숲의 경계선에 도착했다. 세계수의 발이라 볼 수 있는 거대한 나무줄기들이 모두 끊어졌다. 세계수의 본체를 지탱할 수 있는 뿌리는 이미 탐욕의 군주가 먹어치운 후였다.

두드드드드!

철골이 비틀리는 듯한 소리가 들렸다. 세계수의 거대한 몸이 앞으로 기울기 시작했다. 초원이 마치 밤이라도 된 듯 어두워졌다. 그림자가 너무나 커서였다.

파아아!

공기가 터져 나가는 듯한 소리가 들렸다.

콰아아아아앙!

초원을 박살 내버리는 소리와 함께 세계수가 완전히 넘어갔다. 초원의 잔해들이 하늘로 치솟다가 소나기처럼 쏟아져 내렸다. 먼지구름이 하늘을 뒤덮었다. 흡사 운석이라도 떨어진 것 같았다.

"……."

"……."

진우와 유나는 여전히 멍한 표정으로 그 광경을 바라보았다. 입이 반쯤 벌어져 있었다. 엘프들도 마찬가지였다. 워낙 스케일이 큰 일이 일어나서인지 경악하지도 못했다.

굳어 있던 엘라가 뻣뻣하게 몸을 돌리며 진우를 바라보았다.

"어, 어, 어, 어떡하죠?"

그녀의 눈동자는 쉴 새 없이 흔들리고 있었다. 혼란을 넘어선 무언가가 가득 담겨 있었다.

엘론티로 진격하던 오크들은 자신들에게 다가오는 거대한 괴물을 보자마자 몸이 굳었다. 수만에 이르는 오크 모두가 그 압도적인 광경에 진격을 멈추고 멍하니 괴물을 올려다보았다.

"나무?"

"어?"

"취익?"

거대한 나무가 넘어지며 수만의 오크를 덮쳤다.

엘프들은 정신을 차리는 데 상당히 오래 걸렸다. 모두 턱이 빠질 것처럼 경악하며 그 광경을 바라보고 있었다.

진우도 당황하기는 마찬가지였다. 델루의 이야기를 듣고 직감을 하기는 했으나, 이 정도의 사태가 벌어질 줄은 예상하지 못했다. 지구인의 관심과 사랑은 생각보다 광장했다.

'엘프보다 격렬하기는 하지.'

엘프는 잔잔한 호수였지만, 지구인은 파도 그 자체였다. 게다가 숫자도 워낙 많았다.

엘라는 거의 기절하기 직전이었다. 마치 고장이라도 난 것처럼 몸이 이리저리 흔들렸다.

"일단…… 현장으로 가보자."

상황을 파악하기 위해 현장으로 향했다. 엘라, 그리고 엘프들과 함께 자욱한 먼지구름을 뚫고 초원에 도착했다. 초원은 처참한 상태였다. 거대한 지진이라도 난 것처럼 땅이 갈라져 있었고, 갈라진 땅에서 물이 치솟고 있었다. 지반을 붕괴시키고 깊숙한 곳에 있던 수맥을 건드린 모양이었다.

세계수의 뿌리를 바라보았다. 뿌리가 아예 없다고 보는 게 맞았다. 날카로운 이빨에 뜯겨나간 형태였다.

휘익! 콰앙!

세계수는 줄기를 휘둘러대며 오크들을 공중에 날려 버리고 있었다. 줄기가 휘둘러질 때마다 수십의 오크가 공중으로 치솟다가 바닥에 꽂혀 절명했다. 오크들이 대부분 사라지자 줄기의 움직임도 느려지더니.

쿠웅!

마침내 힘없이 바닥에 쓰러졌다.

'오크?'

어째서 오크가 여기에 있는 걸까?

세계수에 깔린 오크, 거대한 땅의 균열에 매장된 오크, 잔해에 파묻혀 있는 오크까지 대단히 많은 숫자였다.

정보의 마안에 경험치가 감지되었다.

진우는 일단 경험치를 흡수해 보았다.

'뭐가 이렇게 많아?'

황당할 정도로 막대한 경험치였다. JW 게이트에서 몰이사냥을 했을 때도 이 정도는 아니었다. 몰이사냥으로도 레벨업을 하기 힘들었는데, 한 번에 레벨이 5나 올랐다.

'세계수는……'

진우는 세계수를 살펴보았다. 세계수를 지탱했던 줄기들은 이미 끊어져 있었고, 잎들은 초원에 자욱하게 깔렸다.

세계수의 호흡이 점차 옅어졌다. 정보의 마안으로 살펴보니 지금까지 버틴 것도 한계였다. 세계수이기는 하지만 뿌리가 없는 나무였으니까.

엘라는 세계수를 손으로 쓰다듬었다. 세계수의 나무껍질이 너무나 쉽게 부서져 내렸다.

"세계수가 소원을 들어주었군요."

엘라는 알 수 있었다. 세계수에게 엘프들의 의지를 전한 것이 바로 그녀였기 때문이다. 엘프들을 지켜달라는 소원이 세계수를 움직이게 했다. 오랜 세월 동안 버틴 이유가 어쩌면 이날을 위해서인지도 몰랐다.

유나가 엘라의 옆에서 그녀를 위로해 주었다. 엘프들은 세계수에 손을 얹으며 담담히 받아들였다.

두득!

그때, 세계수 안에서 작은 나무줄기가 나왔다. 줄기의 끝에는 검은 돌이 매달려 있었고 굉장히 사악한 기운이 흘러나왔다.

진우는 그걸 본 순간 단번에 알 수 있었다. 허영의 군주가 봉인된 봉인석이었다. 그의 거대한 영혼이 저 안에 봉인되어 있었다.

엘라와 엘프들은 차마 다가가지 못하고 봉인석을 바라보았다. 유나와 엘라조차 존재감에 억눌려 견디기 힘들어했다. 반면, 진우는 그 사악한 기운이 제법 상쾌하게 느껴졌다. 약간 박하사탕을 먹는 느낌이 났다.

'상당하군.'

탐욕의 군주보다 격이 훨씬 떨어졌지만 그래도 군주는 군주인 모양이다.

진우는 봉인석에 다가갔다. 봉인석을 잠시 바라보다가 손에 쥐었다. 나무줄기가 힘없이 떨어져 나가며 부서졌다.

봉인석이 사악한 기운을 내뿜으며 진우를 압박했다. 세계수의 봉인에서 풀려났기에 허영의 군주가 서서히 깨어났다. 봉인이 완전히 풀리려면 아직 시간이 남기는 했으나 의식이 깨어나는 것을 막지는 못했다.

진우의 주위로 검은 기운이 몰아쳤다. 제법 그럴듯한 장면이었다.

고오오!

[드디어 봉인이……!]

진우는 바로 봉인석을 아공간에 넣었다. 원작처럼 봉인석이 박살만 나지 않는다면 당분간 허영의 군주가 풀려나는 일은 없었다. 일단 황금의 성소에서 봉인석을 약화할 방법을 찾을 생각이었다.

'주인공은 괜히 들고 다니다가 그 지랄이 났지.'

조심스럽게 다뤄도 모자랄 판에 말이다.

유나가 진우에게 다가왔다.

"굉장히 위험해 보입니다."

"당분간은 괜찮아."

유나는 간신히 고개를 끄덕였다. 보는 것만으로도 절로 몸이 떨릴 정도로 압도적인 기운이었다. 그런데 아무렇지도 않게 그런 존재를 다루는 그가 조금은 낯설어 보였다.

진우는 엘라에게 다가갔다. 엘라의 눈에는 눈물이 고여 있었다.

"세계수도 이제 편히 쉴 수 있을 거예요. 그동안 너무 많은 짐을 지게 했어요."

엘프의 생존, 군주의 봉인. 죽어가는 세계수가 감당한 무게였다.

"세계수가 없다면……."

"점차 사라지겠지요."

진우의 말에 엘라가 조용히 대답했다. 원작에서도 엘프는 그렇게 사라졌다. 엘프들이 살아가기 위해서는 세계수가 필요했다. 일종의 보호막과도 같은 개념이었다. 잠시 버틸 수는 있겠지만 고통 속에서 떠돌다가 사라질 것이다.

그렇게 둘 수 없었다.

"세계수를 다시 만들 수는 없습니까?"

"세계수는 엘프들의 영혼과 의지예요. 머나먼 과거, 위대한 고대 엘프 엘브라스가 엘프들의 영혼을 끌어모아 만든 수호 정령입니다. 드워프 최고장인 벨론도 도움을 주었지요."

세계수는 나무보다는 정령에 가까웠다. 세계수에서 살아가는 엘프들이 요정이라고 불리는 이유도 그 때문이었다. 엘라는 새로운 세계수를 만들 방법을 알고 있었다.

고대 엘프의 기술은 오래전에 명맥이 끊겼다. 차원 상점에 나타났다는 소문이 있기는 했으나 확인조차 하지 못했다. 확인했다고 해도 구매는 엄두도 못 냈을 것이다. 엘브라스의 기술과 막대한 크기의 영혼이 필요했고, 벨론의 기술까지 알고 있어야 했다. 현실적으로 불가능한 이야기였다.

어느 누가 엘프조차 익히기 힘든 기술과 드워프 장인의 기술을 익힐 수 있을까?

엘프들은 그걸 알고 있기에 모두 숙연한 분위기에서 최후를 받아들이고 있었다. 세계수의 뿌리가 사라졌을 때부터 엘프들의 운명은 이미 정해져 있던 것인지도 몰랐다.

"이렇게 엘프들이 사라지는 것도 자연의 섭리겠지요."

엘라는 진우를 바라보며 힘없이 웃었다.

'음……. 벨론과 엘브라스'

진우는 잠시 생각에 빠졌다. 벨론, 그리고 엘브라스라는 말을 들은 적이 있었다. 탐욕의 군주를 해결하고 나서 차원 상점을 처음 보았을 때의 일이었다. 아주 신나게 쇼핑을 했던 적이 있었다.

'아!'

진우는 바로 떠올릴 수 있었다. 벨론과 엘브라스의 기술서적은 그가 차원상점에서 구매해 익힌 기술이었다. 익히자마자 골든 메이커라는 기술로 바뀌었다.

'그냥 강화용으로만 썼는데……'

지금까지 강화 용도로만 썼기에 크게 신경을 쓰지 않았다. 골든 메이커는 B+랭크였다. 생각해 보면 확실히 범상치 않은 랭크였다.

엘프들은 서로를 위로하며 슬픔을 받아들이고 있었다. 유나는 엘라를 위로했고, 엘라도 유나를 끌어안으며 슬픔을 나눴다. 유나의 눈은 유난히 붉었다. 그동안 서로 정이 들어 슬픔을 참을 수 없었기 때문이다.

오직 진우만이 아무렇지도 않은 모습이었다. 생각에 빠져 있던 진우는 고개를 끄덕이며 입을 뗐다.

"그 기술, 제가 알고 있는데요."

진우의 말에 모든 엘프가 행동을 멈추고 진우를 바라보았다. 엘라도 마찬가지였다.

"네?"

"예전에 차원 상점에 있길래 구해서 익혔습니다."

다른 기술에 비교해 조금 비싸기는 했었다. 진우가 아무것도 아니라는 듯 말하자 엘라와 엘프들은 세계수가 넘어갈 때와 비슷한 표정이 되었다.

"저기…… 군주님?"

"도련님……."

엘라와 유나가 진우를 바라보았다.

진우는 그저 살짝 웃을 뿐이었다. 기술을 익히고 있다고 하자 엘라와 엘프들의 표정이 다시 살아났다. 모두 진우를 반짝이는 눈동자로 바라보았다. 굉장히 부담스러웠다.

"제 영혼이라면 싹을 피우는 것 정도는 가능할 거예요."

엘라가 그렇게 말하며 진우를 바라보았다. 죽음을 각오하고 있었다. 엘프들을 지키는 것이 여왕의 의무였고 책임이었다. 오랫동안 그녀를 모셔 온 델루는 침통한 표정이 되었다.

'참⋯⋯.'

엘라는 원작에서도 그렇고 사망 플래그가 많은 것 같았다. 정말 갖은 고생을 다 하는 히로인이었다.

진우는 엘라를 죽게 할 생각이 전혀 없었다. 엘라와도 정이 많이 들기도 했고, 그녀는 엘론티 소속의 가수였다.

진우는 골든 메이커를 떠올려 보았다. 확실히 고난도 기술에 속했다. 그리고 엘라의 말처럼 영혼이 필요했다.

'엘프들은 그냥 다 죽으라는 설정이구만.'

진우는 고개를 설레 저었다. 그러다가 문득 방법이 떠올랐다. 정상적인 방법은 아니지만, 확실히 통할 것 같기는 했다.

"아마도 그럴 필요 없을 것 같군요."

진우의 말에 엘라는 또다시 놀란 표정이 되었다.

오늘 정말 많이 놀라는 엘라였다.

세계수는 천천히 부서져 내렸다. 호흡이 옅어진 순간부터 숲이 생기를 잃어갔다. 숲과 초원의 경계에서부터 나무들이 시들기 시작했다. 대지 자체가 이미 황폐해졌기에 세계수의 힘이 없이는 숲은 살아갈 수 없었다.

'많이도 처먹었군.'

볼 때마다 느끼는 거지만 참 대단했다. 탐욕의 군주가 아예 알짜배기만 쏙쏙 발라먹었다. 땅속에 남아 있는 자원도 거의 없을 것 같았다. JW 게이트가 멀쩡한 게 정말 다행이었다.

엘프들은 세계수의 본체에서 거대한 씨앗 하나를 가져왔다. 수박만 한 크기였는데, 건강해 보이지는 않았다. 세계수가 마지막 힘과 의지를 짜내서 만든 씨앗이었다. 지구인들이 만들어줬다고 해도 과언이 아니었다.

"군주님, 정말 제 영혼이 없어도 괜찮을까요?"

"아마도 괜찮을 겁니다."

"그, 그렇군요. 언제든 말씀하세요. 저는 준비가 되어 있습니다."

엘라는 언제라도 희생할 준비가 되어 있었다. 참 착했다.

진우는 씨앗을 바닥에 내려놓았다. 방해될지도 몰라 엘라와 유나를 제외하고 모두 멀리서 지켜보았다.

'상당히 어려운데?'

아마 엘브라스와 벨론도 많이 실패했을 것이다. 엘프들의 영혼을 녹이는 일은 굉장히 어렵고 또 고통스러운 일이었다.

고대의 엘프들은 아마 영혼이 타들어 가는 고통을 느꼈을 것이다. 그건 작열통보다 훨씬 큰 고통이었다.

머릿속 깊숙한 곳에서 기술을 꺼냈다. 어떻게 해야 하는지 몸이 알고 있었다. 다소 변형된 부분이 있기는 하나 퇴보한 것이 아니라 오히려 한 단계 더 발전한 것이니 문제는 없을 것 같았다.

진우는 엘브라스나 벨론이 만든 것보다 더 뛰어난 세계수를 만들고 싶었다.

[C]세계수의 씨앗
'지구인들아! 힘을 빌려줘!'
세계수가 마지막 의지를 짜내어 만든 씨앗.

영양 부족으로 메말라 랭크가 다운되었다. 세계수는 일반적인 나무가 아니라 수호 정령이다. 싹을 피우기 위해서는 특수한 기술과 힘이 필요하다.

진우는 고급 장비와 강화석과 속성석, 그리고 값비싼 재료를 몽땅 꺼냈다. 고급 장비 하나만 하더라도 진우가 엘라에게 지원해 준 금액의 몇 배나 되었다.

씨앗이 순조롭게 한계까지 강화되었다. 그야말로 속성석을 먹어치우는 하마였다. 넣어도 넣어도 계속 들어갔다. 시간이 지나자 메말랐던 씨앗의 모습은 사라졌다. 표면이 금빛으로 바뀌며 윤기가 좔좔 흐르기 시작했다.

'얼추 됐군.'

진우는 깊은숨을 내쉬었다. 시간이 꽤 걸렸지만 나름대로 만족할 만한 결과물이었다. 랭크도 A랭크까지 올라왔다.

　엘라는 두 손까지 모으며 간절한 눈으로 진우를 바라보고 있었다. 아예 기도까지 바치는 엘프도 존재했다.

　'이제⋯⋯.'

　나머지 재료는 가지고 있는 것으로 대충 해결할 수 있었지만 엘라가 말했듯 영혼이라는 주재료가 필요했다. 그것도 정제되어 있어야 했고 상당히 안정된 상태여야 했다.

　진우는 조금 전에 그러한 것을 얻었다. 그건 바로 실체가 없고 영혼만 존재하는 허영의 군주였다.

　휘이익!

　봉인석을 꺼내자 검은 기류가 몰아쳤다. 봉인석은 차원의 힘이 모여 있는 근원석과 같은 성질을 지니고 있었다.

　더할 나위 없이 좋은 재료였다.

　[으, 으읔! 우웩! 자, 잠깐만⋯⋯. 이보게.]

　허영의 군주가 정신을 차리고는 다급한 어조로 말을 걸어왔다.

　[보, 보아하니 같은 군주인 것 같은데⋯⋯ 아니, 더 격이 높으신 분 같은데, 이거 동료끼리 이러시면 곤란한데요. 우, 우린 같은 목적이지 않습니까?]

　진우는 그의 이야기를 듣고 있지 않았다. 원작 3권 내내 지겹도록 본 허영의 군주였다. 무슨 이야기를 할지 대충 감이 잡혔다. 허영심만 높아서 트롤링이란 트롤링은 모조리 하는 놈이었다. 여러 종족이 이 허영의 군주와 주인공 때문에 고통받았고 지구에까지 직접적인 영향을 미쳤다.

진우는 그의 말을 모조리 흘려들었다. 그러나 다른 이들은 그럴 수 없었다. 허영의 군주가 내뿜는 목소리는 다른 이들에게는 귀곡성처럼 들렸다. 본능적으로 공포를 불러일으키고 절망을 선사하는 죽음의 목소리였다.

'음, 충분하겠는데? 상태도 좋고.'

역시 12군주의 한 자리를 차지하고 있는 존재였다. 영혼의 크기가 무척이나 거대했고 순도가 높았다. 탐욕의 군주처럼 육체가 있었다면 이런 시도를 하지 못했을 것이다.

진우는 고개를 끄덕이고는 씨앗 위에 봉인석을 올려놓았다. 그리고 속성석을 가루로 만들어 꼼꼼하게 발랐다.

[뭐 하는……. 뭐 하시는 겁니까?]

"음, 좋군."

[저기…….]

진우는 마치 가스레인지처럼 불길이 치솟고 있는 테이블을 바라보았다. 불순한 기운을 날려주는 연금술이었다. 집게로 봉인석을 집어 불길 속에 넣었다.

[어, 어어? 으, 으아아악! *끄아악!*]

봉인석이 벌겋게 달아올랐다. 딱 적당했다. 씨앗 위에 올려놓고 테이블 위에 있는 망치를 들었다. 재료를 파괴하지 않는 특수한 능력까지 지닌 망치였다.

[허, 허억! 자, 잠깐…….]

쾅!

망치로 내려치자 봉인석에 있던 영혼의 힘이 조금씩 새어 나오며 씨앗에 깃들었다.

[컥! 제발 내 말 좀……. 커억!]

주인공이 허영의 군주에게 속은 적이 한두 번이 아니었다. 육체에 빙의하는 능력도 능력이지만 연기와 말발이 기가 막힌다는 설정이었다. 진우는 묵묵히 망치를 내려쳤다. 타격음과 비명만이 들릴 뿐이었다.

팅! 푸석!

망치가 박살 나자 허영의 군주가 안도의 한숨을 내쉬었다. 진우는 박살 난 망치를 바라보다가 아공간에서 망치 여러 개를 더 꺼냈다.

[어, 어…….]

봉인석이 왠지 새파랗게 질린 것처럼 보였다. 진우는 잠시 손을 풀고는 다시 내려쳤다. 허영의 군주가 내지르는 비명은 한동안 계속되었다.

엘라가 비틀거리며 주저앉았다. 유나도 견디기가 힘든지 엘라를 데리고 뒤로 물러났다. 그들의 눈에는 마치 진우가 허영의 군주에게 대항해 싸우는 것처럼 보였다.

봉인석에서 뿜어져 나온 검은 기류와 신성하게 느껴지는 황금 망치가 격렬한 반응을 보였기 때문이다. 거기에는 군주가 내지르는 귀곡성도 한몫했다.

봉인석에 있던 영혼이 씨앗에 거의 다 흡수되었다. 봉인석의 크기가 확연히 작아져 있었다. 주먹만 했던 것이 지금은 손가락 마디만 했다.

'기, 기회만 있다면……!'

허영의 군주는 그렇게 생각하며 고통을 참아냈다. 그는 늘 강자였고 오만했다. 그리고 계획적이었다. 자신을 이토록 괴롭히는 인간은 군주가 확실했지만, 군주라 하여도 육체를 뺏을 자신이 있었다.

누구나 허영심은 있게 마련이었다. 그는 영혼이 작아져 봉인에서 살짝 빠져나올 수 있었다.

'지금!'

진우가 잠시 망치를 내려놓고 숨을 고를 때였다. 허영의 군주는 모든 힘을 짜내 진우에게로 진격했다. 봉인석에서 검은 촉수가 뿜어져 나오더니 진우의 몸에 닿았다.

'허영심, 네놈의 허영심을 보여라!'

허영의 군주는 회심의 미소를 지었다. 허영심을 보는 것은 그의 권능이었다. 탐욕의 군주가 영혼의 근원을 보는 것처럼 말이다.

[어, 억?!]

하지만 촉수는 진우의 몸을 파고들 수 없었다.

[미친, 뭐야 이게!]

허영의 군주는 그걸 보는 것만으로도 영혼이 갈기갈기 찢어지는 느낌을 받았다. 그건 허영심이라고 표현할 수준이 아니었다.

막대한 낭비. 그 끝을 모르는 절망적인 낭비. 허영심을 아득히 뛰어넘는 영역이었다. 거기엔 탐욕스러운 감정도 이기심도 없었다. 그저 무심하게 낭비를 했다. 그가 상상할 수도 없는 새로운 경지였다.

[커헉!]

그 낭비라는 거대한 파도가 허영의 군주를 그대로 날려 버렸다.

"음?"

진우는 허영의 군주가 공격을 해오자 방어할 생각으로 마력을 끌어올렸는데, 의외의 결과가 나타났다. 허영의 군주가 그대로 터져 버렸다. 덕분에 훨씬 더 수월하게 씨앗에 영혼을 불어넣을 수 있었다.

"다 됐군."

씨앗은 검은색과 황금색이 섞인 형태였다.

[황금의 군주가 세계수의 정령을 창조하였습니다.]
[소유권이 귀속됩니다.]

[A+]황금과 암흑의 세계수
황금의 군주가 탄생시킨 정령.
엘프에게 새로운 힘과 권능을 부여하는 정령이다.
엘프들이 새로운 형태로 진화할지도 모른다.
*소유자: 황금의 군주.

엘라가 다가왔다. 소유권을 넘겨주려고 하니 엘라에게 아직 자격이 없다는 정보가 떠올랐다.

[숲과 초원의 차원을 정복하였습니다.]
[세계수를 뽑아 엘프들을 굴복시키고, 오크들을 전멸시켰습니다.]
[마족들이 악의 화신이 세운 치밀한 계략에 감탄합니다.]
[영향력이 상승합니다.]

의도하지는 않았지만 부정할 수 없는 사실이었다.
"음……."
진우는 일단 세계수를 심기로 했다.

허영의 군주는 아주 작은 촉수를 움직이며 간신히 땅바닥을 기어 다녔다. 소멸할 위기에서 간신히 탈출했지만, 대부분의 힘을 잃은 탓에 벌레 수준으로 약해져 버렸다. 바닥을 기어 다니는 검은 벌레가 보였다. 허영의 군주는 꿈틀꿈틀 기어서 벌레의 몸에 파고들었다.

'크윽! 군주인 내가 이런 수모를……!'
후일을 도모하려면 일단 몸을 피해야 했다. 허영의 군주는 간신히 움직이며 게이트를 넘었다. 본능적으로 마기를 찾아온 것이다.

'여긴?'

어디인지 모를 차원이었다. 마계는 아닌 것 같은데 마계와 비슷한 환경이었다.

'저, 저거다!'

바닥을 기던 그의 눈앞에 강대한 힘을 지닌 데스나이트가 보였다. 데스나이트는 거인처럼 거대했다. 엄청난 포스를 자랑하고 있었다. 자아가 약해 먹어치우는 건 무리더라도 공존할 수는 있어 보였다.

'주인이 있기는 하지만……'

데스나이트는 주인이 있어 보였다. 하지만 그 끔찍한 군주만 아니면 되었다. 주인이 군주가 아닌 이상 속박을 풀고 자유로워질 수 있었다. 힘을 잃기는 했어도 그 역시 군주였다. 허영의 군주는 기회를 보다가 데스나이트의 갑옷에 달라붙었다. 벌레의 몸에서 빠져나와 갑옷 안으로 스며들어 갔다.

'언젠가는 복수해 주마.'

데스나이트의 힘만으로는 부족했지만, 소멸하지 않고 살아남는 것이 중요했다.

힘은 천천히 모으면 된다!

그는 비릿한 웃음을 지었다.

'이 데스나이트의 이름이……'

안젤리카. 참으로 데스나이트답지 않은 이름이었다.

칠룡회는 거대한 중국을 아우르는 기사 세력이었고, 수많은 방파를 거느린 거대 집단이었다. 본래 당을 중심으로 설립되었으나, 근래에 이르러서는 상황이 역전이 되었다. 당의 수뇌부는 대부분 칠룡회가 앉힌 사람이었고, 중국의 주석마저 함부로 할 수 없었다. 중국 기사단의 70%는 이미 칠룡회 출신이거나 칠룡회 가입을 희망하는 이들이었다.

주석이 무소불위 권력을 휘두르던 시절은 지나간 지 오래였다. 하지만 항상 웃음이 가득했던 칠룡회 본당은 지금 너무나 심각한 분위기였다. 칠룡회를 이끄는 수뇌부들은 보통 1년에 한 번 모이면 많이 모이는 것이었지만 요즘은 거의 매일 얼굴을 맞대고 있었다. 게이트 재난 사건 때문이었다.

"국제 능력자 연맹에 도움을 구하는 것이 어떻겠소? 구호기사를 파견해 달라고……."

"무슨 소리요! 국격이 상실될 것이 뻔한데……. 게다가 무슨 트집을 잡히려고……."

"하지만 게이트를 이대로 방치해 놓을 수는 없소."

신음이 가득했다. 차라리 기술을 몰래 빼돌렸다고 인정하면서 G&P의 탓으로 돌리고 싶었지만, 이미 한 말이 있어 되돌릴 수조차 없었다.

"회주님, 더 방치했다가는 심각해질 겁니다. 마정석도 이미

고갈되어서…… 마력 발전기도 돌아가지 않고 있습니다. 국가 비상사태입니다."

"……수입은 힘든가?"

"웃돈을 주고 사들이고 있습니다만, 더는 버틸 수는 없습니다. G&P의 물건은 구할 수조차 없고 밀수입도 힘듭니다. 신용도도 바닥으로 떨어지고 있어……."

콰앙!

회주가 주먹으로 테이블을 내려치자 테이블이 가루가 되었다. 하지만 다른 이들은 익숙한 듯 반응이 없었다. 벌써 수십 번째 이루어진 테이블 교체였다.

칠룡회주는 지도를 바라보았다. 게이트에서 시작된 침식이 급격히 늘어나고 있었다. 마정석을 이용해 겨우 막고는 있지만, 점점 밀려나고 있었다. 마정석이 다 떨어진다면 한 달 안에 텐진의 절반이 먹힌다는 분석이 나왔다.

도시는 둘째 문제였고 게이트를 잃게 된다면 중국의 위상은 크게 하락할 게 뻔했다. 게이트 보유국과 미보유국의 차이는 너무나도 컸다.

"회주님, 특단의 조치를 내려야 합니다."

"정보는 충분합니다."

칠룡회는 하위 능력자들을 안으로 집어넣어서 정보를 수집했다. 그들 중 대부분 실종이 되었지만, 살아남은 이들도 있어 정보를 모을 수 있었다.

'거대 기사라…….'

직접 보지 않았다면 절대 믿지 않았을 것이다. 베리어 너머에는 거대한 죽음의 기사가 존재했다.

"정예 기사단을 움직여야 합니다."

"아티팩트를 부술 수만 있다면 게이트 회복을 도모할 수 있습니다. 도시가 먹히기 전에 결단을 내려야 합니다."

"음……."

정예 기사단을 움직이는 건 칠룡회주라고 하여도 쉽지 않은 선택이었다. 국제대회에 전력을 쏟아야 했는데, 전력 손실이라도 나면 큰일이기 때문이다.

"어쩔 수 없군."

칠룡회주는 고개를 끄덕였다. 정예 기사단을 베리어 너머로 보내기로 했다.

세계수의 씨앗은 원래 세계수가 있던 곳이 아니라 초원에 심기로 했다. 세계수가 있던 곳은 성역으로 지정해 보존한다고 한다. 엘프가 탄생한 순간부터 지금까지 지켜주었기에, 감사의 의미를 담아 성역으로 선포한 것이다.

세계수는 입자가 되어 부서져 내렸다. 갈라진 지반과 대지로 세계수가 가지고 있던 모든 영양과 마력이 흘러 들어갔다. 황폐해진 대지를 전부 복원시킬 수는 없었지만, 세계수가 자라기엔 충분한 땅이 되었다.

세계수는 죽어서까지 엘프들을 생각했다. 진우는 엘라에게 세계수가 자신에게 귀속되었다고 말했다. 엘라는 의외로 순순히 고개를 끄덕이며 받아들였다.

"군주님께서는 많은 은혜를 베풀어주셨어요. 저희가 이렇게 다시 생을 이어갈 수 있는 것도 군주님의 도움 덕분입니다. 엘프는 군주님과 뜻을 함께하겠습니다. 저희를 받아주세요."

엘라가 그런 뜻을 밝혔다. 엘프들도 모두 동의했다.

이제 황금의 차원은 모든 차원의 중심이었다. 그 밑으로 들어가는 것은 결코 흠이 아니었다. 오히려 중심 차원에 속하게 되면, 물이 위에서 아래로 흐르는 것처럼 자연스럽게 에너지를 받을 수 있었다.

그리고 눈앞에 있는 군주는 억압하여 통치하기보다는 상생의 길을 택했다. 황금의 군주가 마음만 먹었다면, 엘론티 같이 가난한 차원은 금방 식민지가 되었을 것이다. 허영의 군주와 격렬한 싸움까지 하며 세계수를 만들어준 것도 바로 황금의 군주였다.

'음, 괜찮겠지.'

진우가 고개를 끄덕이며 웃자, 엘라도 미소를 지었다. 세계수 때문에 울어서 눈이 퉁퉁 부어 있었지만 그래도 여전히 아름다운 미소였다. 얼떨결에 정복을 하기는 했으나 평소의 관계와 다를 건 없었다. 하나 다른 것이 있다면 엘라가 편하게 대해달라고 한 점이었다. 어쨌든, 여왕 위에 있게 된 군주였으니까 말이다.

'그럼……'

진우는 초원에 씨앗을 내려놓았다. 마력을 불어넣으니 씨앗에서 싹이 올라오며 바닥으로 파고들었다. 대지에 뿌리를 내리더니 점점 싹이 커지며 나무가 되었다.

나무줄기는 황금빛과 검은빛이 섞인 모습이었다. 나뭇잎도 그러했다. 황금의 군주와 악의 화신이 지니고 있던 무언가가 동시에 섞여들어 간 것 같았다.

"오!"

"세계수가……!"

엘프들은 그런 건 신경 쓰지 않았다. 오직 세계수의 부활에 기뻐할 뿐이었다. 세계수를 중심으로 숲이 다시 살아나기 시작했다. 말라붙은 잡초만이 가득했던 초원이 다시 초록빛 물결로 물들기 시작했다.

'굉장히 빨리 자라네.'

일반적인 나무가 아니라서 그런지 쑥쑥 자랐다. 순식간에 진우의 키를 훌쩍 넘기고도 훨씬 커졌다. 세계수의 의지가 엘라와 연결되는 순간, 더욱 급격하게 성장하기 시작했다. 지구인의 관심과 사랑이 느껴지자 약간 폭주하는 것처럼 보였지만, 큰 문제는 없었다. 예전의 세계수만큼 커지려면 시간이 꽤 걸릴 것 같았다. 하지만 지금도 영향력만큼은 예전 세계수를 능가하고 있었다.

'강화해 놓길 잘했군.'

역시 강화는 위대했다. 벌써 숲과 초원의 경계 부분이 사라지며 숲으로 변모하고 있었다.

진우가 고개를 끄덕이고 있을 때 정보가 떠올랐다.

[숲과 초원의 차원이 황금의 차원에 귀속되었습니다.]

[황금의 차원 외곽에 배치됩니다. 황금의 군주 허락하에 입장이 가능합니다.]

[잠시 차원의 경계가 불안정해집니다. 인접한 게이트로 이동하는 포탈이 산발적으로 생겨날 수 있습니다.]

[생존한 오크들이 인접한 게이트로 추방되었습니다.]

[영향력 랭크가 C로 상승하였습니다.]

포탈을 열지 않아도 서로 오갈 수 있게 되었다.

물론, 진우의 허락이 필요했다. 이웃 섬에 검문소가 달린 다리가 이어져 있다고 생각하면 편했다.

오크들도 추방되었다고 한다. 세계수 사태로 다 죽은 건 아닌 모양이었다.

'어디로 추방된 거지?'

엘론티와 연결된 차원은 중국 게이트와 JW 게이트뿐이었다. JW 게이트로 추방될 일은 없으니 아마도 중국 게이트로 갔을 가능성이 컸다.

'중국 게이트……'

중국 게이트는 트롤링과 발암의 생산지라 불려도 무방했다. 작중에 등장하는 최초의 던전이었다. 주인공은 그전까지는 엘프와 투덕거리던가, 다른 몬스터들을 만난다든가 하면서 느리게 경험치를 쌓았다.

그러다 허영의 군주가 빙의한 왕국량에게 처참하게 패배하여, 중국 히로인과 함께 폐관 수련을 한 곳이었다. 그걸 기점으로 아티팩트들이 저렴해졌다.

묘사가 나온 적은 없었지만, 군주에 대항하기 위해 밸런스를 맞춘 느낌이었다. 다만 그게 중국에서 시작된다는 게 문제였다. 설마 생산성이 없다고 평가받는 중국 게이트가 그렇게 떠오를 줄 누가 알았겠나. 그건 허영의 군주가 라이벌에게 빙의하며 게이트를 자유롭게 탐사한 탓도 있었다. 진우가 먼저 채굴 사업을 진행하려 했는데, 기밀 유출 사건 때문에 진행이 되지 않았다.

'보물도 많고, 경험치도 괜찮은 곳이긴 한데……'

진우에게 별다른 가치가 없는 곳이었다. 그러고 보면 중국 쪽에는 유난히 주인공과 대립하는 존재들이 많았다. 칠룡회도 그렇고 라이벌 왕국량까지 발암거리가 아주 풍성했다. 다 허영의 군주를 놓친 시점부터 벌어진 일이었다.

상념에서 깨어난 진우는 다시 세계수를 바라보았다.

세계수의 가지에 꽃들이 피어났다. 주변으로 꽃잎이 떨어져 내렸는데, 상당히 아름다웠다.

엘프들은 세계수 주변에서 눈을 감으며 세계수의 기운을 즐겼다. 아주 오랜만에 느껴보는 세계수의 기운이었기 때문이다.

"여왕님?"

"아, 아아!"

세계수와 교감을 하고 있던 엘라의 몸에서 황금빛이 뿜어져 나왔다. 진우의 마력을 보는 것 같은 찬란한 황금빛이었다. 진우도 처음 보는 그 광경에 엘라를 바라볼 수밖에 없었다. 조용히 눈을 감고 있는 엘라에게 세계수의 나뭇가지가 다가왔다. 나뭇가지에는 커다란 황금으로 만든 것 같은 꽃잎이 달려 있었다. 꽃잎이 그녀의 머리에 닿는 순간이었다.

[엘프 여왕 엘라가 하이 엘프로 진화하였습니다.]

[A]하이 엘프

황금의 축복을 받은 고귀한 엘프. 황금의 군주에게 축복을 받아 빛의 정령을 다룰 수 있다. 아름다움과 기품이 더욱 상승한다.

*[B]빛의 정령.

눈을 뜬 엘라는 얼떨떨한 표정이었다.

'하이 엘프?'

판타지 소설에 흔하게 나오는 엘프였다. 하지만 원작에서는 엘프 자체가 금방 멸종했기 때문에 언급되지 않았다. 일반적인 설정을 보면 하이 엘프는 엘프보다 고귀한 존재였고, 더 강한 힘을 지니고 있었다.

제법 거만하게 나오기도 했는데, 엘라이니 그럴 걱정은 없었다. 옆에 있던 델루에게도 변화가 생겼다.

[B]다크 엘프

악의 화신에게 인정을 받아 진화한 엘프. 암흑 정령을 다룰 수
있고, 육체적 매력이 크게 상승한다. 암흑에 물들었기에 조금 더
유연한 사고방식이 가능해졌다.

*[B]암흑의 정령.

델루는 건강해 보이는 갈색 피부로 변했고, 머리카락의 색
도 다소 어두워졌다.

그리고 매력이 크게 상승한 탓일까? 일반 엘프보다 몸매가
훨씬 좋아졌다. 선이 고운 근육이 붙어 체격이 좀 더 커진 부
분도 있었다.

엘라, 델루, 그리고 엘프들이 모두 진우를 바라보았다. 델루
는 상당히 감동했는지 눈물을 글썽였다. 그들에게는 황금의
군주가 큰 은혜를 다시 베풀어준 것으로 보였다.

"……앞으로 잘살아 봅시다."

진우는 일단 그렇게 말했다. 감사를 표한 엘프들이 세계수
에게 아예 달라붙기 시작했다. 세계수는 귀찮은지 나뭇가지로
밀어냈지만 계속 달라붙었다. 호위병들은 다크 엘프가 되고
싶었는지 어두운 부분에만 달라붙었다.

파아아아!

"꺄악!"

"꺅!"

결국, 세계수가 거대한 나뭇가지를 휘둘러 엘프들을 날려 보냈다. 민첩한 엘프들이다 보니 다치지는 않았다. 왜인지 세계수가 고개를 절레절레 젓는 것 같았다. 아무튼, 진우가 예상했던 결과보다도 훨씬 나은 모습이었다.

"일단락되었군."

"네, 그렇군요. 꽤 많은 일이 있었습니다. 허영의 군주와 같은 존재가 얼마나 더 있습니까?"

"이제 열 명 남았어."

유나는 진우의 말을 듣고는 고개를 끄덕였다. 갈 길이 멀어 보였다. 유나는 진우가 짊어진 큰 짐을 볼 수 있었다.

"함께 대책을 마련한다면 조금 더 편하실 겁니다. 총지배인도 믿을 만한 사람이지요."

"그래. 너무 믿을 만해서 문제지."

"그렇습니까?"

허영의 군주까지는 어찌어찌 처리했다. 유나의 도움이 컸다. 혼자 했다면 아마 발암까지는 아니더라도 주인공과 비슷한 고구마 행보를 보였을지도 몰랐다. 결과만 좋다면 과정이야 상관없다고 말할 수도 있겠지만, 그건 주변에 있는 사람들을 배려하지 않는 말이었다. 편하고 시원한 과정, 그에 따른 좋은 결과가 역시 최고였다.

엘론티에서 집으로 넘어온 진우는 며칠간 푹 쉬었다. 허영의 군주도 사라졌으니 한동안은 두 다리 뻗고 푹 쉴 수 있었다. 원작보다 훨씬 일을 빨리 처리해 버려 시간적인 여유는 충분했다.

진우는 스케줄을 모두 정지하고 장기 휴가에 들어갔다.

역시 집이 최고였다. 엘프주를 한잔하면서 푹신한 의자에 앉아 컴퓨터를 하니 마치 천국에 있는 것 같았다. 이게 바로 일상의 소소한 행복이었다.

"이거……."

미튜브를 보니 인기 항목에 트레일러 영상 하나가 등장했다. 진우가 인수한 게임사들이 함께 만든 게임 영상이었다. 벌써부터 반응이 뜨거웠다. 트레일러 영상은 데모와 함께 공개되었다.

'레전드 오브 제이.'

혁명적인 커스텀 마이징! 환상적인 그래픽! 압도적인 비주얼! 판타지 소설의 대부라 불리는 조안 돌린킹 작가가 맡아 보장된 스토리! 입이 떡 벌어지는 자유도! 거기에 환상적인 음악까지!

인 게임 동영상은 트레일러와 차이가 없었다. 아니, 오히려 트레일러보다 자유로운 연출을 보여주었다. G&P의 기술 지원을 받아 만들었다고 하는데, 진우도 잘 모르는 영역이었다.

"오……."

데모 영상도 찾아보았다. 데모임에도 분량이 엄청났다. 살짝 데모를 맛본 것만으로도 하루가 훌쩍 지나니 이게 본편인지 데모인지 헷갈릴 지경이라 한다. 데모인데, 1챕터 엔딩 분기가 오십 가지가 넘었다.

'굉장히 열심히 만들었네.'

사전 예약도 받는데, 프리미엄 시즌패스 패키지가 39,700원이었다. 가격이 너무 저렴해 오히려 게이머들이 제발 가격을 올려달라고 할 정도였다. 인 게임 결제는 당연히 없었다.

'잘하고 있구만.'

땅 파서 장사하느냐는 말까지 나왔다고 한다. 맞는 말이긴 했다. 그냥 진우가 만든 자선단체라 보면 되었다. 정확히 말하면 낭비 단체겠지만. 아무튼, 공식 발매일에 JW 문화센터에서 이벤트를 한다고 하니 기억해 놓도록 하자.

'엘라는 역시 대단하네.'

인기 동영상 1위에서 내려오지 않았다. 2위는 게임 트레일러였고 3위는 의외로 아리나였다. 아리나의 영상으로 들어가 보니 댓글이 참 대단했다. 엘라의 영상과는 딴판이었다.

'더, 더……!'
'여왕님! 밟아주세요!'
'하악! 미친다!'
'저 죽어용!'

마치 다른 세계로 넘어간 듯한 댓글이었다. 마계 감성이 잔뜩 들어간 음악은 생각보다 지구인들에게 아주 잘 맞는 모양이었다.

"……."

반응이 뜨거우니 그냥 넘어가도록 하자.

진우는 엘프주를 마시며 4위 동영상을 눌러보았다.

중국어로 '인류 종말의 시작'이라고 쓰인 영상이었다.

"읍!"

진우는 마시고 있던 엘프주를 뿜을 뻔했다. 누군가 멀리서 몰래 찍은 영상인지 화질이 좋지는 않았다. 하지만 형체는 제대로 알아볼 수준은 되었다. 회색 베리어에서 틈이 생기더니 거대한 무언가 모습을 드러냈다. 붉은 안광을 토해내며 검은 기류에 감싸여 있는 기사였다. 검풍에 기사들이 밀려나는 것이 보였다. 그 위엄은 마왕이라 불려도 무방해 보였다.

"안젤리카?"

뭉개져 잘 보이지는 않았지만 안젤리카인 것 같았다.

청소를 아주 잘 했던 데스나이트. 안젤리카가 베리어 너머로 모습을 드러냈다.

총지배인은 고개를 끄덕였다.

'이놈은 보면 볼수록 물건이군.'

미친놈이었다. 착하다고 볼 수 있었지만, 다른 각도로 접근해 보면 소름이 끼치도록 섬뜩한 성격이었다. 오로지 이분법 속에서 살아가고 있었다. 김영훈, 아니, 이제 21호라 이름 붙여진 그는 총지배인의 마음을 아주 흡족하게 만들었다. 자신보다 더한 독종이었고 자신을 뛰어넘는 광신도였다.

21호의 머리에는 정의와 악밖에 존재하지 않았고, 악이라고 판단한 존재에 대해서는 가차 없었다. 모든 것을 다 바쳐 달려들었다. 좋게 말하면 열정이 넘쳤고, 나쁘게 말하면 의지만 넘치는 바보였다. 그러나 그런 21호는 기이하게도 사람을 부리는 재주를 지니고 있었다. 21호의 밑에 있는 사람들은 전부 미치려고 했지만, 어차피 모두 고통받아 마땅한 죄인들이었다.

"21호, 휴식을 취하는 것이 좋을 텐데?"

"아닙니다!"

21호의 일과는 단순했다. 열정적인 자세로 평균 생산량에 200%를 초과하는 결과물을 만들어내고, 일과가 끝난 후에는 잠을 거의 자지 않고 수련했다. 그리고 자투리 시간을 활용해 유일하게 허락된 책을 읽었다.

"이유가 무엇인가?"

"세상을 이롭게 만들고 싶습니다! 저에게 한 번 더 기회를 주신 주인님께 항상 감사드리고 있습니다!"

"훌륭하군."

"아닙니다! 저는 죄수일 뿐입니다! 더 노력하겠습니다!"

21호는 교육 중인 2기생들 중 대장을 맡고 있었다. 유일하게 자신의 재능을 뚫고 한계를 돌파한 자가 바로 21호였다. 21호는 얼마 전 마안을 개안했다. 강렬한 의지 탓에 마안은 열정의 마안으로 변모해 신체의 한계를 극복하게 해주었다.

총지배인과 비슷한 성장이었다. 그 점을 높이 평가해 2기생들의 대장을 맡겼다.

"크윽!"

"쉬, 쉬었다가 하는 게 어, 어떻겠습니까?"

"파, 팔이 부러질 것 같습니다."

2기생들의 말에 21호의 표정이 변했다.

"열정도 없는 건가? 은혜를 원수로 갚을 생각이냐! 의지가 없다면 노력으로 극복해라!"

"아, 아니 그게 아니라 어제도 20분밖에 못 잤는데……."

"미련하군! 참아라!"

21호가 주먹을 부들부들 떨었다. 무척이나 억울해 보이는 모습이었다.

"우리가 쉬고 있는 이 순간에도 세상은 악으로 물들고 있다."

"아니, 그게…… 과, 과장된 말 아닐까요?"

"42호의 열정과 의지를 본받아라."

총지배인은 또다시 감탄했다. 언제나 그렇듯 오글거리는 대사였지만 진심을 읽을 수 있었다. 저것도 능력이었다.

21호 옆에서 묵묵하게 수련 중인 이가 있었다. 얼마 전에 합류한 42호였다. 본래 이름은 류웨이였지만 지금은 42호라 불리고 있었다. 심한 고문 덕분에 다소 정신이 나가 21호와 잘 어울렸다. 42호는 늘 그렇듯 실소하며 고개를 저었다.

"악은 존재한다. 나도 한때 일원이었지. 후, 흐흐흐."

"말 잘했다. 모두에게 악에 대해 말해주지 않겠나?"

42호는 음침하게 웃었다. 아주 많은 의미가 담겨 있는 웃음이었다.

"칠룡회……. 가장…… 악한 놈들이지."

"듣기만 해도 사악함이 느껴지는군."

21호는 42호의 말에 고개를 끄덕였다. 21호는 바로 정신교육에 들어갔다. 총지배인이 2기생들 모두 21호의 말에 따르도록 개조해 놓았기에, 모두 반항할 수 없었다. 그것은 절대 풀리지 않는 금제였다.

총지배인은 흡족한 미소를 그릴 수 있었다.

'너무 약하다는 것이 단점이긴 하지만…….'

21호는 F랭크 수준에서 -D랭크 수준까지 올라오기는 했으나, 총지배인이 보기에는 거기서 거기였다. 싹수 있는 놈들만 골라왔기에 다른 2기생들이 더 강한 편이었다. 특히, 42호는 그래도 기사급이었기에 나름 쓸 만했다.

'시간이 해결해 주겠지.'

총지배인이 그렇게 생각하며 고개를 돌리려던 순간이었다.

"음?"

21호 주변 공간이 기이하게 뒤틀렸다. 흡사 게이트를 보는 것 같은 그런 모습이었다. 총지배인이 뭐라 말할 틈도 없이 21호와

2기생들을 감싸며 사라졌다. 갑작스러운 이동에 21호는 주변을 살폈다. 퀴퀴한 먼지가 가득한 공간이었다. 마치 유적지 같은 느낌도 났다.

"여긴?"

"뭐가 어떻게 된……."

2기생들은 어리둥절한 표정이 되었다. 21호만이 상황을 바로 파악했다. 책에도 이런 비슷한 일이 쓰여 있었다.

죄를 씻기 위한 시련. 바로 그것이었다.

'드디어……'

21호는 책을 쓰다듬었다. 얼마 전, 추가된 부분은 그야말로 예언록이었다. 오로지 그만이 총지배인에게서 그 부분을 추가로 건네받을 수 있었다.

21호는 짐승의 냄새가 풍겨오자 고개를 돌렸다. 그곳에는 돼지 머리 몬스터들이 놀란 눈으로 자신을 바라보고 있었다. 그때 팔이 하나 없고, 눈도 하나 없는 몬스터가 자리에서 일어나 그를 노려보았다. 누가 보더라도 몬스터였고, 적이었다.

2기생들은 긴장하며 몬스터들과 대치했다. 21호는 그들을 살피다가 천천히 그들에게 다가갔다.

"혹시 종교가 있으십니까?"

2기생들은 경악했다. 몬스터에게 말을 건네다니! 그것도 돼지머리가 달린, 냄새가 아주 고약한 몬스터였다. 2기생들은 솔직히 저 몬스터에게 한 대 맞기를 바랐다.

"음, 딱히……."

팔이 하나 없는 오크가 그렇게 대답했다. 2기생들과 오크가 차원을 넘어 처음 만난 순간이었다.

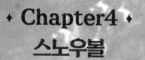

◆ **Chapter4** ◆
스노우볼

21호는 열정을 불태우며 나아갔다. 그들이 도착한 곳은 살벌한 몬스터들이 나오는 던전이었다. 그러나 그 어떤 몬스터도 그의 의지를 꺾지는 못했다. 오히려 고난에 처할수록 그 의지가 상승했다. 21호와 2기생들은 오크에게 많은 것들을 배울 수 있었다. 곤충형 몬스터의 체액을 끓여서 상처 부위에 바르면 지혈과 미세한 재생 효과가 있다는 정보도 오크가 알려주었다. 오크가 지니고 있던 식량 역시 많은 도움이 되었다.

며칠이 지났을까? 21호와 2기생들은 오크와 굉장히 가까워졌다. 고난을 같이 나누며 사선을 넘어왔기 때문이다. 전우애를 넘어 이제는 형제처럼 느껴졌다.

"음! 말이 된다!"

"네 말도 일리가 있다!"

"그동안 우리는 하늘의 계시를 너무 무시했다!"

2기생들이 오크들에게 물들어간 것처럼, 오크들도 21호에게 물들어가고 있었다. 21호는 잠자리에 들 때마다 오크들에게 책을 읽어주었다. 그리고 세상에 거대한 악이 있으며, 그 악을 막는 것이야말로 모든 생명체의 의무라고 강론했다.

오크들은 21호의 말을 들으며 무언가 가슴 속 깊은 곳에서 끓어오르고 있었다. 그것은 종족을 불문하고 마음속에 가지고 있는 열정이었다.

"우리는 약탈과 번식을 위해서만 살아왔다!"

"그런 우리에게도 기회가 있는가?"

"우리도 그 위대한 섭리에 쓰일 수 있나?"

그 물음에 21호는 자신의 과거 이야기를 해주었다. 씻을 수 없는 죄를 지었지만, 지금 그 죄를 씻기 위해 노력하고 있다는 말이었다.

오크 대장, 갈록은 21호의 등을 토닥이며 함께 슬픔을 나누었다.

"크, 흐…… 어둠은 늘 가까이에 있지. 달아나도 늘 찾아온다. 마치…… 검기처럼……. 검기……. 폭발! 크흐흐!"

42호는 음침하게 웃으며 그렇게 말했다. 21호와 2기생, 오크들의 상태는 처음과는 많이 달라져 있었다. 모두 몬스터의 뼈로 만든 투구와 갑옷을 뒤집어쓰고 있었는데, 오크와 2기생의 합작품이었다. 그리고 던전에는 보물상자와 영약이 상당히 많았다. 거의 쌓여 있는 수준이었다.

영약을 식량 대신 먹어가며 허기를 달랠 수 있었다.

"이곳에 또 영약과 무기들이 쌓여 있다!"

"대단하다!"

"모두 우리 것이다!"

오크들은 주먹을 움켜쥐며 기뻐했다. 모두 좋은 무기로 교체할 수 있었다.

"시련을 위한 준비입니다."

21호의 말에 바로 엄숙해졌다. 오크들도 깨닫고 있었다. 모든 일에는 이유가 있고, 대가가 존재한다는 것을 말이다.

"악에 저항하는 방법……. 후, 후후, 나는 알고 있지."

42호는 자신이 알고 있는 모든 것을 알려주었다. 절대 발설하면 안 되는 비기들도 모조리 알려주었다. 42호의 심법, 검술, 보법, 무기술은 오크와 2기생에게 굉장한 힘을 부여해 주었다. 출구를 향해 위로 올라갈수록 몬스터들이 점점 더 강해져 갔다.

던전 곳곳에서 생존을 위해 사투를 벌이고 있는 오크들도 발견되었다. 그렇게 하나둘 모이다 보니 오크의 숫자가 이백이 넘어갔다. 뭉칠수록 강해졌다. 전우애와 의리 역시 훨씬 더 강해졌다!

그렇게 한 달은 족히 지난 것 같았다. 던전에 남아 있는 영약과 아이템들이 모두 2기생, 그리고 오크의 손에 들어갔다. 몬스터를 쓰러뜨리며 던전의 최상층으로 올라오니 검은 빛에 휩싸여 있는 게이트가 보였다.

21호는 직감했다. 저 너머에 악이 존재했다.

"21호! 자네가 말한 악이 저 너머에 있는 건가!"

"그렇습니다."

갈록은 고개를 끄덕였다. 그의 눈빛은 뜨거웠다. 세계수에게 도망쳤을 때 그의 눈은 붉은 볏처럼 외눈이 되었다. 그러나 지금은 붉은 보석을 끼고 있었다.

강력한 마력을 부여해주는 아티팩트였다. 잃어버린 팔도 갈고리가 달린 아티팩트로 채워져 있었다. 지금은 붉은 볏과 싸워도 지지 않을 자신이 있었다.

"거대한 악이 저 너머에 있는 것이 느껴집니다. 이겨낼 수 있을까요?"

"음! 우리가 함께한다. 우리는 함께 살고 함께 죽는다!"

"고맙습니다."

"21호, 그리고 너희들은 이미 훌륭한 오크다!"

갈록은 그렇게 말하며 21호의 어깨를 두드렸다.

오크들은 이미 21호와 운명을 함께하기로 했다. 2기생들과 오크들은 뜨거운 눈빛으로 서로를 바라보며 고개를 끄덕였다. 게이트를 넘어오자 보이는 것은 거대한 기사였다. 그리고 몬스터들을 도륙하고 있는 인간 기사들이었다.

거대한 기사가 타격을 입었는지 주춤거리며 비틀거렸다.

42호의 눈이 부릅떠졌다. 그의 눈이 분노로 타올랐다. 마치 몬스터의 얼굴을 보는 것 같은 투구 속에서도 그의 시퍼런 안광이 보일 정도였다.

"칠룡회……! 왕국량……! 이런 개새……!"

42호가 검을 뽑으며 달려가기 시작했다. 엄청난 속도로 달려가더니 기사로 보이는 남자를 그대로 날려 버렸다. 굉장한 수준의 검기였다.

21호는 그 광경을 보며 고개를 끄덕였다. 누가 악인지 정해졌다.

"42호가 모범을 보였다!"

21호가 그렇게 외치자 모두 무기를 빼 들었다. 갈록 역시 무기를 치켜들었다.

"형제를 위해 피를 흘릴 영광을 누리자!"

오크가 뿔피리를 불었다. 그러자 기사들이 동작을 멈추며 오크 쪽을 바라보았다. 갈록의 몸에서 거대한 기세가 뿜어져 나왔다.

"우리는……!"

"오크!"

"우리가……!"

"오크! 오크!"

오크의 외침이 전장을 달구었다.

"돌격!"

갈록이 달려 나가자 오크들이 돌진했다. 21호와 2기생들도 마찬가지였다. 갈록은 눈앞에 있는 기사에게 거대한 갈고리를 휘둘렀다. 기사가 막기는 했으나, 그의 검은 허무하게 잘려 나갔다. 거대한 몽둥이로 기사를 후려치자 기사가 맥없이 튕겨나가며 바닥을 굴렀다.

"취익! 내가 바로 오크! 붉은 눈이다!"

붉은 의안에서 요사스러운 빛이 뿜어져 나왔다. 정예 기사 원정 실패 이후, 중국의 모든 능력자를 끌어모은 대규모 원정이 있던 날이었다.

여유. 참 좋은 단어였다. 마음을 풍요롭게 해주었고, 삶의 질을 올려주었다. 진우는 요즘 아주 절실하게 깨닫고 있었다. 다사다난했던 한 해가 갔으니 이제 근심 걱정 없는 한 해가 올 것 같았다.

'군주가 남아 있고……'

원작은 매우 긴 이야기였다. 주인공이 허영의 군주를 처리하는데 걸린 시간도 그만큼 상당히 길었다. 아직은 여유가 있었다.

'다른 문제가 생기긴 했지만……'

사고가 발생하기는 했다. 갑작스럽게 김영훈과 죄수들이 사라졌다고 한다. 탈옥은 아니었고, 차원이 귀속될 때 다른 게이트로 튕겨 나간 것 같았다. 인접한 게이트로 이동된다고 하니, 중국 게이트에 있을 가능성이 컸다. 총지배인이 걸어놓은 금제가 있어 문제 될 건 없었지만 여러모로 신경 쓰였다. 총지배인은 식음을 전폐하고 스스로 벌을 내리고 있었다. 진우가 말렸지만, 소용이 없었다.

안젤리카, 마물, 그리고 이제는 김영훈과 죄수들까지 해서 중국에 볼일이 상당히 많았다.

'안젤리카는 뚜렷한 자아가 없으니 괜찮겠지.'

다소 난리를 치는 것 같기는 했지만 무슨 일을 꾸미거나 할 수 있는 수준은 아니었다. 진우는 일단 정보를 모으며 지켜보고 있었다. 그런 걱정거리를 제외하고는 무척이나 평범하고 평화로운 날들이 지나고 있었다. 오래간만에 맞이하는 휴가다운 휴가였다.

"도련님, 일어나셨습니까?"

"어."

유나가 안으로 들어왔다. 진우가 푹신한 소파에서 나른한 표정을 짓고 있자 유나가 작게 한숨을 내쉬었다. 소파 옆에는 고급스러운 간식뿐만 아니라 게이트 재료로 만든 음식들도 종류별로 깔려 있었다.

"또 밤을 새우셨군요."

"밀린 미드 좀 봤지. 중간부터는 내 취향이 아니긴 했지만, 그냥저냥 볼만했어."

매력적인 캐릭터가 죽었을 때는 드라마 제작사를 인수해 버릴까 하는 생각이 들긴 했다. 진우가 장기 휴가 상태임에도 유나는 여전히 열심히 일하고 있었다.

엘라가 유나에게 엘론티에 드나들 수 있는 자격을 줘서, 유나 역시 엘론티로 자유롭게 입장할 수 있었다. 물론, 포탈을 여는데 진우가 동의를 해야 했지만, 진우는 그런 걸 따질 성격이 아니었다.

"엘라 님으로부터 선물입니다."

유나가 엘프주를 테이블 위에 올려놓았다. 황금사과와 세계수의 잎으로 담근 술이라고 한다. 엘론티가 회복되고 나서 엘프주의 맛은 더욱 깊어졌다.

하루에 한 잔씩 먹지 않으면 입이 심심할 지경이었다.

"엘라는 요즘 뭐해?"

"노래 연구 중입니다. 요즘 조회 수를 신경 쓰는 모양입니다. 아리나가 무섭게 치고 올라온다고 하니 안 그런 척하면서도 굉장히 신경을 쓰고 있습니다."

"하긴, 아리나의 영상이 더 많기는 하지."

엘라와 아리나는 자연스럽게 라이벌 구도가 되었다. 팬들은 이미 천마대전이라 부르고 있었다. 엘론티 엔터테인먼트는 소규모 기획사인 아테네 뮤직을 인수해 본격적으로 운영해 나갔다. 아테네 뮤직은 소속 가수가 전부 거대 기획사에 넘어가서, 작곡 위주로 작업을 했던 기획사였다. 과거 사무실이 작은 반지하였는데, 지금은 빌딩 안에 당당히 자리 잡고 있었다. 여전히 유나와 미래전략실이 신경 써서 관리하고 있었다. 이 분야가 의외로 유나에게 잘 맞는 것 같았다.

"아리나의 영상은 편집이나 보정할 부분이 거의 없다고 합니다. 반응이 상당히 좋더군요. 전문가의 솜씨입니다."

아리나의 영상은 정식 뮤직비디오 수준이라고 한다. 독특한 촬영 기법에 상당히 흥분했다고 하는데, 대충 짐작이 갔다. 아리나는 정산이 있고 난 후부터 더욱 열심히 영상을 만들었다. 지구에 방문하고 싶다는 의사를 전해올 정도였다. 아직은 엘라의 인기가 더 많았지만 앞으로 어떻게 될지 아무도 몰랐다.

"엘라 님도 엘론티 엔터테인먼트 방문을 희망하고 있습니다."

"특별히 문제 될 건 없긴 한데……."

이미 신분도 있으니 괜찮을 것 같았다.

"아! 요즘 정령 마법을 배운다며?"

"그, 그렇습니다만……."

"다 익혔어?"

유나는 고개를 끄덕였다. 살짝 당황한 모습을 보니 더욱 궁금해졌다. 진우가 유나를 바라보자 유나는 살짝 한숨을 내쉬었다.

"그냥 넘어갈 수는 없겠지요?"

"당연하지. 자랑 좀 해봐."

유나는 손을 멈칫하며 망설이다가 다시 한숨을 내쉬고는 손을 뻗었다. 진우의 기대감이 마구 올라갔다. 유나는 정령술에 재능이 있었고, 엘라에게 개인 강습을 받기까지 했다. 세계수가 살아나서 다양한 정령들을 소환할 수 있었는데, 자기와 가장 잘 맞는 정령을 소환해 계약할 수 있다고 한다.

'불의 정령 같은 게 아닐까?'

양판소에 나오는 불의 정령은 역시 샐러맨더 같은 도마뱀 형태의 정령이었다. 유나 정도라면 불의 정령왕 정도는 소환이

가능할 것 같았다.

진우의 기대를 느꼈는지 유나는 움찔하고는 정신을 집중했다. 곧 유나의 앞에 마법진이 떠올랐다. 자연의 기운이 물씬 느껴지는 술식이었다. 엘라가 가르쳤으니 역시 정석이었다. 저런 평범함이 조금 부럽기도 했다.

휘이이!

마법진에서 무언가 치솟아 올랐다. 거대한 불꽃을 기대했는데, 나타난 것은 그의 상상과는 다른 정령이었다.

"……이겁니다."

유나의 손바닥 위에 작은 노란색 털 뭉치 같은 것이 올라와 있었다. 자세히 보니 부리가 달려 있었다.

"병아리?"

삐약!

조금 형태가 다르기는 하지만 보자마자 그 이름이 떠올랐다. 진우는 유나와 정령을 번갈아 가며 바라보았다. 안 어울릴 것 같으면서도 의외로 잘 어울렸다.

"어…… 음. 머, 멋지네."

유나도 그리 싫지만은 않아 보였다.

"능력이 뭐야?"

"마음을 정화해 준다고 합니다."

"그래 보이긴 하네."

성장한다면 닭의 정령이 되는 것이 아닐까?

병아리는 능숙하게 유나의 어깨 위에 올라탔다. 어쨌든 귀여우니 상관없었다.

진우는 오랜만에 외출을 하기로 했다. 집에서 빈둥거리던 진우가 나가려는 이유가 있었다.

"그럼 준비하겠습니다."

"됐어."

"네?"

진우는 유나가 경호팀을 준비하려는 걸 말렸다. 웃으면서 품에서 무언가를 꺼냈는데, 신분증이었다. 그것은 일반적인 신분증과는 달리 전체가 금속으로 이루어져 있었다.

바로 A랭크 라이센스였다. A랭크 라이센스는 본인이 아니면 받을 수 없었다. 진우는 이 장면을 위해 유나 몰래 받는 노력까지 했다. 유나는 그걸 알아차리고는 고개를 설레 내저었다. 자신 몰래 자격증을 받기 위해 얼마나 노력했을지 눈에 훤히 보였기 때문이다.

"합격증이 나오고 오늘 정식으로 등록되었어."

"보통 반년 정도 걸리는데 빨리 나왔군요."

"합격자가 나밖에 없었으니까."

심사할 대상이 진우밖에 없었다. 진우는 최고 기록을 경신했고, 나머지는 실기가 모두 0점이었으니까. A랭크 라이센스가 있으면 준기사로 불렸고, 준기사도 품위를 유지해야 할 의무가 있다. 준기사가 되는 순간부터 호위는 금지되었다. 기사는 삶이 전투였고, 준기사도 기사를 본받아야 했다.

유나는 고개를 끄덕였다.

"그럼 경호팀은 이제 필요가 없겠군요."

그렇다고 하더라도 경호팀을 해체할 생각은 없었다. 진우는 악덕 사장이라 그런 꼴을 절대 못 봤다. 한 번 밑으로 들어온 인재는 끝까지 부려먹을 생각이었다.

"엘론티 엔터테인먼트나 G&P 쪽으로 돌려. 월급도 올려주고, 아니, 이참에 다 승진시키자. 딴생각 못 하게 해야지."

"네, 알겠습니다."

유나가 살짝 웃으면서 대답했다.

그녀의 어깨 위에서는 병아리가 늘어지게 하품을 했다. 유나는 습관적으로 병아리에게 볼을 비볐다. 의외로 귀여운 걸 좋아하는 유나였다.

유나는 진우의 시선을 알아차리고 헛기침을 했다.

"음, 그럼 혼자 나가실 생각이군요."

"서운해하지 마라."

"네, 알겠습니다."

유나가 걱정할 것 같았는데, 의외로 그렇게 대답을 했다. 유나는 허영의 군주까지 직접 경험했고, 진우의 강함을 알고 있었다. 진우는 세상에서 제일 경호가 필요 없는 사람이었다.

"그럼 다녀오십시오."

"그, 그래."

유나는 고개를 숙이고는 깔끔하게 물러났다.

저렇게 나오니 진우가 오히려 서운했다. 잠시 멍하니 그녀가 나간 문 쪽을 바라보다 피식 웃고는 외출 준비를 했다.

진우는 처음으로 경호원을 달지 않고 외출했다. 지구에서는 처음이었다.

드라이브를 하다 보니 자연스럽게 JW 게이트 쪽으로 오게 되었다. JW 문화센터는 몰라보게 변해 있었다. 한적했던 공간은 사람들로 바글바글했다. 진우가 기억하는 문화센터는 조금 텅 빈 느낌이 있었는데, 지금은 여러 가지 시설물들로 채워져 있어 그런 느낌은 사라지고 없었다.

'그러고 보니……'

시에서 적극적으로 밀어주고 있었다. 세계 최고의 관광명소, 게이트 문화도시로 만들겠다는 야심 찬 계획이었는데 나름대로 성과를 거두고 있었다. 넓은 지역은 이제 JW 게이트 문화의 거리라 불렸다. 해외 관광객들이 계속 늘어나 매일 신기록을 달성하고 있었다.

게이트 복장을 본뜬 옷을 입고 다니는 이들도 많았는데, 입구 쪽을 보니 복장 대여점이 보였다.

'엘라가 그냥 와도 되겠는데?'

엘라의 영향 때문인지 엘프 귀를 달고 다니는 이들도 많았다. 마족과 비슷한 분장을 한 이들도 상당했고, 하나같이 퀄리티가 상당히 뛰어났다. G&P가 FBI 같은 곳에서 특수분장사로 일했던 이들을 고용해 무료로 분장을 해주고 있다고 한다.

진우는 차에서 내려 둘러보았다. 문화 거리에는 게이트 재료를 파는 노점상들이 줄을 지어 있었고 식당가도 들어서 있었다. 엘라와 아리나의 대형 포스터도 볼 수 있었다. 크게 문화의 거리, 문화중심센터, 엘론티 엔터테인먼트, 음식점, 그리고 인피니티 테크놀러지 시연장으로 나눌 수 있었다. 거리를 오가는 관광객들뿐만 아니라 아르바이트생들의 표정에도 생기가 있었다.

진우는 그 점이 제일 마음에 들었다.

"이진우?"

"진짜야?"

큰 선글라스를 끼고 있었지만, 진우를 알아보는 사람은 상당히 많았다. 사진도 제법 찍히고 사람들이 몰릴 때쯤이었다.

'음?'

문자가 왔다. 한국 능력자 협회에서 온 공식 재난정보 문자였다.

-기사와 준기사(A랭크 라이센스 소지자)는 한국 능력자 협회의 연락을 기다려 주십시오.

-안녕하십니까? 이진우 준기사님. 한국 능력자 협회 정보담당관 고진수입니다. 현재 중국에서 A급 세계 재난 상황이 발생함에 따라…….

진우에게는 담당관이 붙어 친절하게 어떤 상황인지 설명을 해주었다. 중국의 일이었다.

미튜브 영상이 공개되고 일반인들 사이에서 마왕이 강림한 것 아니냐는 소문이 있었다. 중국은 그 소문을 의식했는지, 대규모 작전을 진행했다고 하는데 한동안 소식이 없었다. 세계 능력자 연맹에서 그것을 주시하고 있다가 세계적인 재난을 선포한 모양이었다.

'음…… 그 정도인가?'

A급 상황이면 중국이 자체적으로 해결할 수 없고, 세계 평화에 심각한 위협이 된다는 의미였다. 류웨이가 굴린 스노우볼이 거대한 눈사태가 되어버리고 말았다.

진우는 G&P 연구소로 이동했다. 연구소에서 더 정확한 정보를 얻을 수 있었기 때문이다.

진우가 연구소에 방문한 것은 처음이었다. 오랜만에 김세연의 얼굴을 볼 수 있었다. 동생의 일도 있고 해서 미안한 마음이 들기는 했지만, 김세연은 신경 쓰고 있지 않았다.

진우가 연구소에 도착하자 김대진 박사와 연구원들이 잔뜩 몰려왔다. 김대진 박사는 아예 서류를 잔뜩 들고 진우를 찾아왔다. 서류는 모두 진우에게 제안할 것들이었다.

"대표님! 저번에 주신 그 홀로그램 분사 장치 말인데……."

"박사님, 그 용건은 나중에 듣겠습니다."

"아! 네! 구, 국가의 일이 먼저지요. 하하하!"

김대진 박사는 김세연과 더불어 근무시간 투톱을 찍는 불량 연구원이었다. 이들에게는 쉬는 게 연구였고, 휴식이 일이었다. 세연은 기계 장치를 조작하고는 진우를 바라보았다.

"곧 이미지가 나올 거예요."

"빠르네요. 위성을 이용한 건가요?"

"아닙니다. 저번에 주신 홀로그램 분사 장치와 고위급 아티팩트를 응용해서 만들었습니다."

세연이 고안해낸, 마력 추적을 이용한 이미지 전환 시스템이었다. 아티팩트와 컴퓨터, 그리고 통신의 결합이라는데, 진우가 이해하기 어려운 영역이었다.

"아직 테스트 단계이지만, 목표는 마력이 감지되는 모든 곳을 이미지화하는 것입니다. 완성된다면 그 누구도 대표님께 절대 정보를 숨길 수 없을 거예요. 시스템 가동은 오로지 대표님을 통해서만 가능하도록 설계했습니다."

"……그렇군요."

위험한 말을 아무렇지도 않게 하는 세연이었다. 여전히 매력 있었지만 청순가련한 느낌이 조금은 사라진 것 같았다.

진우는 잠시 생각에 빠졌다.

'마계화가 되었고, 안젤리카가 있다고는 하지만…….'

그것만으론 A급 세계 재난이 되기에는 부족했다. 지금까지 파악된 정보를 분석하면 중국 혼자 고통받을 정도에 불과했다. 진우는 어떤 상황인지 굉장히 궁금해졌다.

조금 더 기다리자 고해상도의 이미지가 스크린에 출력되기 시작했다. 중국 게이트를 상공에서 본 영상이었다. 위성사진보다 화질이 훨씬 뛰어나 정확히 알아볼 수 있었다.

"저, 저건?"

"허억!"

"대단하군! 처음 보는 양식이야!"

연구원들이 놀라며 스크린에서 눈을 떼지 못했다. 게이트 주변에 대규모로 쳐진 베리어는 희미해져 있었다. 마정석이 소모를 감당하지 못한 탓에 더는 버틸 수 없어 보였다. 저 정도라면 위성사진으로도 관측할 수 있을 것이다. 하지만 연구원들을 놀라게 한 건 베리어가 아니었다.

진우도 놀랄 수밖에 없었다.

'아……'

거대한 신전으로 보이는 건물이 게이트 앞에 세워져 있었다. 그 주변에 던전처럼 생긴 것들도 존재했다. 마치 중국 게이트 안에 있는 던전을 모조리 옮겨놓은 것 같았다.

'이게 무슨 상황이지?'

과연 세계 A급 재난이라 칭할 만했다.

저건 누구의 잘못일까? 어디서부터, 뭐가 어떻게 굴러와 저렇게 되었는지 감조차 잡히지 않았다.

세계 능력자 연맹. 작은 전쟁이라 불리는 국제대회를 진행하고, 세계평화를 유지하는 거대한 집단이었다. 능력자 간의 충돌이나, 전쟁을 막고, 세계평화 유지를 위해 창설되었다. 국가 재난이나 그에 준하는 상황이 발생하면, 각 나라로부터 준기사 이상의 능력자를 모집하여 '구호기사'의 신분으로 파견했다. 강제는 아니었고, 구호기사로 파견을 가면 혜택을 주었다. 대표적인 혜택으로는 고위 기사 승급 심사 때 사용할 수 있는 가산점이었다. 기사는 각 나라에서 자의적으로 임명할 수 있었지만, 고위 기사 승급은 세계 능력자 연맹이 주관했다. 각 나라에 있는 고위 기사는 모두 세계 능력자 연맹에서 승급 심사를 받고 자격을 획득한 이들이었다. 준기사에게도 기사 승급에 도움이 되는 공식 훈장을 부여했다.

고위 기사는 굉장한 명예였다. 능력자는 기사가 되길 원했고, 기사는 고위 기사를 꿈꿨다. 그랬기에 구호기사는 기사들이 점수를 딸 좋은 기회였다.

그러나 안타깝게도 이번에는 시기가 나빴다. 국제대회를 앞둔 시점에서 국가의 전력 손실을 감수하면서까지 파견하고 싶어 하는 나라는 거의 없었다. 하물며 처음 발생한 A급 세계 재난이었다. 서로 눈치만 보다가 슬쩍 핑계를 대며 거절하는 국가들이 많았다.

한국도 마찬가지였다. 세계 능력자 강국이라고는 하지만 저번 대회에서 가장 많이 견제를 받아 역대 최악의 결과가 나왔기 때문이었다. 중국, 일본 연합은 집요할 만큼 한국을 파고들어서 큰 피해가 있었다. 그 바람에 오히려 득을 본 것은 미국이나 유럽 쪽이었다. 현재 유럽과 미국은 초호황이었다. 한번 꿀을 맛보니 놓치기 싫어하는 건 당연했다.

'그래도 먹음직스러우니 개입은 하겠지.'

A급 세계 재난은 발생 국가의 주권은 고려되지 않았다.

재난 구역을 국제 능력자 연맹에서 관리하게 된다. 중국의 게이트가 포함되어 있으니, 너무나 먹음직스러운 먹잇감이었다. 재난 구역 관리를 이유로 각 국가에서 능력자들을 파견해서 게이트에 한 발 걸칠 수도 있었다. 게다가 중국의 보물이 그곳에 있다는 소문이 돌자 그런 움직임은 더욱 적극적으로 변했다.

국제대회에 참가하는 정예 기사를 보낼 수는 없는 노릇이니, 후보 선수나 준기사를 파견하려는 기형적인 사태가 벌어지고 있었다.

'일단 가기는 해야겠는데……'

진우는 그렇게 생각하며 고개를 끄덕였다. 의도한 바가 하나도 없었지만 어쩌다 보니 자신이 너무 깊게 관여되어 있었다. 안젤리카, 마계화만 해도 모두 진우의 자산이었다.

한국 능력자 협회에서도 구호기사 참가 신청을 받았다.

후보 기사나, 준기사를 설득하고 있었다. 국제대회는 신경써야 했고, 중국의 게이트에 관여할 기회이니 협회에서는 둘 다 놓치고 싶어 하지 않았다.

일단 안젤리카 회수가 급선무였다. 그리고 가능하다면 김영훈이나 죄수들도 수색해야 했다.

'찜찜하긴 하지.'

김영훈이 가끔 김세연에게 편지를 보냈다고 한다. 그건 진우도 허락한 일이었는데, 예전의 답답했던 모습과는 달리 너무나 멀쩡해 보여서 김세연도 안심하는 눈치였다. 잘 교육을 받고 사회에 이바지하는 인물이 되겠다는 글귀를 보았을 때 김세연은 남몰래 눈물을 훔쳤다. 김세연은 진우가 걱정할까 봐

전혀 신경 쓰지 않는 듯한 모습을 보여주었다.

이러니저러니 해도 가족이었다. 상황이 안정되면 면회를 허락할 생각이었지만, 애석하게도 실종이 되어버렸다.

'그건 그렇고 마왕이라니……'

안젤리카는 A급 재난의 주인공으로서 마왕이라 불리고 있었다. 국제 능력자 연맹에서 공식으로 인정한 칭호는 아니었지만, 능력자들 사이에서는 이미 공식 칭호였다.

죽음의 마왕. 암흑 마왕, 혹은 거대한 암흑 기사. 약간 유치한 칭호로 불리고 있었지만, 영상을 보면 꽤 어울리기는 했다.

'검은 마력이라……'

검은 마력을 다루는 부분에서 의아함이 들어서 더욱 확인을 해야 했다. 그저 색깔만 검다면 그러려니 하겠는데, 심상치가 않아 보였다. 진우는 공식 루트로 갈지, 아니면 엘론티를 통해서 갈지 잠시 고민했다.

비공식적으로 가면 곤란한 상황이 발생할 수도 있었다. 파견도 되지 않았는데 그 자리에서 사진이나 영상이라도 찍히면 답변하기가 매우 곤란했다.

'협회에서 기사 심사 때 추가 점수도 준다고 하니……'

구호기사 신분으로 가는 것도 괜찮을 것 같았다. 중국이 수작질을 부릴 가능성은 적었다. 국력에 큰 비중을 차지했던 정예 기사들은 실종 상태였고, 자체 해결 능력이 없다고 판단되면 바로 재난 지역은 이제 국제 능력자 연맹 담당이 되었다. 그 순간 중국 영토가 아니게 된다.

조사해 보니 칠룡회에서 모든 전략을 짜낸 원정이 실패하면서 칠룡회는 반쯤 무너진 상태라고 한다. 덕분에 지금 구파일방과 오대세가 쪽이 실권을 잡았다. 무협지에 자주 나오는 문파와 가문이었다.

화산파나 무당파, 남궁세가나 사천당가. 너무나 전형적인 설정이라 알기 쉬웠다.

'대사부가 구파일방 쪽이었던가?'

그랬던 것 같았다. 히로인이랑도 얽혀 칠룡회에 복수를 한다던가 하는 기구한 스토리였는데, 지금은 어찌 되었을까?

'신경 쓸 필요 없겠지.'

진우는 고개를 끄덕이고는 참가신청서를 작성했다.

"저도 가겠습니다."

"아니, 내가 없는 동안 관리를 해줘."

"하지만 상대는 마왕이라고 합니다. 혹시 게이트를 넘어 다른 차원에서 온 군주일지도 모르지 않습니까?"

"아……."

그러고 보니 유나에게 안젤리카에 관해 설명해 주지 않았다. 설명하기가 아주 복잡했다. 차라리 나중에 성소에 데려가서 설명해 주는 것이 나을 것 같았다.

"설명하기는 복잡한데 별문제 없어."

"도련님……."

유나는 진우를 바라보다가 고개를 끄덕이고 결연한 표정이되었다.

"알겠습니다. 문제없도록 관리하겠습니다."

유나가 서재 밖으로 나갔다. 그녀의 어깨 위에 있던 병아리가 진우를 바라보더니 날개를 들어 인사했다. 경례하는 것 같기도 했다. 가끔 퍼덕거리면서 나는 모습을 보여주었는데, 아무래도 일반 병아리는 아닌 것 같았다. 조금 오해가 있는 것 같기는 했지만, 어쨌든 열심히 일을 해줄 테니 큰 문제는 없을 것 같았다.

진우는 신청서를 작성하고 협회로 보냈다.

'준비해야겠지.'

진우는 성소로 이동했다. 그가 구호기사 참가신청서를 냈다는 사실이 알려지자 난리가 났다. 한국 능력자 협회에서는 진정한 노블레스 오블리주라고 성명을 내었다.

진우에게 은혜를 입었다고 생각하는 자들. 진우에게 잘 보이고 싶어 하는 자들. 그리고 무릎 꿇고 무조건 빌어야 하는 자들. 모두 침을 꿀꺽 삼키며 발을 동동 구를 뿐이었다.

성소로 돌아오자 아리나가 진우를 맞이했다. 오랜만이었다. 세계수 사태 이후에 몇 번 오기는 했지만 아리나에게 영상을 받고 돌아간 것이 전부였다.

"그거 아직도 입고 있어?"

"연습을 생활처럼 하고 있습니다!"

아리나의 복장은 영상 속의 복장이었다. 노출이 있어 보기는 좋았다. 마족으로 보이기보다는 열심히 연습하는 아이돌을 보는 것 같았다.

'괜찮겠지.'

성소 관리는 평소보다 더 잘하고 있으니 그냥 놔둘 생각이었다. 아리나가 진우를 바라보다가 갑자기 납작 엎드렸다.

진우는 얘가 또 왜 이러나 싶었다. 요즘 부탁할 것이 있으면 자주 저런 자세를 취했기 때문이다.

"경하드리옵니다!"

"뭘?"

"세계수를 뽑아 던져 엘프들을 굴복시키시다니! 그야말로 군주 그 자체이시옵니다! 그렇지만 그런 사실을 저에게 말씀해 주시지 않으시고…… 정말 너무하십니다!"

"어디서 그런 소리를 들었어?"

"마계입니다. 아주 난리가 났습니다!"

딱히 말해줄 필요가 없다고 생각해, 엘라의 이야기만 조금 한 게 전부였다. 아리나는 마계에서 도는 소문을 듣고 온 모양이었다. 마계의 소문은 더 가관이었다.

황금의 군주가 엘론티에 홀로 쳐들어가 세계수를 한 손으로 뽑고, 그 세계수를 휘둘러 수만의 오크 군세를 박살 냈다고 한다. 그리고 초원에 세계수를 던지며 엘프들을 모조리 굴복시켰다는 내용이었다. 엘프 여왕은 눈물을 흘리며 복종을 맹세했고, 그녀는 평생 황금의 군주를 위해 노래를 불러야 하는 처지가 되었다. 거기에 그치지 않고 황금의 군주는 암흑의 마력으로 이루어진 세계수를 만들어 모든 엘프의 영혼을 손에 넣었다고 전해졌다. 전부 다 거짓이 아니라 사실도 섞여 있으니 제법 그럴듯한 이야기가 되어 있었다.

'오히려 그게 더 현실성이 있네.'

탐욕의 군주를 없애고 그 자리를 차지한 것이 바로 황금의 군주였다. 그런 군주가 차원을 정복하는 건 평범한 일일지도 몰랐다. 고귀하다고 알려진 엘프 여왕마저 노예로 부리며 착취하는 황금의 군주!

탐욕은 먹어치울 뿐이었지만 황금은 지배하며 착취한다. 그의 막대한 재력은 차원을 착취해서 쌓은 결과물이다!

그렇게 탐욕의 군주보다 훨씬 위험한 군주가 나타났다는 소문이 돌고 있었다. 오히려 사실보다 저 이야기가 더 사실 같았다.

미튜브 구독자와 조회 수의 힘으로 세계수가 깨어나더니, 크라켄처럼 날뛰면서 오크들을 박살 냈다고 하면 누가 믿을까? 엘프 여왕이 지구에서 아이돌 가수로 데뷔를 했다고 하면 누가 믿을까?

막장 드라마도 그렇게 쓰지는 않는다.

'해명하기도 힘들겠군.'

아무도 사실을 안 믿을 것 같았다.

"하지만 찬물도 위아래가 있는 법! 제가 훨씬 더 낫다는 걸 확실히 보여 드리겠습니다."

"……그래. 열심히 해."

아리나는 진우의 격려에 감동하며 눈이 반짝반짝 빛났다.

"아! 마계로부터 온 축하 선물입니다."

아리나가 마계로부터 온 선물을 보여주었다. 그럭저럭 괜찮은 보물이 쌓여 있었고, 마계의 특산물도 많았다. 가장 눈에 띄는 것은 축하 화환이었다.

[군주님의 차원 정복을 진심으로 축하드립니다! 저희 서큐버스는 사랑과 봉사를 전문적으로 하는 종족으로서 간절히 군주님의 연락을 기다리고 있습니다.]
-서큐버스 일동-

[엘프 여왕마저 굴복시키는 위대함! 존경합니다. 엘프마저 타락시키는 그 아름다운 위대함! 본받고 싶습니다.]
-인큐버스 일동-

[위대한 업적에 진심으로 감복하였습니다. 축하드립니다. '오랜 가뭄'과 '기근'에 시달리고 있는 저희 '별 볼 일 없는 영지'의 마족들이 모두 훈훈한 소식에 웃을 수 있었습니다.]
-마왕 갈로드 올림-

……

진우는 잠재력 측정 때가 떠올랐다. 역시 차원을 막론하고 생각하는 건 다 똑같은 모양이었다. 원작에서는 마족은 악의 세력으로만 나왔는데, 직접 겪어보니 느낌이 다르긴 했다.

'오히려……'

인간이 더 악할 때가 많은 것 같았다.

진우는 아리나에게 찾아온 용건을 말했다. 안젤리카나 마물들을 죽이기는 조금 그랬기 때문이다. 안젤리카는 진우의 부하였고 청소부였다. 어쩌다 보니 중국에 가서 그러고 있을 뿐이었다.

아리나는 잠시 생각하다가 고개를 끄덕였다.

"현재 작동 중인 아티팩트를 응용하면 되겠군요. 타격을 통해 강제로 연결하면 역소환시킬 수 있을 겁니다."

"좋은 생각이군."

"바로 작업하겠습니다!"

아리나는 바로 작업에 들어갔다. 생각보다 간단한 작업이라 금방 준비를 끝마칠 수 있었다.

'해외는 처음인데.'

그러고 보니 해외에 나가는 건 처음이었다. 이진우가 되고 헬리콥터를 타고 다니긴 했지만 그전에는 비행기 한 번 타보지 못했으니까.

참으로 기대가 되었다.

구호기사 일정은 생각보다 늦게 잡혔다. 각 국가의 일정을 조율하다 보니 뒤로 밀리게 되었다. 재난 지역에서 습득하게 될 아이템 처리 문제를 두고 여러 회의가 있었기 때문이다. 구파일방과 오대세가가 스스로 해결하려고 노력하고 있었지만, 국제 능력자 연맹에서는 회의가 끝나자 바로 파견을 결정했다.

재미있는 점은 한국 능력자 협회에서 일정을 정하는데 진우에게 의사를 물어봤다는 점이었다. 협회에서는 진우의 참전 소식을 대대적으로 광고하고 싶어 했다. 그래서 진우에게 정중하게 요청을 했다.

진우는 명예 랭크를 올리는데 괜찮을 것 같아 승낙했다.

당연히 난리가 났다.

'화제가 될 줄 알고는 있었지만…….'

진우의 예상보다 더했다.

뉴스는 온통 진우의 이야기로 도배가 되었다.

[이진우, 구호기사 자격으로 참전.]

[진정한 노블레스 오블리주를 실현하다.]

[관계자: '아랫사람에게도 깍듯.']

[협회 '기사를 뛰어넘는 마음가짐, 높이 평가'.]

협회에서는 방송국 사람도 붙였는데, 이번 일을 다큐멘터리로 만들 계획이라고 한다. 그동안 권위적으로 군림했던 능력자 협회의 이미지를 세탁하기 위함이었다. 진우는 그냥 대충 지켜보다가 안젤리카를 귀환시킬 예정이었다. 눈치를 봐야 했지만 그렇게까지 어렵지는 않을 것 같았다.

진우는 구호기사 복장을 하고 공항으로 향했다. 공식 구호기사 복장은 흰색이었고, 한국 능력자 협회를 상징하는 마크가 그려져 있었다. 준기사임을 나타내는 마크도 그 옆에 그려져 있었다.

'음…….'

인천국제공항에 도착하니 색다른 풍경이 펼쳐져 있었다. 방송국의 취재 기자들이 잔뜩 몰려와 있었고, 고위급 관계자도 마중 나와 있었다. 그리고 팬들로 보이는 이들도 상당히 많았다. 기사의 팬클럽이었는데, 대부분 진우의 팬들이었다.

운전대를 잡은 유나가 그 광경을 보고는 입을 뗐다.

"거의 연예인이시군요."

"그러게. 왜 날 좋아할까?"

"요즘 이미지가 좋지 않습니까?"

"대부분은 내가 한 말이 아니긴 한데……."

미래전략실에서 포장되어 흘러간 말들이었다. 인천공항에 마련되어 있는 기사 전용 창구로 향했다. 레드 카펫이 깔려 있었고, 기사가 나올 때마다 박수와 플래시 세례가 터졌다. 기사들이 먼저 입장했고, 그다음은 준기사가 입장했다. 준기사는 단체로 입장했지만, 진우는 특별히 마지막으로 입장하기로 되어 있었다.

"다녀오십시오."

진우는 고개를 끄덕이고는 차에서 내렸다. 시선이 모인 순간부터 진우의 모습은 빈틈이라고는 존재하지 않았다. 황금의 군주는 항시 작동했다. 어떻게 찍어도 최고의 결과물만 보여줄 뿐이었다. 앞서 들어간 기사들이 일반인처럼 보일 정도로 강력한 카리스마를 보여주고 있었다.

'아! 여권이 필요하던가?'

진우는 그런 생각을 하면서 안으로 들어갔다. 대기실에 들어가자 기사와 준기사가 보였다. 담소를 나누고 있다가 진우가 들어오니 조용해졌다.

진우는 다음 상황을 예상해 보았다. 무난하게 넘어가면 그것도 조금 이상할 것 같아서였다.

"잘 부탁드립니다, 후배님. 참으로 든든합니다."

"반갑습니다."

하지만 모두 정중하게 웃으며 먼저 인사를 해주었다. 몇 마디만 이야기를 나눴을 뿐인데도 사람들이 참 괜찮았다. 든든한 형같이 느껴지는 이들도 있었고, 친구처럼 친근한 기사도 있었다.

'왜 이렇게 다 착하지?'

기사는 인격적으로 상당히 괜찮았다. 하긴, 그렇게 공들여 뽑는 기사인데 인격이 나쁜 이들이 뽑힐 리 없었다. 국가와 타인을 위한 희생정신으로 무장된 이들이었다. 이죽거리며 시비를 걸거나 하는 엑스트라 캐릭터는 없었다. 그러고 보면 기사급의 악역들은 모두 타국의 인물들이었다.

"이번 일이 해결되면 결혼하기로 했어."

"그렇군. 가정을 갖는 것도 좋지. 아! 내 아내가 지금 임신 6개월인데……."

그 말을 들은 진우는 흠칫했다.

"이건 네가 가지고 있어라."

"음? 네가 아끼는 시계 아냐?"

"행운을 주는 시계지. 꿈자리가 사납다며?"

"훗, 그저 악몽일 뿐이야. 시답지 않은……."

분위기는 훈훈했다. 참 보기 좋았다. 그러나 진우는 그 훈훈함보다는 오싹함을 느꼈다. 애인과 통화를 하며 빨리 돌아갈 것을 약속하는 준기사, 피식 웃으며 부적을 품에 넣는 기사, 그리고 애인의 사진이 들어간 목걸이를 보고 있는 기사까지……. 사망 플래그였다.

'아, 저건 죽겠네.'

만약 영화나 소설, 또는 만화 속의 인물이었다면 고개를 끄덕이며 그렇게 생각했을 것이다.

'설마, 현실인데…….'

그래도 현실이 절반 정도는 섞였는데 그런 일이 발생할까? 진우는 그냥 웃어넘기려다가 멈칫했다. 진우가 이렇게 생각하는 것도 대표적인 방심 플래그였다.

최희연도 자리해 있었다. 진우가 참전한다고 하니 그녀도 바로 신청서를 냈다고 한다. 그녀는 진우에게 다가와 인사를 건넸다.

"왜 그러시나요?"

"신경 쓰이는 게 조금 있어서요."

훈훈한 분위기 때문일까? 최희연은 잠시 망설이다가 무언가 결심한 듯 진우를 바라보며 입을 뗐다.

"저…… 이번 일이 끝나면……."

"아! 잠시만요!"

진우가 최희연의 말을 막고는 대기실 밖으로 나갔다. 더 들으면 왜인지 큰일이 날 것 같아서였다.

"아……."

최희연은 진우의 뒷모습을 바라보다가 조금 시무룩해졌다.

아무 탈 없이 무난하게 공항에 도착했다. 중국은 현재 국제 능력자 연맹에서 여행금지국가로 지정한 상태라 공항은 한적했다. 바로 게이트 쪽으로 이동했다.

마계화가 진행되어서인지 하늘은 보랏빛으로 물들어 있었고 공기는 탁했다. 웬만큼 강한 능력자가 아니면 활동하기 힘들어 보였다.

'나쁘지 않네.'

진우에게는 그럭저럭 괜찮은 공기였다. 묘하게 중독성이 있는 냄새였다.

각 나라의 기사끼리 인사를 나눴다. 기세 싸움이 있었다. 이름난 기사들이 아니긴 했어도 각 나라의 대표 자격으로 온 이들이었다. 서로 친하게 지낸다면 그것이 오히려 이상했다.

진우는 분위기가 어떻든 신경 쓰지 않았다. 그냥 뒤에서 지켜보다가 사태만 해결하고 빠질 생각이었다. 기세 싸움을 하던 기사들이 깜짝 놀라며 누군가를 바라보았다.

그는 수많은 취재진을 달고 있었다.

"진우 님! 안녕하십니까? 기다리고 있었습니다."

"멀린 경?"

멀린이 뜬 순간부터 서열은 순식간에 정리가 되었다. 멀린이 찬란한 금발을 휘날리며 다가왔다. 가발을 썼을 때보다 훨씬 풍성해져 있었다. 그를 따르는 다른 마법사들도 마찬가지였다. 모자를 쓰지 않는 유일한 마법사 파벌이 바로 저들이었다. 영국의 정예였고, 멀린의 이름은 그만큼 무거웠다.

그런 멀린이 황급히 뛰어오며 진우에게 인사를 했다. 그것도 고개를 숙여가며 말이다. 멀린은 고개를 숙일 때도, 들때도 찰랑거리는 머리카락을 강조했다. 다른 마법사들도 마찬가지였다.

그는 지금 인생의 전성기를 달리고 있었다. 멀린이 은밀하게 말하기 시작했다. 누가 보더라도 엄청난 비밀 이야기를 나누는 것처럼 보였다. 기사들, 그리고 준기사들은 침묵을 지키며 진우와 멀린을 바라보았다. 확실히 이번 사태, 혹은 국가의 중대한 정보가 오가는 것 같은 그림이기는 했다.

"진우 님, 저 이번에 샴푸 광고를 찍었습니다."

"……그렇습니까?"

"제 꿈을 이루게 해주셔서 정말 감사드립니다. 이제 제가 보답해 드릴 차례로군요."

멀린의 꿈은 인간의 한계를 뛰어넘는 마법사가 아니었다. 그는 서클 마법에 입문했을 때부터 오로지 그것이 꿈이었다.

꿈을 이룬 그는 완전한 현자가 되었다.

"저희는 진우 님의 자비로운 마음과 찬란한 희생정신에 감동하였습니다! 저희는 진우 님의 말에 따르겠습니다."

"아니, 그러실 필요 없습니다. 저는 준기사일 뿐입니다."

"진우 님께서는 영웅의 덕목을 모두 갖춘 분이십니다. 마법사는 항상 영웅을 알아보지요. 계급이 무슨 상관이 있겠습니까? 안 그렇습니까, 여러분!"

멀린은 취재진을 바라보면서 진우를 마구 띄워주었다.

이래도 되나 싶을 정도였다. 말리고 싶었지만 이미 늦었다. 주변이 조금 북적거렸지만, 어쨌든 상황이 정리되었다.

멀린은 구호기사의 단장 자격으로 참가했다고 한다. 영국 왕실에서 말렸지만, 멀린의 의지를 꺾을 수는 없었다.

"멀린 경, 저희는 언제 투입됩니까?"

"현재 중국 측의 요청으로 마지막 총공격이 있었습니다. 상황은 힘들지만, 어떻게든 게이트 주권을 지키고 싶겠지요. 그들이 직접 해결하는 게 가장 좋은 일이기는 합니다. 음, 직접 보시겠습니까?"

이번 원정이 실패하면 바로 국제 능력자 연맹이 개입하여 관리하게 된다고 한다.

진우가 고개를 끄덕이자 멀린이 캐스팅하자 앞에 화면이 떠올랐다. 마법사들이 미리 현장에 가서 상황을 지켜보고 있었다.

진우는 마법사들을 통해 현장을 볼 수 있었다. 중국 측 능력자들이 치열한 전투를 벌이고 있었다. 대사부로 보이는 이도 있었고, 기사급 능력자들도 상당히 많았다.

그들은 필사적으로 저항했다. 이대로 밀린다면 영토가 연맹 쪽으로 넘어갈 것을 알고 있었기 때문이다.

'자업자득이긴 하지.'

그러게 누가 기술을 훔쳐가라고 했던가?

하지만 그 필사적인 마음 때문이었을까?

몬스터 쪽이 조금씩 뒤로 후퇴하고 있었다.

진우는 몬스터를 자세히 바라보았다.

'오크?'

진우는 당황할 수밖에 없었다. 오크가 상당히 많았다. 무언가를 뒤집어쓰고 있어 색다른 몬스터라고 생각했는데, 자세히 보니 오크였다. 아니, 오크가 왜 여기에서 저러고 있을까? 엘프들과 싸울 때보다 훨씬 용맹했고 아주 잘 싸웠다. 마치 검술이나 무기술을 익힌 것 같은 모습이었다. 능력자들에게 전혀 밀리지 않았다.

화면이 신전을 비추었다. 궁금해서 화면을 바라보았다.

"정체불명의 신전입니다. 그 거대한 기사를 모시는 신전일지도 모릅니다."

"음……."

신전을 더욱 정확히 살펴볼 수 있었다.

[C]황금의 신전

황금의 군주를 숭배하기 위해 만든 신전. 믿음이 있다면 황금의 군주가 새로운 힘을 내려줄지도 모른다.

'내 신전?'

진우는 어이가 없었다. 신전을 정보의 마안으로 확인하는 순간이었다.

[황금의 군주는 항상 승리해야 한다.]
[패배는 어울리지 않았다.]

황금의 군주가 작동하며, 진우에게서 흘러나온 마력이 땅속으로 스며들었다. 그 순간 오크와 몬스터들에게서 황금빛 광채가 뿜어져 나왔다.

"저, 저것 좀 보십시오!"

"뭐지?"

구어어어어!

저 멀리서 엄청난 함성이 들려왔다. 오크의 체격이 훨씬 커졌다. 머리에 쓴 뼈 투구가 박살 나며 거대한 송곳니가 치솟았다. 송곳니는 황금색이었다.

"허억!"

"몬스터가 진화를 하다니!"

"저, 정말 마왕이라는 존재일까요?"

밀어붙이던 중국 능력자들이 처참하게 밀리기 시작했다.

"아······."

진우는 멍한 표정이 되었다. 또 뭔가 굴러갔다.

갈록은 넘쳐나는 힘에 감탄을 금치 못했다. 그는 신전을 짓기 시작한 순간부터 황금의 군주에 대해 알게 되었다.

"우리는 그분의 물건을 건드렸다."

엘프들은 황금의 군주 것이었다. 황금의 군주가 소유한 노예였다. 그것을 탐내고 약탈하려 했다. 그 죄는 너무나 컸다. 멸종당하지 않은 것이 이상할 정도였다. 그러나 자비를 베풀어주셨고, 기회를 주셨다. 오크는 21호의 말대로 죄를 씻기 위해 신전을 짓고, 많은 던전에서 가지고 온 많은 재물을 바쳤다. 던전 자체를 바치기도 했다.

저 거대한 기사의 도움이 컸다. 기사는 던전을 청소한다고 말하며 도와주었다. 군주께서 보내신 수호기사임에 틀림없었다. 이제 오크는 새로운 희망을 얻게 되었다.

"기회를 주셨다! 이제 증명하자!"

시련이 있었다. 그러나 오크는 살아남았고, 살아남은 이들은 선택을 받았다. 이제 21호의 말대로 마지막 단계만 남겨놓고 있을 뿐이다. 안젤리카는 후퇴하는 인간들을 바라보다가 다시 주변을 정리하기 시작했다. 흉물스러운 건물들을 모조리 부수고, 바닥을 깔끔하게 만들었다. 갑작스럽게 넘쳐나는 암흑 마력은 안젤리카에게 막대한 힘을 부여해 주었다.

[아니, 그걸 그렇게 쓰면……. 내 말 좀 들어봐!]

"……."

[제발 좀 쉬면 안 될까?]

"……."

머릿속에서 무언가 울리는 것 같았지만 안젤리카는 신경 쓰지 않고 묵묵히 계속 일했다. 허영의 군주는 안젤리카의 몸을 빼앗으려 했으나 실패했다. 안젤리카에게는 기이하게도 허영의 군주를 뛰어넘는 주인이 있었기 때문이다.

결국, 안젤리카에게 남은 권능을 전부 빼앗기고 갇혀 버렸다. 봉인석에 갇혔을 때와는 차원이 달랐다. 안젤리카에게 융합되어 이제는 벗어날 수도 없었다. 안젤리카의 모자란 자아 빈자리에, 마치 마지막 퍼즐 조각이 맞춰지는 것처럼 쏙 하고 들어가 버렸다. 모든 감각이 공유되었기에 육체의 고통도 느껴졌다.

정작 안젤리카는 고통을 느끼는 자아가 없어 아무것도 느끼지 못했다. 허영의 군주만 고통받고 있었다. 계속 일하는 안젤리카 때문에 허영의 군주는 죽을 맛이었다. 봉인석이 그리워진 적은 처음이었다. 거긴 지루하긴 하지만 그래도 편하기라도 했다. 안젤리카는 방해하지 않으면 그냥 일만 했다.

그 일은 건물을 부수고 깔끔하게 만드는 것뿐이었다.

그때 기괴한 투구를 쓴 남자 21호가 갈록에게 다가왔다. 이미 칠룡회 소속 기사들을 심문해서 모든 정보를 얻은 후였다. 포로로 잡은 왕국량은 모든 것을 술술 불었다. 총지배인에게 배운 심문 방법이 많은 도움이 되었다.

"뱀, 방패…… 크, 크큭. 일본에…… 악이 있다."

"역시 일본이었군."

42호의 말에 21호는 고개를 끄덕였다.

사로잡은 악들에게서 빼 온 정보이니 확실했다. 특히, 왕국 량이라는 기사는 악의 중추답게 저항이 거셌다. 강도 높은 정신교육을 통해 지금은 그럴 수 없었게 되었지만 말이다.

"21호, 여기는 내가 맡겠다."

"갈록……."

"너희는 위대한 사명이 있다. 가거라! 우리는 우리의 시련을 이겨내겠다. 우리의 가치를 증명하겠다!"

"크흑……."

21호와 2기생들은 갈록의 말에 눈물을 훔쳤다. 21호와 2기생은 배를 만들어 바다에 띄웠다. 현대적인 배는 아니었다. 바다를 건너기에는 무리가 있었지만 21호의 의지를 꺾을 순 없었다. 갈록은 2기생들을 배웅하며 주먹을 치켜들었다.

"우리는 영원히 헤어지는 것이 아니다!"

오크들이 소리쳤다.

"발할라에서 만나자!"

21호가 말해준 적이 있었다. JW 게이트, 다른 이름으로 발할라!

너무나 아름다운 이야기였다. 죄를 씻기 위한 성스러운 공간. 그곳은 목숨을 아끼지 않는 골든 오크의 용맹함과 딱 어울리는 곳이었다.

시험에 든 자들만이 갈 수 있는 곳. 군주께서 내리는 시험을 통과한다면, 도달할 수 있는 곳! 황금의 땅 발할라.

자격을 증명하여 발할라로 이르리라!

우리는 그곳에서 다시 만나게 될 것이다!

[야, 이 미친놈들아! 그만해!]

그나마 허영의 군주가 제일 이성적이었다. 하지만 그의 외침을 아무도 듣지 못했다.

"음……."

진우는 머리가 아파졌다.

[오크가 골든 오크로 진화하였습니다.]
[오크의 한계 레벨이 크게 상승하였습니다.]
[마계가 긴장합니다.]

[C+]골든 오크

'골든 오크는 후퇴하지 않는다.'

'두꺼운 가죽은 믿음의 방패요, 거대한 근육은 믿음의 철퇴이다.'

'가자! 황금의 땅! 발할라로!'

황금의 군주가 축복을 내려 진화하였다. 강력한 믿음으로 죽음마저 불사하는 강력한 전사이다. 그들의 행동방식인 번식과 약탈은 믿음과 전투로 대체되었다. 군주가 다스리는 땅으로 가기 위해서라면 목숨을 바칠 수 있다.

*[C+]광전사.

상황을 수습하러 온 것인데, 더 일을 벌이고 말았다. 변명할 여지 없는 완벽한 트롤링이었다. 진우가 오기 전까지만 해도 중국 능력자들이 승기를 잡았었다. 대사부가 기사들과 함께 안젤리카를 상대하고 있었는데, 오크들이 갑자기 강해지니 후퇴할 수밖에 없었다.

'음…….'

게다가 중국 측의 장비들은 랭크가 거의 없는 것들이었다. 아티팩트의 영향으로 계속해서 창고로 소환당하고 있었기 때문이다. 성소에 계속 아이템이 전송되는 이유였다. 이쯤 되면 거의 블랙홀 수준이었다.

그 때문에 이번 작전에서 F랭크 이상 아이템 착용이 금지되었다. 물론, 진우는 영향을 받지 않았다.

멀린과 마법사들, 그리고 각국의 기사들은 심각한 표정으로 회의에 들어갔다. 최희연과 한국의 기사들도 참여했는데, 진우는 빠지고 싶었지만 멀린 덕분에 진우 주변에서 회의가 시작되었다.

"생각보다 적의 힘이 강한 것 같습니다. 몬스터를 진화시키는 힘이라니…… 마왕이라 불러도 손색이 없군요. 어떻게 생각하십니까?"

멀린이 진우를 바라보며 묻자 모두의 시선이 진우에게 쏠렸다. 어느덧 자연스럽게 기사와 준기사들의 중심에 서 있었다. 아무도 그것에 대해 이의를 제기하지 않았다.

진우는 일단 뭐라도 한마디 해야 할 것 같아 입을 뗐다.

"정체 모를 어두운 마력을 다루는 것도 그렇고, 신중해야 할 것 같습니다."

"음! 역시 그 점을 보셨군요. 토양도 어둡게 물들어가고 있습니다. 아마 그 거대한 기사가 수를 쓴 것이겠지요. 이는 분명 치밀하게 계획된 침략입니다."

결론은 어느덧 거대한 기사, 아니, 마왕의 침략으로 굳어가고 있었다. 지금껏 대화가 통할 정도로 지능을 가진 몬스터들이 발견된 예는 없었다. 많은 게이트 학자들이 고차원적인 지능을 지닌 몬스터의 침략에 대비를 해야 한다고 주장했지만, 동의를 얻지는 못했다.

진우의 말에 이런저런 살이 붙어 마왕의 강림, 침략의 시작 등 온갖 음모론이 판을 치게 되었다.

'그냥 가만히 있자.'

진우는 입을 다물고 가만히 있어야겠다고 생각했다. 그가 입을 다물자 기사들과 준기사들은 힐끔 하고 진우를 바라보았다. 살짝 고개를 숙이고 있는 진우의 모습은 굉장한 카리스마를 뿜어내고 있었다. 고민을 하는 표정은 마치 인류의 존속에 대해 깊은 고뇌에 빠진 것처럼 보였다.

멀린의 추임새가 더해지니 분위기가 더 무거워졌다.

알게 모르게 막대한 영향을 주고 있는 진우였다.

"저기 오는군요."

그때 구호기사단이 있는 캠프 쪽으로 중국 측 능력자들이 다가왔다. 상처를 입은 이들이 상당히 많아 바로 치료 조치에 들어갔다. 중국 측에서는 치료할 자원조차 없었기에 어쩔 수 없이 구호기사단의 도움을 받아야 했다.

이번이 마지막 총공격이었다.

'마력 때문에 현대무기가 안 통한다는 설정은 참…….'

게이트 안에서는 아예 작동하지 않았고, 마계화가 진행되어 게이트 안과 비슷하니 작동하지 않았고, 마력에 닿으면 폭발이든 뭐든 분해가 되어 위력이 기하급수적으로 줄어들었다. 시도한 흔적이 보이긴 했으나 시도에서 그쳤다.

펄펄 끓는 물에 솜사탕이나 얼음을 넣는 느낌이라고 한다.

최종 원정이 실패로 끝나면서 재난 구역 관리는 국제 능력자 연맹으로 넘어가게 되었다.

"비록 패배하기는 했으나, 저희도 힘을 보태겠습니다."

대사부가 그렇게 말했다. 구호기사 단장인 멀린이 진우를 바라보았다. 자연스럽게 결정권이 진우에게 넘어왔다.

"오랜만입니다."

"허허, 그렇군요. 꼴사나운 모습을 보여드려 안타까울 따름입니다."

대사부의 얼굴에는 씁쓸한 기색이 가득했다. 그의 몸은 정상이 아니었다. 안젤리카 때문에 그런 것이 아니라 오랜 고초를 겪은 모양이었다. 이번에 입은 부상도 심각했다.

본래라면 칠룡회의 수작에 죽을 인물이었지만 칠룡회의 영향력이 거의 사라진 지금은 그럴 일은 없을 것 같았다.

대사부는 진우를 바라보며 고개를 숙였다.

"중국이 많은 잘못을 했습니다."

칠룡회의 뜻에 반대하여 모진 고문까지 받은 대사부였다. 그의 옆에는 처음 보는 여인이 서 있었다. 딱 봐도 범상치가 않았다.

"사천당문의 당소정입니다. 와주셔서 감사드립니다."

이름을 들으니 누군지 알 것 같았다. 허영의 군주가 빙의한 왕국량을 무찌를 때까지 주인공과 함께한 히로인이었다.

최희연이 당소정이라는 이름을 듣자 살짝 움찔했다. 최희연과 당소정의 눈이 마주쳤다. 둘 사이에 묘한 긴장감이 감돌았다. 둘은 중국 사태만 없었다면 국제대회에서 만날 수도 있었다. 원작에서도 그러했으니까.

'피곤하게 되었군.'

왜인지는 모르겠지만 오크들도 자신의 편이었다. 마냥 죽게 놔두기에는 찜찜했다. 그렇다고 여기 있는 구호기사들까지 방치하기에는 양심에 찔렸다. 무엇보다 한국 기사들은 사망 플래그가 서 있었다. 그것도 아주 발딱.

각 나라의 모든 대표 기사들이 참여하는 원정 회의가 시작되었다. 진우는 일단 시간을 벌 생각으로 참여를 했다. 시간을 벌어야 대책을 세우든 뭘 하든 할 수 있었기 때문이다.

"정보가 많이 부족합니다. 그러나……."

"정보를 모두 제공해 드리겠습니다."

진우의 말에 당소정은 비장한 표정을 지으며 그렇게 말했다. 지금까지 모아온 정보를 아낌없이 제공해 주기로 했다. 진우는 원정 계획을 늦추기 위해 그답지 않게 많은 발언을 했다.

"이쪽으로 가면 조금 위험할 것 같습니다. 조금 더 살펴보는 편이……."

"오! 그렇군요. 과연……."

"아! 그러고 보니 지하로 접근하면……! 이렇게 간단한 걸 왜 이걸 몰랐을까요?"

멀린과 당소정이 진우의 말에 바로 계획을 바꾸며 더 빠르게 바뀌었다.

"검은 토양에 대처할 필요가 있는 것 같습니다."

마계화가 진행된 지역이니 이 변명으로 조금 더 시간을 벌 수 있을 것 같았다.

"오! 역시 그 점을 짚어주셨군요! 유럽의 모든 마탑과 연계하여 미리 성분 분석을 진행했습니다. 순도 높은 마력을 미리 흡수하고 가면 당분간은 버틸 수 있을 것입니다. 장치도 미리 준비해 놓았습니다."

"저희도 얻을 수 있을까요?"

"물론입니다. 일이 이렇게 되기는 했으나 우리는 모두 같은 적을 두고 있지 않습니까?"

멀린의 말에 당소정이 감동했다. 그러고는 진우를 바라보았다.

"……정말 죄송하고…… 감사합니다."

당소정의 시선이 부담스러웠다. 진우는 허점을 짚으려 노력했는데, 멀린은 괜히 멀린이 아니었다. 준비가 되어 있거나, 즉석에서 바로 준비를 했다.

'아니, 뭘 이렇게 많이 준비했어?'

계획은 수정과 수정을 거쳐 시간마저 앞당겨졌다. 각 나라의 기사들도 고개를 끄덕이며 감탄했다.

"잘못하면 싸우기도 전에 전멸할 뻔했군."

"과연…… 세기의 천재인가. 전략가로서의 면모도……."

"국제대회가 걱정이야."

"그래도 아직 준기사이니 다음 대회는 괜찮겠지."

정신을 차리고 보니 대단한 전략가로서의 면모도 갖춘 인물이 되어 있었다. 지금은 협력 관계였지만 적으로 만날 가능성이 커 진우에 대한 정보를 수집하고 있었다.

진우는 당황하였으나 황금의 군주는 언제나 우아했다. 그런 것에는 아예 신경도 쓰지 않는 것 같은 모습이었다. 최희연과 한국 기사들은 그런 진우에게 자부심을 느끼고 있었다.

"그럼 내일 동트기 직전, 바로 작전을 시작하겠습니다."

그렇게 결정되었다. 오히려 반나절 정도 더 빨라졌다.

회의장에서 나온 진우는 한숨을 내쉬며 고개를 저었다.

'일단……'

이제 무언가 말하기가 두려울 정도가 되었다. 중국 게이트를 장악한 아티팩트의 효과를 이용할 수 있으니 어떻게든 되지 않을까?

'불안한데.'

엄청 불안했다. 탐욕의 군주부터 아티팩트 사태, 세계수, 그리고 지금에 이르기까지. 언제나 그렇듯 진우의 계획대로 되는 경우가 없었다.

'인생 참……'

만날 이러니까 이제는 익숙하긴 했다. 어떻게든 하는 수밖에 없었다. 지금까지 그래왔던 것처럼.

막사 안에서 잠시 휴식을 취하던 최희연은 몸을 일으켰다. 공격 시간이 다가왔기 때문이다.

최희연은 기사 정복을 바르게 하고 검을 잡았다. 천검이 아니라 F랭크의 검이었다. 검은 영역에 들어가게 되면 고위 랭크가 붙은 아이템이 모두 사라지게 된다고 한다. 다시 천검을 잃어버릴 수는 없었다.

'오랫동안 계획된 일……'

최희연은 멀린이 해준 말을 떠올렸다. 대사부와 구파일방, 오대세가의 수뇌부들도 동의하는 이야기였다. 멀린은 칠룡회

내부에 그 '마왕'이 심어놓은 스파이가 있을 것이라 확신했다. 영악하게도 G&P를 이용해서 중국과 관계를 망치게 한 다음, 아티팩트를 조작해 이러한 사태를 만들었다. 그 후 지속적으로 국력을 소모하게 하며 영토 침략을 계시한 것이다.

국제대회를 제외하면 평화로운 시기에 받은 침략이었다. 그들은 국제정세에 대해 잘 알고 있었다. 능력자에 대해 확실히 파악하고 있었다. 국제 능력자 연맹도 그러한 추측에 동의해서 칠룡회 간부 전원에게 수배령을 내렸다.

'고위 랭크 아이템이 없으면……'

전력은 크게 약화한다. 능력자들은 무기와 아티팩트에 의존하는 경향이 강했다. 기사도 마찬가지였다. 평균 전력의 20%, 많으면 절반 이상이라는 말까지 나왔다.

최희연은 목이 허전해서 몇 번 목을 쓰다듬었다. 진우가 선물한 목걸이도 빼놓고 왔기에, 마음이 불안해졌다.

깊은숨을 내쉬고 막사 밖으로 나왔다. 날씨는 유난히 추웠다. 순도 높은 마력이 응집된 베리어 탓에 날씨가 영하 30도에 근접했다. 마력이 온도를 크게 떨어뜨린 것이다. 마력동결 현상이었다.

막사를 나오니 진우의 모습이 보였다. 그의 뒷모습에서 굉장한 고독이 느껴졌다.

그는 미끼 역할을 자처했다. 거대한 신전과 아티팩트가 마왕에게 힘을 주고 있다는 분석이 있었다. 몬스터와 마왕을 유인한 다음 아티팩트를 부순다는 계획이었다.

당소정의 정보를 바탕으로 한 계획이었고 희생을 강요당했다. 국제 능력자 연맹에 다시 요청하기에는 시간이 빠듯했다. 베리어가 곧 없어질 테니까.

모든 기사들이 망설였지만, 진우는 아니었다. 망설임 없이 선봉에 서겠다고 말했다. 최희연은 망설인 자신이 너무나 부끄러웠다. 한국의 기사들도 마찬가지였다. 최희연은 그에게 다가갔다.

"날씨가 춥네요."

"······그렇군요."

그가 바라보고 있는 곳은 기사들 쪽이었다. 기사들은 애인이나 가족에게 전화하면서 의지를 다지고 있었다. 별말 없었지만, 그녀는 진우의 마음을 느낄 수 있었다. 저들을 걱정하고 있었다. 진우는 홀로 가기를 원했지만 그와 뜻을 함께하는 이들도 많았다. 최희연도 그들 중 하나였다.

시간이 되었다. 베리어가 완전히 사라져 버렸다. 검은 영토가 급속도로 커지기 시작했다. 도시를 집어삼키기 전에 막아야 했다. 협회에서 파견된 취재진들은 조용히 그 광경을 모두 카메라에 담았다. 비장한 각오가 느껴졌는지, 인터뷰조차 하지 않고 숙연한 얼굴로 카메라를 꽉 움켜쥘 뿐이었다.

진우는 조용히 옆에 세워놓은 검을 집어 들었다. 별 볼 일 없는 철검으로 보였다. 그러나 그런 철검조차도 그의 손에 들리니 어떤 보검보다 빛나 보였다.

"그럼 무운을 빌겠습니다."

멀린이 그렇게 말하며 고개를 숙이고는 사라졌다. 그와 각 나라의 정예 기사들은 지하를 통해 우회해서 가기로 했기에 먼저 출발했다. 대사부는 몸 상태가 좋지 못해 지휘에만 참여 했고, 당소정과 중국 능력자들도 미끼에 합류했다.

당소정이 최희연 옆에 섰다.

"……이렇게 만나게 되어서 유감이에요. 검문최가의 검을 견식해 보고 싶었거든요."

"그랬다면 이 자리에 서 있지 못했겠지요."

"그 의견에는 동의하지 못하겠네요."

짧은 순간이었지만 서로가 서로를 알아보았다.

기사들이 앞장서고, 준기사는 그 뒤에 섰다. 준기사는 치료 사와 마법사 계열의 능력자를 보호하고, 기사가 최전방에서 시선을 끌기로 되어 있었다. 진우는 자연스럽게 중간에 위치하 게 되었다.

당소정은 진우를 힐끔 쳐다보았다.

'그 자존심 강한 기사들마저도……'

마치 기사들이 그의 호위기사라도 된 것 같은 분위기였다. 진우는 음모가 있었다고는 하지만 원수나 마찬가지인 중국을 도와주고 있었다. 그녀였다면 망하든 말든 신경조차 쓰지 않 았을 것이다.

'대사형…… 정말 당신이……'

당소정은 왕국량을 의심하고 있었다. 정황이 딱딱 맞아떨어졌기 때문이다.

동이 트기 전, 검은 영역 앞에 도착했다. 당소정과 최희연, 그리고 기사들이 선두에 서서 검은 영역 안으로 들어갔다.

"음……!"

공기가 무겁고 탁했다. 건물들이 있어야 할 자리는 텅 비어 있었다. 그곳은 검게 반짝이는 모래들로 채워져 있었다.

잠시 멈춰 있다가 다시 나아가려는 순간이었다.

"저, 저건……?"

"벌레가……!"

두드드드드!

벌레가 땅바닥을 뒤집으면서 몰려왔다. 최희연과 기사들은 기겁하면서 무기를 들었다. 바닥을 뚫고 올라온 것은 지렁이였다. 사람의 팔뚝만 한 지렁이부터 사람보다 큰 지렁이까지 그 종류가 다양했다.

구그그그!

지렁이의 숫자는 너무나 많았다. 군집이 되어 3층짜리 건물 크기가 되었다. 마치 파도가 밀려오는 것 같았다.

당소정은 당황했다. 원정 때도 지렁이를 발견하기는 했으나, 이렇게 몰려온 것은 처음이었다. 지렁이는 공격하지 않고 자기 할 일만 했었다. 덕분에 모두 지렁이에 대해서는 신경 쓰지 않았다.

설마 그 모든 게……!

'치밀하게 준비된 함정……?'

생각할 겨를이 없었다. 기사들이 지렁이를 향해 검기와 마법을 날려댔지만, 마치 모래에 검을 휘두르는 것처럼 느껴졌다. 거대한 지렁이의 파도에 수도 없이 많은 눈이 달려 있었다. 그 눈들은 마치 먹잇감을 노리는 것처럼 충혈이 되어 있었다. 악몽에서나 나올 끔찍한 모습이었다.

몸을 빼기에는 이미 늦었다. 모두 방어 자세를 취하며 충격에 대비하려는 순간이었다. 최희연과 당소정, 그리고 기사들 눈앞에 누군가 나타났다. 그는 너무나도 여유롭게 앞으로 나와 검을 들었다.

휘익!

빛이 터져 나오는가 싶더니 거대한 파도가 일직선으로 갈렸다. 마치 빛이 어둠을 몰아내는 광경처럼 보였다. 거대한 파도가 일순간에 소멸하였다.

모든 능력자가 멍하니 그 광경을 바라볼 뿐이었다.

진우는 베리어 안으로 들어가자마자 무언가가 다가오는 것을 느꼈다. 잠시 멈춰서 발밑을 바라보았다. 지렁이 한 마리가 검은 대지에서 올라오더니 큰 눈알로 진우를 바라보았다. 반가워 죽겠는지 몸을 빌빌 꼬았다.

저번에 봐서일까? 징그럽긴 했지만, 그냥저냥 봐줄 만했다. 몸을 꼬다가 필사적으로 의견을 어필했다.

'너무 지쳐서 돌아가고 싶다고?'

대충 그런 뜻 같기도 했다.

진우는 잠시 멈춰서 주변을 바라보았다. 모두 주변을 경계하느라 정신이 없었다. 검을 살짝 뽑아서 지렁이에게 가져다 대자 빛무리와 함께 역소환되었다.

'잘 작동하는군.'

아리나는 역시 솜씨가 좋았다.

'음?'

그 광경을 지켜보던 눈들이 있었다. 다른 지렁이들이 그걸 바라보더니 땅을 파고는 급히 사라졌다.

기사 하나가 진우를 바라보았다.

"왜 그러십니까?"

"아닙니다. 무언가 걸리는 게 있어서."

"아직 초입이니 저희가 온 것도 모를 겁니다."

진우의 대답에 기사가 살짝 웃으며 그렇게 말했다.

그 순간이었다. 지렁이들이 파도처럼 밀려오기 시작했다. 워낙 많아 휩쓸려 버릴 것 같았다. 지렁이는 공격능력은 없지만, 방어도만큼은 대단했다. 그들의 눈동자는 오로지 진우만 바라보고 있었다.

'아……'

아무리 생각해도 자신이 원인이었다. 진우는 기사들이 휩쓸리기 전에 빠르게 나서서 검을 휘둘렀다.

거대한 지렁이들이 역소환되었다. 황금의 군주가 작동하며,

역소환되는 모습도 장렬한 최후를 맞이하는 것 같은 효과가 붙었다. 진우도 살짝 감탄할 정도로 상당히 볼만했다.

'한 번에 이동되기는 하는군. 들킬 염려는 없겠는데?'

뭉쳐 있으면 한 번에 이동이 되었다. 검을 여러 번 휘두를 필요가 없어서 다행이었다.

진우가 고개를 살짝 돌리며 기사들을 바라보았다. 거대한 지렁이들의 파도가 갈라지는 순간, 저 너머로 동이 텄다. 어둠을 가르는 찬란한 태양이었다. 넘실거리는 태양빛이 진우의 모습을 비추었다. 동이 틀 때 세상은 가장 어두웠다.

"괜찮습니까?"

그러나 빛이 나타난 순간부터는 아니었다. 진우의 말에 모두가 진우를 멍하니 바라보며 고개를 끄덕였다.

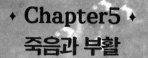

♦ Chapter5 ♦
죽음과 부활

　검은 모래 언덕 위에서 상황을 지켜보던 갈록이 눈을 부릅
떴다. 지렁이들이 사라지고 있었다. 지렁이들은 군주님의 홀
륭한 권속으로 묵묵히 일해온 최고의 일꾼이었다.

　하루도 쉬지 않고 일을 했다. 황금빛 불꽃에 둘러싸여 육체
와 영혼이 승천하는 모습은 그가 간절히 바라왔던 모습이었
다.

　갈록이 고개를 끄덕이자 모두 서로를 뜨거운 눈빛으로 바라
보았다.

　군주께서 직접 오셨다. 그 감동은 이루 말할 수 없었다. 인
간들을 대동하고 있는 것이 이상하긴 했다.

　'그랬군!'

　군주께서는 검은 영역 너머에 있는 차원마저 정복하시고 오
신 것이다! 엘프들을 정복했던 것처럼!

저들은 노예일 것이다. 군주님을 호위하고 있는 것으로 보이니 틀림없었다.

"우리도 가자!"

갈록의 외침에 오크들이 움직이기 시작했다.

발이 푹푹 빠지는 검은 모래 때문에 이동이 느려졌다. 체력 소모가 대단했다. 검문최가의 보법을 익힌 최희연도 지친 기색이 만연했다. 하물며 준기사들, 마법사 계열의 기사들은 거의 반쯤 죽을 맛이었다. 게다가 지렁이들이 계속 몰려왔다.

기사들은 노이로제에 걸릴 지경이었다. 매번 진우가 나서서 없애 버리자 기사들은 진우의 경지에 놀랄 수밖에 없었다. 당소정은 특히 더욱 그러했다. 검기로는 간신히 지렁이의 몸을 가를 뿐이었다. 저렇게 한 번에 태워 버릴 수는 없었다.

'할아버지가 말했던…… 심검……'

심검. 소수의 기사만이 닿을 수 있는 경지였다. 대사부는 심검을 마음의 불꽃이라 묘사했다. 모든 존재를 벨 수 있지만, 고도의 정신수양이 필요했다. 마음을 드러내어 적을 베어야 했기 때문이다.

눈앞에 있는 남자는 찬란한 황금빛을 지니고 있었다. 모든 것을 포용할 수 있는 빛이었다.

기사들이 버티고 있는 건 순전히 진우 덕분이었다. 지렁이들은 기사들을 피해 진우에게만 달려들었다. 그러다 보니 기사들이 보기에는 마치 매복했다가 습격을 하는 것처럼 보였다. 아주 집요하게, 그리고 치명적으로.

그들은 늪에 빠진 것처럼 지쳐갔다. 기사들은 지렁이들을 상대하느라 상당한 기력을 소모했다. 그건 최희연, 당소정도 마찬가지였다. 지렁이에 몸이 닿으면 마력이 탁해지며 몸이 무거워졌다. 마치 독에 중독되는 것처럼. 결국, 상당수의 기사들이 임무를 포기하고 막사로 귀환했다.

당소정의 표정이 심각해졌다.

"뭔가…… 잘못되어가고 있어요."

"그런 것 같네요."

당소정이 그렇게 말했다. 최희연도 그 의견에 동의했다.

어떻게 매번 위치를 아는 것일까? 빠르게 이동하면서 유인한다면 미끼의 역할을 충분히 할 수 있을 것이라 생각했다. 그러나 그 계획은 시도하기 전부터 막혀 버렸다.

당소정은 바닥에 떨어진 지렁이의 신체 일부를 손으로 들었다. 손에 쥐는 것만으로도 마력이 빨려 들어갔다. 그녀의 마력이 빠르게 오염되었다.

'혹시?'

당소정은 그것을 들고 진우에게 다가왔다.

"진우 님, 이 몬스터가 마력을 감지하는 것 같습니다."

"네?"

당소정이 손에 쥔 채로 마력을 불어넣었다. 하지만 아무런 변화가 없자 잠시 침묵이 내려앉았다.

당소정이 헛기침을 하며 진우에게 한 걸음 더 다가가자 지렁이가 꿈틀거리기 시작했다. 주변에 있던 기사들이 고개를 끄덕였다.

"그랬었군."

"마력을 감지했던 건가."

기사들은 당소정의 말대로 마력을 감지해 지렁이들이 몰려왔다고 생각했다. 기사들은 이동하는 데 마력을 쓰고 있었으니, 걸어 다니는 위치추적기나 마찬가지였다.

하지만 아니었다. 그냥 진우를 찾아온 것이었다. 지렁이의 신체 일부가 꿈틀거린 것도 본능적으로 진우가 가까이 있음을 느꼈기 때문이다.

"우리가 유인하려 했지만…… 오히려 유인당했어요."

몰려드는 지렁이 덕분에 방향감각을 잃어, 예정된 장소로 갈 수 없었다. 그곳은 미끼 역할을 수행하는 데 최적의 장소였다. 이런 상황이면 본대의 안전도 걱정이 되었다.

급하게 지도를 살펴봤지만, 어디가 어디인지 구분을 할 수 없었다. 건물들은 이미 사라진 상태였고 마치 사막과 같은 검은 모래 언덕만이 가득했다. 이정표로 삼았던 남아 있던 건물이 보이지 않았다. 누군가가 의도한 대로 놀아나고 있었다.

하지만 사실 그것도 아니었다. 어쩌다 보니 이렇게 된 것이었다. 지렁이는 무언가 계획한다던가 하는 그런 지능을 지니지 못했다. 배후에서 조종하는 존재는 없었다.

당소정은 입술을 깨물었다. 바람 한 점 불지 않았기에 지형은 늘 일정했다.

어째서?

'그 지렁이의 파도……. 그것이…….'

지형을 완전히 바꿔 버렸다. 거대한 기사와 몬스터들을 유인해내려던 계획은 이미 실패했다. 길을 잃고 목적지까지 가지도 못했기 때문이다.

"점점 숨쉬기가 힘들어."

"크윽, 멀린 경께서 주신 장치가 없었다면 큰일 날 뻔했습니다."

기사들은 주기적으로 크리스탈의 기운을 흡수하면서 버티고 있었다. 멀린이 제작한 아티팩트였다. 체력이 약한 이들은 더욱 그러했다. 크리스탈을 움켜쥐고 호흡을 하자 안색이 좀 나아졌다.

'계획된 움직임이라면…… 예측을 할 수 있었어. 그런데…….'

예지에 가까운 예측 능력은 그녀의 능력이었다. 당소정은 직감적으로 알 수 있었다. 지렁이들의 움직임은 계획적인 부분과 다르게 충동적인 느낌도 존재했다. 무언가에 홀린 것 같은 그런 느낌 말이다. 그 때문에 더 예측할 수 없었다.

그녀는 크리스탈을 바라보았다.

"저 장치가 어쩌면……."

당소정은 흠칫했다. 크리스탈에는 고밀도의 순수한 마력이 담겨 있다. 저것 때문에 지렁이들이 더 자극을 받아 예측하기 어려운 거대한 움직임을 보인 것일지도 모른다.

모두 크리스탈을 소모했고, 진우만 유일하게 쓰지 않고 있었다. 머릿속에 지렁이들의 동선이 떠올랐다. 진우를 습격하는 듯한 동선이었다.

'그렇다면……!'

당소정은 크리스탈을 이용해 더 세밀한 작전을 세울 수 있을 것 같았다.

"진우 님 말씀이 맞았어요. 우리는 이 적에 대해 너무 무지했어요. 멀린 경에게 연락해서 작전을 취소하는 것이 좋을 것 같아요."

당소정이 진우를 바라보았다. 진우는 고개를 끄덕였다. 그는 이런 사태에도 불구하고 흔들림이 없었다. 당소정은 평정심을 유지하면서 든든한 기둥이 되어주고 있는 그가 너무나 고마웠다.

지렁이에 파묻힌 기사들을 구해냈고, 몸을 아끼지 않았다. 당소정이 보기에는 그는 준기사였지만, 기사 이상의 실력과 신념을 지니고 있었다.

"어서 연락을……!"

"알겠습니다."

서클 마법사가 멀린에게 연락을 하려 마법을 쓰려 했다. 그러나 좀처럼 되지 않았다. 지렁이들 때문에 마력이 탁해진 탓이었다.

당소정의 얼굴이 창백해졌다.

그 순간이었다. 바람이 불지 않는데도 검은 모래가 휘날렸다. 주변은 너무나 조용했다. 기사들은 고요함에 소름이 돋는 것을 느꼈다. 소리가 마치 죽어버린 듯했다.

검은 먼지구름이 올라왔다.

"저건……!"

"몬스터……!"

몬스터를 발견한 기사들이 그렇게 외쳤다. 2m를 가볍게 넘어가는 체구를 지닌 몬스터였다. 날카로운 송곳니가 치솟아 있었고, 온몸에는 근육이 가득했다. 검은 털과 황금빛 송곳니가 기묘한 조화를 이루고 있었다. 그런 몬스터들이 검은 모래 언덕에 잔뜩 몰려왔다.

기사들은 침을 꿀꺽 삼키며 무기를 고쳐 잡았다. 당소정과 최희연의 표정도 굳었다. 기력이 소모된 까닭에 후퇴하기도 힘들었다.

'안일했어.'

명백하게 함정에 걸려들었다. 당소정은 그렇게 짐작했다.

하지만 역시 그 또한 아니었다. 어쩌다 보니 이렇게 된 것이었다. 아니, 대부분 진우 탓이었다.

진우는 티 나지 않게 지렁이들을 돌려보내느라 꽤 힘들었다. 지렁이들이 여기저기서 몰려오는 탓에 다른 건 신경 쓸 수 없었다. 파도처럼 덮쳐오는 건 일부에 불과했다. 아직도 지렁이가 엄청나게 많이 남아 있는 것이 느껴졌다.

'많이도 번식했네. 뭘 그렇게 먹었길래……'

거대해지고 종류도 많아졌다. 돌려보내는 것도 고역이었다.

당소정이 이런저런 추측을 했지만, 진우는 동의를 해주었다. 그녀에게 너무나 큰 고마움을 느꼈다. 그녀가 열심히 머리를 굴려가며 변명거리를 만들어줬기 때문이다.

'똑똑하다는 설정이 있었지. 예지력이 있다고 했나?'

정확히 말하면 뛰어난 예측이었다. 확실히 원작에서는 전략가로서의 면모를 보여주긴 했다. 주인공이 다 말아먹어서 그렇지.

작전을 취소하자는 말까지 나오자 진우는 안도의 한숨을 내쉬었다. 기사들에게 너무 미안했다.

지렁이들이 진우에게 다가오느라 기사들이 휩쓸어 버렸고, 그 바람에 상처를 입은 이들도 상당했다. 검은 모래에 파묻혀 죽을 뻔한 기사도 있었는데, 진우가 구해주었다. 공항에서 사망 플래그를 세웠던 기사였다. 기사들이 실려거나 임무를 포기한 이유도 대부분 진우 탓이었다.

'내가 사망 플래그였구만.'

모두 지친 기색이 역력했지만, 진우만 굉장히 상태가 좋았다. 최상의 컨디션이었다. 앞마당에 산책이라도 나온 기분이었다. 이곳은 진우의 영토였다. 설치된 아티팩트도 진우 것이었고, 지렁이도 진우의 것이었다. 안젤리카도 마찬가지였다. 지렁이가 만든 이 대지도 진우의 소유였다.

자연스럽게 게이트도 진우의 것이 되었다. JW 게이트와 마찬가지로 영토 설정을 할 수 있었다. 진우가 땅을 밟은 순간부터 막혀 있던 차원의 흐름이 원활해지면서 성소와 연결이 되었기 때문이다.

'음?'

그때 저 멀리서 다가오는 오크가 보였다. 오크의 숫자는 기사들의 숫자를 압도하고 있었다.

지렁이 다음은 오크였다. 오크는 엘론티에서 봤을 때와는 완전히 달랐다. 체구가 굉장히 커져 카리스마가 느껴졌다.

오크 중에서 가장 체구가 큰 오크가 보였다. 정보를 확인해 보니 갈록이라는 이름의 오크 대장이었다. 한쪽 팔과 눈에 고위 랭크의 아티팩트를 끼고 있었다.

'저거……'

주인공 라이벌인 왕국량이 끼게 되는 C랭크 무기였다. 그리고 주인공의 마력을 높여주었던 붉은 보석이었다.

둘 다 갈록이 끼고 있었다.

갈록은 진우 쪽을 바라보았다.

[골든 오크 갈록이 무한한 존경심을 표출합니다.]

기사들의 눈에는 굉장히 위협적인 몬스터로 보였지만, 진우의 눈에는 그냥 순한 돼지로 보였다. 비록 시퍼런 안광이 번쩍이기는 하지만 눈망울이 굉장히 순했다.

갈록이 무릎을 꿇고 고개를 숙이자 뒤에 있던 오크들 모두 그러했다. 장관이었다.

"저건……?"

당소정도 처음 보는 그 모습에 크게 당황했다. 최희연과 기사들도 마찬가지였다.

무언가 의식 같았다.

"어, 어쩌면 마왕에게 우리를 제물로 바치려고 하는 것일 수도……."

"끌려간 칠룡회 기사들도 사라졌다고 들었는데……."

"크윽, 마왕이 강해지고 있는 것도 이해가 되는군. 산제물이라……."

기사들은 얼굴을 일그러뜨리며 그렇게 말했다. 안젤리카가 거대해진 건 중국 측이 소모한 마정석 때문이었다. 애초부터 그런 제물을 바친다고 해서 진우가 좋아할 리 없었다.

진우는 기사들이 오크들에게 시선이 팔린 틈을 타서, 빨리 일어나서 후퇴하라고 작게 손짓했다. 일단, 저들을 엘론티든 어디든 안전한 곳으로 돌아가게 하고 싶었다.

'눈치 없게 그러지 말고 제발 좀 가라! 일단 게이트에 숨어 있어!'

갈록은 그래도 골든 오크로 진화를 했으니, 지능도 상당히 좋아졌을 것이다. 정보의 마안으로 확인해 보니 일반인보다 약간 나은 수준이었다. 지렁이와는 달리 눈치도 있으리라.

'알아들었나?'

물밑에서 이루어진 필사적인 손짓이 통해서일까?

고개를 든 갈록이 진우의 손짓을 보고는 눈을 부릅떴다. 그 손짓은, 아니 그것은 무지한 자신들에게 가르쳐 주는 일종의 성호였다. 굉장히 위엄이 넘쳤고 카리스마가 있었다. 그리고 신성했다. 갈록은 진우의 손짓을 따라 하며 깊게 감탄했다.

죄를 지은 우리에게 가르침을 내려주셨다.

'오너라! 내가 너희를 거두리라.'

갈록은 그런 의미라고 생각했다. 드디어 때가 되었음을 직감했다.

"군주께서 부르신다! 가자!"

"우오오오!"

[오크들이 넘쳐나는 신앙심으로 인해 광전사 모드에 들어갑니다.]

그런 정보가 떠올랐다. 갈록이 벌떡 일어나더니 진우 쪽을 향해 달려들기 시작했다. 다른 오크들은 함성을 내지르며 그런 갈록을 따랐다.

'이런 미친!'

진우는 당황했다. 그야말로 격렬한 팬 미팅이었다. 지렁이들보다 더 맹렬한 기세로 진우에게 달려들고 있었다.

앞에 서 있던 기사들은 달려드는 오크를 보며 서로 시선을 교환했다. 한국 기사들이었다. 그들은 고향에 두고 온 애인과 아내를 떠올리며 검을 잡았다. 오크들은 그들을 신경 쓰지 않으며 오로지 진우만 바라보고 돌진해 왔다. 기사들이 검기를 담은 검을 휘둘렀지만, 오크들은 맨몸으로 부딪혔다. 죽음을 전혀 두려워하지 않는 그 모습은 소름 끼쳤다.

쿠웅!

"큭!"

튕겨 나간 기사들이 중심을 잃고 넘어졌다. 오크들이 그들을 밟고 지나가려는 순간이었다. 진우가 그들의 앞을 막으며 검을 휘둘렀다. 정면에 있던 오크들이 순식간에 불타오르며 사라졌다. 달려오던 오크들이 잠시 멈칫했다.

"발할라!"

"오오!"

동료들이 발할라로 간 모습에 오크들은 자신의 선택이 옳았음을 확신했다. 오크들이 진우에게 모두 몰려오며 난장판이 되었다.

진우는 땀까지 흘려가며 기사와 오크 사이를 누볐다. 오크들은 진우의 검에는 대항하지 않았기에, 남들이 보기엔 엄청난 속도로 오크들을 불태워 버리는 것으로 보였다.

기사들은 진우에게 향하는 오크들을 막아내기에도 급급했다. 묘사하자면 스타에게 향하는 팬들을 막아서는 경호원 같은 느낌이었다.

[황금의 군주가 곁에 있어 오크들의 힘이 더욱 강해집니다.]

진우에게 가까이 다가올수록 버프를 받고 있었다. 갈록은 검기마저 튕겨내는 위용을 보여주었다. 최희연이 당황하면서 검을 휘둘렀지만 생채기가 나는 선에서 그쳤다.

진우는 저 골칫거리들이 기사들을 모두 밟아버리기 전에 해결책을 마련해야 했다.

'일단 옆으로 유인하자.'

최대한 기사들 쪽으로 가지 않도록 진우는 옆으로 빠졌다. 기사들이 오크들을 막아내느라 정신이 없을 때, 어떻게든 수습할 수 있을 것 같기도 했다.

두드드!

땅이 울렸다.

"아……."

저 거대한 해일을 보라. 모든 지렁이가 몰려온 것 같았다.

지렁이들이 파도를 그리며 진우 쪽으로 몰려오기 시작했다. 그야말로 오크와 지렁이의 대환장 콜라보였다.

오크들 사이에서 견뎌내고 있던 기사들이 진우 쪽을 바라보았다. 최희연의 눈이 커졌고 당소정도 마찬가지였다.

진우는 황금빛 검기를 뿜어내고 있는 채로 오크들과 지렁이들을 맞이하고 있었다. 아무래도 의심스러운 상황인 것 같았다.

"음……."

진우는 일단 검을 휘둘러 검풍을 쏘아 보냈다. 최희연과 기사들의 몸이 옆으로 밀려났다. 검은 해일의 영향권에서 아슬아슬하게 벗어나게 되었다. 기사들과 대치하고 있던 오크들이 모래의 해일에 휩쓸렸다.

"일이 이렇게 되었으니 제가 유인할게요."

진우는 말도 안 되는 변명이라고 생각했지만 일단 그렇게 내뱉었다. 뭐라도 말해야 할 것 같아서였다.

진우는 반대쪽으로 뛰기 시작했다. 진우의 허리춤에 매달려 있는 크리스탈이 유난히 빛났다.

"발할라!"

구오오오!

지렁이의 파도가 진우의 뒤를 덮쳐갔다. 거대한 검은 모래가 모든 것을 덮어버리며 진우와 기사들 사이를 갈라놓았다.

검은 모래의 파도에 휩쓸린 기사들은 조금 시간이 지난 후에야 정신을 차리며 간신히 몸을 일으켰다. 기절한 기사와 준기사도 많았다. 최희연이 다급히 일어나 진우가 있던 곳을 바라보았다. 그곳에는 거대한 모래 언덕만 있을 뿐이었다.

너무나 거대한 모래 언덕이었다.

"그런……!"

최희연은 허망한 표정이 되어 무릎을 꿇었다. 겨우 일어난 당소정도 마찬가지였다.

최희연은 허벅지까지 빠지기 시작한 검은 모래를 헤치며 진우가 있는 쪽으로 가려 했다. 그러나 좀처럼 나아갈 수 없었다. 어디에 파묻혀 있는지 감조차 잡을 수 없었다.

최희연은 우두커니 서서 멍하니 검은 모래를 바라보았다. 뒤이어 일어난 기사들도 표정이 구겨졌다. 이를 악물었다. 방금 무슨 일이 일어났는지 알아챘기 때문이다.

당소정과 최희연, 그리고 기사들은 볼 수 있었다. 거대한 검은 파도와 몬스터들 사이에서 미끼를 자처한 이진우를 말이다. 그런 상황에서 웃으면서 자신들을 날려 보냈다.

'나 때문이야.'

당소정은 강한 죄책감을 느꼈다.

정보를 가지고 있다는 이유로 의견을 제시했다. 진우는 그럴 때마다 신중한 태도를 보였지만, 그를 몰아붙인 건 그녀였다. 공을 세워야 게이트의 지분을 조금이라도 얻을 수 있을 것 같았기 때문이다. 이대로 게이트를 잃을 수는 없었다.

진우는 회의 때마다 올바른 의견을 제시했다. 그의 말대로 신중했더라면 이 사태를 막을 수 있었다. 결국, 그 혼자 감당하고 말았다.

그는 체력과 마력을 아꼈다. 고통을 참으며 크리스탈도 쓰지 않았다. 그래서 홀로 지렁이들을 유인했고, 몬스터들을 파묻었다. 그것이 아마 그가 파악한 유일한 허점이었으리라.

진우를 찾는 수색은 오랫동안 계속되었다. 그러나 그 흔적조차 찾을 수 없었다. 몬스터들의 흔적도 존재하지 않았다.

푹! 푹!

최희연은 검은 모래를 파보았다. 그러나 검은 모래는 흘러 내려와 다시 채워졌다. 그녀는 검은 모래를 강하게 움켜쥐었다. 검은 모래가 으스러졌다.

그녀는 그렇게 한참 동안 모래 언덕을 바라보고 있었다.

최희연이 천천히 몸을 일으켰다.

"……가요."

"네?"

"마왕을 죽이러."

최희연의 살기에 당소정은 침을 꿀꺽 삼키며 뒤로 주춤 물러났다. 계획이 변경되었다.

거대한 지렁이들이 덮치기는 했지만, 그들이 구조물이 되어서 거대한 언덕을 형성하였다. 모래에 파묻히거나 그러지는 않았다. 최희연이 허망하게 모래 언덕을 바라보던 그 시점이었다. 진우는 아공간에서 엘프주를 꺼내 마셨다.

갈록이 안절부절못하며 진우의 앞에 서 있었다. 갈록과 오크들은 진우의 앞에 와서야 얌전해졌다. 돌격해 온 것도 진우에게 덤비려 한 것이 아니라 그냥 앞에 줄을 서기 위함이었다. 지렁이처럼 말이다.

기사들이 막아서니 화가 좀 난 모양이었는데, 지금은 겁먹은 강아지, 아니, 돼지처럼 보였다. 깊은 상처를 입은 오크들이 꽤 많아 친절히 치료까지 해준 진우였다.

"마실래?"

"여, 영광입니다!"

갈록이 두 손으로 잔을 받았다.

"어때?"

"마, 맛이 좋군요. 역시 군주님께서……."

"그거 엘프주야."

"크, 크흠. 죽을죄를 지었습니다."

갈록이 아예 땅에 머리를 박자, 오크들도 따라 했다.

"이제 서로서로 친하게 지내자고."

"물론입니다! 귀쟁…… 아니, 엘프들은 이제 저희의 형제입니다!"

오크들도 잘 알아들은 것 같았다. 엘프와 친하게 지내는 모습이 상상이 잘되지 않았지만 어쨌든 이제 분쟁은 없을 것이다.

'이동시키려면 시간이 꽤 걸리겠군.'

일단 오크들을 모조리 전송시키고 지렁이들도 차례대로 이동시켰다. 아리나가 거대한 지렁이들을 다시 작은 알 형태로 되돌렸다. 그렇게 했음에도 저장소 하나를 가득 채울 정도였다.

진우는 성소로 돌아왔다. 마계화된 영토는 진우의 영토였기 때문에 자유롭게 오갈 수 있게 되었다.

"주인님, 다 처리했습니다."

"오크들은?"

"지상 외곽 쪽으로 보냈습니다. 굉장히 풍요로운 땅이니 그쪽에 자리를 잡겠지요."

"잘됐네. 이제 안젤리카만 데려오면 되겠군."

한시름 놓을 수 있었다. 오크들은 많은 희생이 있었지만 그래도 멸종은 피했다. 정착할 곳을 마련해 주었으니 앞으로 문제없이 잘 살 것 같았다.

바로 돌아갈까 하다가 진우는 잠시 서재에 들렀다.

유나가 서재에 서 있었다. 전화를 받고 있었는데, 진우를 보고는 핸드폰을 내렸다. 마치 귀신이라도 본 것 같은 표정이었다.

그녀의 눈은 유난히 붉었다. 무슨 일 있나 싶었다.

"도련님."

"음?"

"돌아가셨다고 들었습니다."

"뭐? 내가?"

아! 설명 안 했구나!

진우는 이미 죽어 있었다. 장렬한 최후였다.

안젤리카는 묵묵히 청소했다.

[제발, 제발 좀 쉬세요.]

"……."

[크흑, 부탁드립니다.]

게이트 주변 청소가 모두 마무리되자, 게이트 안으로 들어가 쉬지 않고 계속 청소했다. 상당히 오래 걸렸는데, 굉장히 깔끔해졌다. 암흑 마력까지 쥐어 짜낸 덕분에 허영의 군주는 미칠 지경이었다.

온몸이 타오르는 것 같았고, 배가 너무 고팠다. 가장 끔찍한 고통의 콜라보였다. 이 미친 데스나이트는 자신의 말을 들어 먹지도 않았다. 눈앞에 봉인석이 있다면 바로 뛰어들고 싶은 심정이었다. 세계수 밑에서 매일매일 반성하면서, 하루하루 감사하며 살 수 있을 것 같았다.

안젤리카는 게이트 밖으로 나왔다.

"……."

주변을 둘러보니 아무도 없었다. 지렁이들도 없었다. 오크들도 없었다. 혼자 남겨졌다. 모두 돌아간 것이 틀림없었다.

안젤리카는 그렇게 생각했다.

"나도…… 돌아가……."

안젤리카가 우직하게 진격하기 시작했다. 암흑 마력이 뿜어 나오자 신전 주변에 있던 던전에서 몬스터들이 걸어 나왔다. 스켈레톤이었는데, 달그락거리면서 안젤리카를 올려다보다가 안젤리카를 따라가기 시작했다.

스켈레톤 같은 몬스터들은 보통 게이트 밖이나 마계화된 곳 밖으로 나가면 오래 생존할 수 없었다. 그러나 안젤리카의 암흑 마력이 있으니 마계화된 영역 밖에서도 활동할 수 있었다.

[큰일이군.]

허영의 군주는 무언가 큰일이 벌어질 걸 직감했다. 굉장히 고통스러울 것 같았다.

쿵! 쿵!

안젤리카는 거침없이 나아갔다. 오로지 직진만 했다.

진우가 죽었다. 그 소식이 퍼져나가기 시작한 시점은 진우가 오크와 지렁이를 역소환시킬 때였다. 지렁이가 조금 많아 시간이 좀 걸렸었다.

그 소식은 최희연과 기사들이 본대와 합류하면서 빠르게 한국 능력자 협회로 알려지게 되었다. 사망자와 부상자 소식이 지속적으로 업데이트되고 있었는데, 실종자 명단에 이진우의 이름이 뜨자마자 언론들은 난리가 났다.

상처를 입고 실려 온 기사나 준기사들의 증언이 얹으니 진우의 죽음은 기정사실이 되었다.

기사A: '죽을 위기였습니다. 모두 죽었다고 생각했죠. 몬스터의 숫자가 너무 많았습니다. 그런데 이진우 준기사님이 몬스터들을 유인해서……'

준기사C: '산 채로 뜯어먹힐 뻔한 저를 구해준 것도……'

현장에 파견된 취재진에 의해 녹음된 목소리였다. 그것은 바로 언론사에 넘어갔고, 뉴스 속보로 나오고 있었다. 일선 그룹, G&P 쪽으로 취재 기자들이 몰려들었다. 일선 그룹 내부는 침통한 분위기라며 상황을 전했고, G&P 부사장은 직접 기자 회견을 했다. 수색 작업에 필요한 모든 걸 지원하겠다는 내용이었다.

그 충격적인 소식에 연구소 역시 정지되었다. 연구 이외에 아무것도 신경 쓰지 않는 연구원들마저 의자에 멍하니 앉아 있을 뿐이었다. 김세연과 박사들은 진우의 수색을 위해 모든 장치를 가동했지만, 찾아내지 못했다.

김세연은 바쁘게 움직이면서 장치를 가동했지만 표정은 점점 절망으로 물들었다. 김대진 박사는 고개를 저으면서 의자에 털썩 주저앉았다.

"JW 게이트에서 기도를 한다는데요?"

"무사 귀환을 염원하면서……."

김세연과 박사들, 연구원들은 그 소식을 듣고는 연구소에서 나와 JW 게이트로 향했다. 게이트에서는 총지배인과 고위심사관, 메이드들이 모두 모여서 기도를 드리고 있었다.

"일어나시옵소서……."

"부활을……."

분위기는 무척이나 엄숙했다. 김세연과 연구원들이 합류했고, 영국 쪽 마법사들도 하나둘씩 모여들었다.

누구에게 바치는 기도인지는 중요하지 않았다.

다만, 모두 진우의 무사 귀환을 바라고 있었다.

"맛있네."

정작 진우는 유나가 가져다준 다과를 먹으면서 집에서 잠시 쉬고 있었다. 빨리 돌아가려 했지만, 타이밍을 놓쳐 버려 일단 대기하고 있었다.

"오, 기사 엄청 올라오네."

"이희진 회장도 움직였다고 합니다."

그 엉덩이가 무거운 이희진 회장마저 움직일 정도의 소식이었다. 일선 그룹의 간부들이 모두 모이고 있다고 한다. 해외에 있든 어디 있든 다 소집되고 있었다.

진우는 유나에게 대략 설명을 해주었다.

유나는 설명을 들으면 들을수록 놀라움과 황당함을 금치 못했다. 진우가 말해준 정보를 조합해 보면, 중국은 지금까지 진우의 손에서 놀아난 꼴이 되었다. 중국을 아예 손바닥에 놓고 주무르고 있던 것이다.

진우는 엘프가 만든 과자를 먹으면서 인터넷을 하고 있었다. 자신의 죽음 소식을 보면서 피식 웃고 있었다. 가벼운 모습이었지만 유나의 눈에는 그렇게 보이지 않았다.

'이것 또한…….'

계획이 있는 것이 분명했다. 지금 당장 분위기만 봐도 진우에 대한 나쁜 이미지는 대부분 희석되었다. 몸을 날려 기사들을 구한 영웅적인 이미지가 모든 걸 잡아먹어 버린 것이다. 너무나 파격적인 이미지 메이킹이었다.

계획, 생각, 개념의 그릇이 달랐다.

생각을 정리한 유나는 평소의 그녀로 돌아왔다.

"언제 가실 생각입니까?"

"가긴 가야겠는데……."

타이밍이 좀처럼 생기지 않았다. 갑자기 나타나면 의심을 살 것 같았다.

'그래도 들키지는 않은 것 같으니…….'

적당한 타이밍을 잡아 나타나서 변명하면 어떻게든 넘어갈 수 있을 것 같았다. 협회 쪽에 사람이 있었기에 정보를 받고 있었다. 물론, 정보 전달이 조금 느리기는 했지만, 그래도 참고할 만했다.

"아티팩트 파괴에 실패해서 귀환 중이라 합니다."

멀린이 이끄는 본대가 아티팩트 파괴에 실패하고 귀환했다고 한다. 사망자는 없었지만, 상당히 많은 부상자가 생긴 모양이다.

진우의 영토가 되면서 아티팩트의 내구력 또한 상승했다. 황금의 성소와도 연결되어 있어서 쉽게 파괴될 만한 아이템이 아니었다. 안젤리카의 모습도 발견되지 않았다고 한다.

작전이 실패했다고 하니, 일단 중국으로 넘어가서 안젤리카를 찾아보고 아티팩트를 회수하는 것이 좋을 것 같았다. 겸사겸사 게이트도 옮기고.

'겨우 살아남았다고 하면 되겠지. 적당히 분장도 하고.'

진우는 그렇게 생각하며 고개를 끄덕였다. 유나가 진우의 말을 듣고는 구호기사 복장을 적당하게 찢어주었다.

하지만 항시 황금의 군주가 작동하고 있었다. 진우가 막상 입어보니 처절하게 싸운 느낌보다는 하나의 스타일같이 느껴졌다. 정갈한 느낌의 구호기사 복장이 빈티지 스타일로 재탄생되었다.

유나도 진우의 모습을 잠시 바라보다가 고개를 끄덕였다.

"……괜찮을 것 같기는 합니다."

진우는 검을 챙기고 포탈을 열었다. 유나는 포탈로 사라지는 진우를 바라보면서 작게 숨을 내쉬었다. 그 숨에는 여러 감정이 교차하고 있었다. 진우가 남긴 흔적을 바라보다가 피식 웃고는 정리를 하기 시작했다. 협회 쪽에서 연락이 왔다.

연락을 받은 유나는 바로 영상을 찾아보았다.

"음……."

아비규환이었다. 거대한 기사가 해골들을 이끌고 검은 영역 밖으로 나오고 있었다.

유나는 고개를 끄덕이며 노트북을 닫았다. 역시 도련님이 하시는 일은 하나같이 대단했다.

진우는 중국 게이트로 돌아왔다. 주변을 살펴보니 다행히 아무도 없었다. 신전이 보였다. 그리고 신전 주변에는 텅 빈 던전도 있었다.

대단히 깔끔했다. 바닥도 검은 돌로 깔끔하게 포장이 되어 있었다. 엄청난 정성과 노력이 느껴졌다. 진우는 게이트 옆에 있는 아티팩트를 아공간에 넣었다. 게이트도 성소에 귀속시켰다. 엘론티로 통하는 게이트이니 누가 들어가기 전에 닫아놓는 편이 좋았다. 중국 게이트가 점점 작아지더니 차원 너머로 사라졌다.

진우는 신전 쪽으로 가보았다. 신전에는 많은 보물이 있었다. 모두 진우에게 바치는 것들이었다. 진우는 일단 다 챙겨놓기로 했다.

[황금의 군주가 직접 신전에 당도하였습니다.]
[마계화된 영역이 성역으로 지정됩니다.]
[신전의 기운을 받아 던전이 더욱 강해집니다.]
[신전을 통해 마계 소식을 받아 볼 수 있습니다. 황금의 성소에서도 열람할 수 있습니다.]

정보의 마안에 무언가 떠올랐다.

"음?"

진우는 마계 소식을 받아보았다.

[특보]황금의 군주! 죽음에서 부활하다!

허영의 군주가 군대를 만들어 황금의 군주에게 복수했다! 그 후 더욱 믿을 수 없는 충격적인 사건이 벌어졌다!

예언자이자 차원 관측자인 칼라리스의 말에 따르면 허영의 군주가 일으킨 거대한 해일과도 같은 몬스터의 군세가 황금의 군주를 덮쳤다고 한다.

그러나 황금의 군주는 불멸의 존재였다! 칼라리스는 황금의 신전에서 부활한 황금의 군주를 관측했으며, 이 소식을 접한 각 마왕은……

"허영의 군주?"

진우는 고개를 갸웃했다. 그 이름이 왜 나오는지 궁금했다. 허영의 군주는 세계수 사태 때 처리를 했다.

마계 소식은 예전에도 그랬지만 무언가 앞뒤가 맞지 않았고 심하게 왜곡되어 있었다. 차원 관측자인 칼라리스는 원작에도 등장하기는 했는데, 그렇게 큰 활약은 없었다.

'일단 허영의 군주부터……'

진우는 군주의 기운을 느낄 수 있었다. 아주 희미하기는 하지만 허영의 군주가 느껴졌다. 집중해야 간신히 알아차릴 수 있을 정도로 존재감이 작았다.

"살아 있었네?"

벌레만큼 작은 기척이라 큰 위협은 아니었다. 그러나 다른 존재에게 빙의를 할 수 있으니 일단 처리를 할 생각이었다.

허영의 군주는 영토 밖에 있었다. 진우는 빠르게 그를 쫓았다. 저 멀리 거대한 기사가 보였다. 진우는 높이 솟아 있는 검은 모래 언덕 위로 올라가 상황을 살펴보았다.

"안젤리카?"

거대한 기사는 안젤리카였다. 안젤리카를 직접 보는 건 상당히 오랜만이었다. 엄청나게 거대해져서 위압감이 대단했다. 마치 4층 정도 되는 건물을 보는 것 같았다.

수많은 해골들에게 둘러싸여 있었는데, 안젤리카에게서 뿜어져 나오고 있는 암흑 마력이 해골들을 보호해 주고 있었다. 그것이 던전 밖으로 나올 수 있게 해주었다. 군주들이 가지고 있는 마력을 어째서 안젤리카가 가지고 있는 걸까?

"아······."

안젤리카 몸에 허영의 군주가 있었다.

[그, 그만! 으아악! 크악! 어억!]

멀리 떨어져 있음에도 허영의 군주가 내지르는 비명이 너무나 잘 들렸다. 세계수를 만들 때보다 훨씬 더 찰진 비명이었다. 안젤리카와 해골 군단에게 맞서는 기사들이 보였다. 기사들은 해골들을 베어 넘기며 필사적으로 안젤리카를 막아서고 있었다. 안젤리카가 움직일 때마다 주변 건물이 박살이 났다. 민간인들은 예전에 대피해 없었지만 상당한 재산 피해가 발생하고 있었다. 허영의 군주가 안젤리카를 조종하고 있는 것 같지는 않았다.

갑자기 머리가 아파졌다.

'빨리 수습하자.'

진우는 빠르게 안젤리카 쪽으로 이동했다.

최희연은 해골을 베어 넘기며 거대한 기사에게 검을 휘둘렀다. 주변 이들이 놀랄 정도의 살기였다.

대사부와 기사들, 멀린과 마법사들, 그리고 다른 구호기사들이 필사적으로 거대한 기사의 진격을 저지하고 있었다. 해골 군단을 거느리며 나타난 거대한 기사는 마왕 그 자체였다. 아니, 마왕이 확실했다.

"나도……."

수많은 공격에 갑옷이 떨어져 나갔다. 마왕에게서 마력이 새어 나오며 크기가 조금씩 작아지기 시작했다. 그러나 여전히 거대했다.

"간다……."

마왕이 검을 휘두르자 검풍에 주변 건물의 유리창이 모조리 깨져 나갔다. 주변 기사들이 쭈욱 하고 밀려났지만, 최희연은 바닥에 검을 박아 넣으며 버텨냈다.

"마왕……!"

최희연은 이를 악물고 다시 마왕에게 검을 휘둘렀다. 마왕이 작아지기는 했으나 여전히 거대했다. 마왕이 거대한 검을 휘두르자 검을 들어 올려 간신히 막았다. 큰 충격에 뒤로 쭈욱 밀려났다.

그녀를 잡아준 것은 대사부였다. 다른 기사들은 모두 해골들을 상대했고, 대사부와 멀린, 그리고 소수의 정예가 마왕을 막고 있었다. 국제 능력자 연맹의 지원이 출발했다는 연락이 있었지만 도착하려면 아직 멀었다.

대사부는 마왕을 노려보았다.

"모두 지쳐 있을 때 습격하다니……. 모든 게 이 한 수를 위해서였나."

"진우 님의 희생으로 최악의 사태는 막기는 했지만……."

대사부의 옆에 있던 당소정이 그렇게 말했다.

그 몬스터들이 전부 몰려왔다면 아마 천진을 넘어 북경까지 순식간에 함락당했을 것이다. 진우의 희생이 너무나 값졌다. 중국은, 아니 세계는 그에게 굉장한 빚을 졌다.

최희연은 진우의 이름이 나오자 울컥하며 검을 잡았다.

마왕의 검에 검은 검기가 서리기 시작했다. 대사부는 너무나 사악한 기운에 내상이 도져 피를 토했다. 기사들은 입과 코를 막으며 간신히 버텨냈다.

"옵니다!"

멀린은 거대한 실드를 펼쳤다. 뒤에서 해골을 상대하고 있는 기사들이 휩쓸릴 수 있었기에 피할 수 없었다. 반드시 막아내야 했다.

마왕이 검을 휘둘렀다.

우뚝!

그러나 거대한 검이 실드 바로 위에서 멈췄다. 황금빛 검기가 마왕의 등에 직격했기 때문이다.

그 어떤 공격에도 방향을 틀지 않던 마왕이 갑자기 몸을 뒤로 돌렸다. 밀어닥치던 해골도 마찬가지였다.

모두의 시선이 집중되었다.

"아……."

최희연은 눈물이 왈칵 쏟아졌다. 당소정도 마찬가지였다. 대사부는 너털웃음을 지었고, 멀린은 웃으며 고개를 끄덕였다. 너덜너덜한 구호기사정복을 입고 있는 진우가 마왕을 바라보며 서 있었다.

황금빛으로 타오르는 검은 마치 희망을 담고 있는 듯했다.

진우는 일단 현장에 난입했다. 이대로 가다가는 도시가 진짜 개박살 날 것 같아서였다.

진우가 살짝 검기를 내뿜어 안젤리카의 등을 맞추자, 진우의 존재를 알아차리고 몸을 돌렸다.

안젤리카의 눈빛이 반짝였다. 비록, 그것이 붉은 안광이기는 했지만, 애정을 느낄 수 있었다.

"일단 크기 좀 줄여라."

진우가 아주 작게 말하자 안젤리카는 고개를 끄덕이며 그동안 모은 마력을 방출했다. 암흑 마력과 섞이면서 촉수가 뿜어져 나오는 것처럼 보였다. 안젤리카의 거대한 갑옷 조각이 툭툭하고 떨어졌다. 암흑 마력이 약해지니 해골들도 부서지며 사라지기 시작했다.

[어, 어억!]

안젤리카의 몸 안에 있던 허영의 군주가 진우를 보고는 비명을 내질렀다. 군주급 존재가 주인임을 알고는 있었지만, 설마 저 악독한 군주인지는 몰랐기 때문이었다.

허영의 군주는 눈앞이 깜깜해졌다.

진우에게 모든 시선이 집중되었다.

"이, 이진우!"

"허억!"

모두 진우를 알아보았다. 최희연은 검을 떨어뜨릴 뻔했고, 당소정은 바닥에 주저앉았다. 진우는 그 시선들이 굉장히 부담스러웠다.

어쩌다 보니 등장 타이밍이 참 절묘했다.

"과연, 약점이 있었나!"

대사부만이 냉정하게 상황을 파악했다.

'바로 복귀하지 않은 건…… 마왕에 대한 정보를 얻느라 그런 것이겠군.'

진우의 일격 이후에 마왕의 몸이 급격히 무너져 내리고 있었다. 몸을 숨긴 채 마왕이 가장 방심한 틈을 노리고 있었을 것이다. 대사부가 본 이진우는 능력자로서 대단한 경지에 있을 뿐만 아니라 아주 뛰어난 전략가였다.

"지금이다!"

"공격!"

기사들이 안젤리카에게 공격이 퍼부었다.

[으, 으아악! 그, 그만!]

아직 크기가 커서 큰 대미지가 박히지는 않았지만, 고통은 느껴지는 모양이었다. 검은 오로라를 뿜어내며 안젤리카가 진우를 향해 다가왔다. 더 공격을 맞았다가는 안젤리카가 소멸할 수도 있었다.

'저 정도면 괜찮겠지.'

진우는 안젤리카에게 달려들어 검을 휘둘렀다. 검은 오로라가 황금빛 불꽃에 의해 갈라지며 사라지기 시작했다. 그 모습은 너무나 환상적이었다. 거대한 암흑과 절망을 물러가게 하는 희망 그 자체였다.

안젤리카는 황금빛 불꽃에 둘러싸인 채로 진우의 앞까지 다가왔다. 진우에게 손을 뻗었는데, 손가락이 진우의 코앞에서 멈추었다. 역소환에도 아주 복잡한 술식이 작동하고 있었다. 진우의 마력이 듬뿍 빠져나갈 정도였다.

검은 오로라가 진우에게로 뻗어오다가 진우의 머리카락과 옷자락을 스쳐 지나가더니 그대로 진우의 주변에서 타올랐다. 환상적인 조명이 되어주었다.

'연출…… 너무 오글거리네.'

역시 굉장히 손발이 오그라들었다.

"돌아……간다!"

[흐, 흑흑.]

안젤리카 역소환되기 직전에 기쁨의 포효를 내질렀다. 데스나이트 특유의 음성이 섞이며 비명처럼 들렸다. 기사들은 역소환되고 있는 안젤리카를 바라보다가 안젤리카의 포효에 몸을 움찔했다.

"돌아간다라…"

"마왕은…… 죽지 않는 건가?"

언어는 달랐으나 그 뜻이 모두에게 확실히 전해졌다. 황금빛 불꽃이 한 차례 폭발하며 빛의 기둥을 만들어냈다. 지켜보는 시선이 많기 때문인지 황금의 군주는 진우의 마력을 아낌없이 펑펑 쓰며 더더욱 멋진 연출을 해댔다. 제발 그만 좀 하라고 외치고 싶을 지경이었다.

그런 진우의 생각과는 다르게 진우의 표정은 무척이나 진지했다. 아주 조금 보이는 초췌함이 색다른 분위기를 연출해 주었다. 고뇌에 잠긴 듯한 느낌이었다.

콰아아아!

빛의 기둥이 폭발하며 주변에 거대한 바람을 내뿜었다. 술식에 붙잡혀 있던 스켈레톤들이 모조리 박살 나며 사라졌다.

제법 멋진 피날레였다.

정적이 깔렸다. 모두 진우를 바라보고 있었다. 그런 소란이 있었고, 이런 미친 연출이 있었으니 당연했다.

모두 진우의 말을 기다리고 있었다.

진우는 잠시 침묵을 지키다가 입을 뗐다.

"저 돌아왔습니다."

짝, 짝짝!

박수 소리가 들려왔다. 소리는 점점 커지며 주변에 가득 울려 퍼졌다. 최희연은 눈물을 머금고 진우를 바라보고 있었고,

당소정은 반쯤 넋이 나간 상태였다. 둘뿐만 아니라 기사들의 상태가 아주 엉망진창이었다.

진우는 굉장히 양심에 찔렸지만, 티를 내지는 않았다.

그는 황금의 군주이니까.

그는 영웅이었다. 마왕을 돌려보낸 마지막 일격을 보고 있으면 모두 그런 생각을 할 수밖에 없었다.

진우와 같이 미끼 역할을 했던 기사들이 진우에게 다가왔다. 그들은 모두 뜨거운 눈물을 흘리고 있었다. 사망 플래그가 발딱 섰던 기사들은 상처를 입고 있었지만, 다행히 죽지는 않았다.

'다행이네.'

죽었다면 잠자리가 불편했을 것 같았다.

진우는 자신을 찍고 있는 카메라를 발견했다. 황금의 군주가 과하게 작동한 것은 아무래도 카메라를 의식한 것 같았다. 많은 마력이 빠르게 소모된 탓인지, 조금 지치는 느낌이었다. 전투로 지치는 게 아니라 연출로 지치다니, 정말 황금의 군주다웠다. 그 덕분인지 약간은 지친 듯한, 감성에 젖어 있는 영웅의 모습이 연출되고 있었다.

최희연이 다가왔다. 그간 마음고생이 심했던 듯했다.

"상처가……."

상처?

최희연의 말에 진우는 고개를 내려 자신의 몸을 바라보았다. 매혹적인 피가 흐르고 있었다. 그냥 피가 아니라 진우의 마력으로 피부에 생성된 피였다. 황금의 군주는 더욱 발전해서 컨셉에 따른 연출까지 선보였다.

'음…….'

황금의 군주가 아니라 황금의 사기꾼이 아닐까?

"어서 상처를!"

"치료술사를 불러!"

기사들이 허둥거렸다. 진우는 정중히 거절했다.

"괜찮습니다. 상처가 가벼운 편이니 다른 분부터 부탁드립니다. 저는 제가 조치할 수 있습니다."

안젤리카에게 당해 부상이 꽤 심한 이들도 많았다. 진우는 당연히 상처가 전혀 없었다.

"역시……."

"알겠습니다."

진우의 말에 기사들은 고개를 끄덕였다. 구호 막사에서 피를 썻고, 구호 단장인 멀린에게 포션을 건넸다. 사망 플래그가 선 기사 중에는 부상 후유증이 예상될 정도로 상처를 입은 기사가 있었기 때문이다.

양심에 너무 찔려서 어쩔 수 없었다.

"이, 이렇게 귀한걸……."

멀린과 마법사들, 그리고 곁에 있던 치료 술사들은 깊은 감동에 빠졌다.

진우는 시선을 피했다.

"그…… 목숨을 구하는 것이 우선이지요."

"허허! 맞습니다, 진우 님."

멀린과 다른 이들이 바쁘게 움직이기 시작하자 진우는 한숨을 쉬고 눈속임용으로 붕대를 감았다.

막사 밖으로 나오니 최희연이 기다리고 있었다. 분위기가 많이 어색했다.

'그래도 헛살지는 않았구만.'

최희연의 걱정도 받아보다니, 악역으로서 정말 출세했다.

진우가 살짝 웃자, 최희연은 긴 숨을 내쉬고는 원망스러운 눈으로 그를 바라보았다.

"연맹 정보국에서 심문을 진행하고 있어요."

"누구를 심문하나요?"

"마왕의 첩자들…… 왕국량과 칠룡회 정예 기사예요."

최희연이 처음부터 설명을 해주었다. 마왕, 그러니까 안젤리카가 사라지니 지렁이와 몬스터도 전부 사라졌다고 한다. 여기까지는 중국이 환호할 이야기였지만 그다음부터는 아니었다.

게이트 역시 사라졌다는 소식은 중국을 큰 충격에 빠뜨렸다. 던전이 아직도 신전 주변에 남아 있었고, 검은 영역은 계속 유지가 되었기에, 복구할 수도 없었다. 오히려 던전에서 몬스터들이 계속 나와서 감시를 하는데 많은 인력과 자원이 소모뤌 것 같다고 한다. 감시와 방어를 위한 베리어를 다시 설치하고 작동하는데도 마정석이 많이 들었다.

아무튼, 연맹의 정보국 요원들은 던전에서 왕국량을 포함한 칠룡회 기사들을 발견했고, 현재 심문을 진행하고 있었다.

'걱정되는군.'

무슨 말을 할지 걱정이 되었다.

진우는 최희연과 함께 취조실로 향했다. 정보국 요원이 진우를 보자마자 자리를 비켜주었다. 눈빛에는 존경이 가득 담겨 있었다. 진우는 중국을 구한 영웅이나 다름없었다.

"오셨습니까? 몸은 좀 어떻습니까?"

"괜찮습니다."

"허허, 다행입니다."

대사부가 웃으면서 고개를 끄덕였다. 당소정은 진우와 눈이 마주치자 깊게 고개를 숙였다. 사과의 의미와 감사의 뜻을 담은 인사였다.

"이 지역을 재건하는 데 저도 돕겠습니다."

"저, 정말요? 가, 감사합니다."

진우가 그렇게 말하자 당소정은 감격하며 눈물을 흘렸다. G&P의 마정석만 공급받을 수 있다면 한시름 놓을 수 있었기 때문이다. 양심에 찔려서 말한 것이지만, 그것으로 G&P 마정석 최대 구매 고객을 확보한 진우였다.

왕국량과 정보국 요원이 보였다.

"흑, 으윽! 그만해!"

"거대한 기사가 무엇을 약속했나? 뭘 대가로 받았지?"

"어? 어어?"

왕국량이 유리창 너머로 진우의 기척을 감지한 듯했다.

황금의 신전에 계속 노출되어 있어서 진우의 기운이 몸에 익은 상태였다. 그리고 누군가가 행한 특수한 조치 때문에 더욱 기감이 민감해져 있었다.

"으, 으아악! 뭐든지 다 하, 할 테니 제발 그곳만은……! 안 돼! 너, 넣지 마! 끄아악!"

"심각하군. 정신을 완전히 제압당한 상태야."

"마왕은 이런 것까지 가능한 건가?"

정보국 요원들은 왕국량을 보면서 그런 이야기를 했다. 다른 칠룡회 기사들도 마찬가지였다.

모두 진우의 기척을 느끼자마자 발작을 했다.

당소정과 대사부의 얼굴이 심각해졌다.

"저건…… 전설 속에나 나오는 섭혼술 같은 것일까요?"

"음, 자존심까지 모두 내버리고 저렇게 빌다니……. 마왕…… 정말 무서운 존재야."

당소정과 대사부의 말을 들은 최희연도 고개를 끄덕였다.

진우가 고개를 갸웃하며 살짝 마력을 일으키니 왕국량이 기겁하며 몸을 부르르 떨다가.

"제, 제 모, 모든 걸 드리겠습니다! 제발 그것만은……! 크흐흑. 4, 42호님! 제발……."

그는 신전이 있는 쪽을 향해 절을 했다. 노련한 정보국 요원이 그 방향이 신전 쪽인 것을 알아차렸다.

42호? JW 게이트의 죄수를 뜻했다. 도대체 무슨 일이 있었던 것일까?

진우는 알 방도가 없었다. 갈록의 말에 따르면 김영훈과 죄수들은 배를 만들어 타고 일본으로 떠났다고 한다.

'일단 해가 되는 건 없으니……'

폭탄을 일본에게 넘긴 것 같았다.

아무튼, 왕국량과 칠룡회의 기사들은 인류를 팔아버린 배신자가 되었다. 칠룡회와 관련된 모든 능력자가 연맹의 수사 리스트에 올랐다. 중국 내부에서 실권을 잡기 위한 치열한 경쟁에 들어갔다. 구파일방, 오대세가는 지금까지 한 팀이기는 했으나, 앞으로는 아니었다.

'일단 해결되기는 했군.'

어쨌든, 마무리까지 아주 잘 해결되었다. 의도하지는 않았지만 말이다.

진우는 그야말로 화려한 복귀를 했다. 죽음에서 돌아온 영웅이라는 말이 굉장히 잘 어울렸다. 죽음에서 돌아옴과 동시에 마왕을 마계로 돌려보냈으니, 이보다 더 아름다운 이야기는 나오기 힘들었다.

당연히 아주 많은 기사가 쏟아졌다. G&P는 거의 축제 분위기였다. JW 게이트에서는 귀환을 축하하는 의미에서 부활절로 삼는다고 한다. 비상대책회의에 참여한 이희진 회장이 모처럼 크게 웃었다는 이야기도 있었다.

위험을 감수하며 취재진을 보냈던 협회와 협력 방송국은 대박을 감지했다. 고가의 장비가 몇 대 파괴되었지만, 그보다도 훨씬 값진 영상을 얻을 수 있었기 때문이다.

'괜찮겠지.'

협회에서 진행하는 일이니 막을 명분도 없었다. 진우는 역대 최연소로 능력자 연맹에서 주는 1급 훈장을 받았다. 1급 훈장은 굉장한 명예로, 모든 기사의 존중을 받을 수 있는 훈장이었다. 훈장을 받은 기사는 진우를 포함해 7명뿐이었다. 수상자들은 모두 은퇴한 기사들이었지만 진우만 유일하게 현역, 그것도 준기사였다. 물론, 부상에서 회복한다는 이유로 직접 훈장을 받지는 않았다.

한국으로 돌아온 진우는 바로 성소로 향했다. 바로 안젤리카를 살펴보았다. 안젤리카는 본래 크기로 돌아왔고, 부서진 갑옷을 입고 있었다.

"허영의 군주가 완전히 자리 잡았습니다."

"빼낼 수 있나?"

"시도해 보겠습니다."

아리나가 허영의 군주를 분리하기 위해 톱을 가지고 왔다. 마법 도구 같은 걸 꺼낼 줄 알았는데, 날카로운 톱을 들고 있었다.

"그걸로 꺼낸다고?"

"네, 일단 머리를 자른 다음, 두개골을 열어 뇌를 꺼내야 합니다. 그리고 침식 부위를 도려낸 뒤……"

아리나가 망설임 없이 안젤리카의 투구를 잡았다. 그리고 톱으로 투구를 썰기 시작했다. 안젤리카는 아무런 반응이 없었으나 허영의 군주는 아니었다.

[크아악! 그, 그만! 으, 으악!]

투구도 몸이나 마찬가지이니 통증이 느껴지는 모양이었다. 아리나의 손길은 거침이 없었다.

[커컥! 저, 저를 살려주시면 아주 유용하게 쓰실 수 있을 겁니다!]

"음……"

[군주님을 위해 충성을 바치겠습니다! 제, 제발……]

허영의 군주가 그런 말들을 내뱉었지만, 진우는 전혀 반응하지 않았다. 안젤리카의 몸에 있는 이상 어차피 진우의 소유물이었다.

[흐, 흐어엉……]

허영의 군주가 울었다. 너무나도 서러운 울음이었다. 몸이 없으니 고통도 제한이 없었기에 군주라고 하더라도 견디기 힘들었다.

쓱싹쓱싹!

아리나가 투구를 도려내자 투구에 있던 두 개의 뿔이 떨어졌다.

텅! 텅!

안젤리카의 몸에 붙어 있던 갑옷들도 바닥에 떨어졌다.

아리나가 그 광경을 흥미롭게 바라보았다. 그녀는 잘라낸 투구의 파편을 바라보며 고개를 끄덕였다.

"저주받은 투구를 써서 산채로 데스나이트가 된 것이로군요. 확실히 어중간하긴 했지요. 자아도 남아 있었고……."

안젤리카의 몸에 있던 갑옷들이 완전히 떨어졌다. 투구 역시 박살 나 가루가 되었다.

"음?"

안젤리카의 본래 모습이 드러났다. 붉은빛 머리카락을 지닌 여인이었다. 중세풍의 기사 복장을 하고 있었는데, 안젤리카라는 이름과 꽤 잘 어울렸다.

"신기하군요. 살아 있는 좀비라고 보면 될 것 같습니다."

안젤리카가 눈을 깜빡였다.

"우, 움직인다? 으, 으으!"

안젤리카는 그렇게 말하더니 주변에 있는 갑옷들을 치우기 시작했다.

"저주가 해제되어 자아가 혼합된 모양입니다. 저 상태라면…… 분리할 수 없겠네요. 육체가 죽으면 허영의 군주도 같이 소멸할 겁니다."

"그렇군."

안젤리카와 허영의 군주가 같이 몸을 움직이는 것으로 보였다. 안젤리카의 부족한 부분을 허영의 군주가 완벽하게 메꿔

주고 있었다. 확실히 신기하기는 했다.

아리나는 음침한 미소를 지었다.

"저 상태라면 여러모로 써먹을 수 있겠군요. 마계를 쑥대밭으로 만들었던 허영의 군주……. 고통받아 마땅합니다."

아리나가 손가락을 꿈틀거리며 안젤리카를 바라보았다.

안젤리카는 움찔하며 바닥에 주저앉았다. 굉장히 위험해 보이는 광경이었다.

"뭐, 뭐든지 하겠습니다. 안젤리카와 같이 군주님을 영원히 모시겠습니다!"

진우는 일단 정보의 마안으로 살펴보았다.

Lv.93

[-S]허영의 안젤리카

지위: 황금의 노예.

충성도: 230%(안젤리카 200%+허영의 군주 30%)

호감도: 200%(안젤리카 190%+허영의 군주 10%)

'일해라! 노예야!'

안젤리카와 허영의 군주가 혼합된 형태.

서로의 부족한 점을 완벽하게 보완하고 있다.

하나로 융합되어 이제 빙의 능력을 사용할 수 없게 되었다. 암흑 마력을 다룰 수 있으며, 안젤리카의 도움을 받아 검술을 사용할 수 있다. 허영의 군주는 오랜 빙의 경험을 통해 습득한 노하우를 바탕으로 육체를 잘 유지할 것이다.

*주인: 황금의 군주.

노예의 인기, 명예, 영향력은 모두 주인에게 반영된다.

*보유 기술

[B]암흑 검술, [B]이중인격, [A]리빙데드, [B]암흑 청소법.

*특수 기술

[S]빙의 연기

수많은 세월을 살아오며 많은 인물에게 빙의해 그 인물을 완벽하게 흉내 냈다. 성격, 사소한 습관, 주변 인물들과의 관계, 친밀도 등, 작은 단서만 있더라도 완벽하게 연기할 수 있다. 수많은 제국과 왕국을 파멸로 몰고 간 능력이다. 그녀의 연기는 군주라고 하여도 알아차릴 수 없을 것이다.

[B]허영의 노예

허영심을 바탕으로 마력과 권능을 얻는다. 그러나 황금의 노예가 되었기에, 그녀의 허영심은 모두 낭비 스택에 귀속된다. 그녀가 번 돈을 모두 낭비 스택으로 만들 수 있다.

의외로 능력은 굉장히 좋았다. 특히 허영의 노예라는 특수 기술이 마음에 들었다. 요즘 낭비 스택은 거의 오르지 않고 있었다. 워낙 벌어들이는 돈이 많아서인지 웬만해서는 오르지 않을 것 같았다. 그런 면에서 안젤리카는 아주 좋은 낭비 스택 제조기였다.

"주인님, 무언가 돈 냄새가 납니다. 그것도 아주 강렬한!"

"그렇군."

아리나의 말에 진우도 동의했다. 그 역시 아주 강렬한 꿀의 향기를 맡을 수 있었다.

진우는 안젤리카를 바라보았다. 그녀는 몸을 움찔하며 진우를 올려다보았다. 빙의 연기라는 특수 기술은 무려 S랭크였다. 원작 주인공을 몇 번이고 속인 굉장한 권능이었다. 원작 주인공도 나름대로 지능이 있었는데, 속아 넘어간 이유를 알 수 있을 것 같았다. S랭크의 연기력이면 그럴 만했다.

'그러고 보니 유명한 배우가 되면…….'

인기도, 명예도, 돈도 모두 진우의 것이었다.

"뭐든지 한다고 했지?"

안허영. 안젤리카와 허영의 군주. 그 둘의 이름을 따서 안허영이라고 대충 이름을 지었다.

진우의 말에 허영이 고개를 빠르게 끄덕였다.

"허영을 허락하지 않는다. 꽤 괜찮은 이름이군요. 이보다 더 굴욕적인 이름은 없을 것입니다."

"그런 의도는 아니지만……."

"역시 주인님이십니다!"

아리나가 진심으로 감탄했다.

엘라, 아리나, 그리고 안허영.

이로써 엘론티 엔터테인먼트의 식구가 한 명 더 늘어났다.

이제는 군주가 아니라 황금의 노예였다.

엘프, 마족, 군주. 생각해 보면 엘론티 엔터테인먼트에 속한 이들은 하나같이 범상치 않았다.

'이제 열 명 남았네.'

가야 할 길이 너무나 멀었다. 허영의 군주와 같이 특이한 권능을 지닌 군주도 많았다. 원작 작가가 어디서 본 것 같은 것들을 마구 섞어 넣었기 때문이다.

"주인님, 말씀드릴 게 있습니다. 개인적인 일입니다."

"음?"

"정산금으로 마계에 영지를 사서 회사를 차렸습니다."

"그래?"

"네! 저도 이제 어엿한 영주입니다."

마족 기술자들을 모아 전문적으로 영상을 만드는 회사를 세웠다고 한다. 아리나의 영상 퀄리티가 올라간 것은 그 덕분이었다. 마계가 너무 척박해서 그런지, 아리나는 상당한 영향력을 행사하고 있는 모양이었다. 게다가 황금의 군주가 그녀의 뒤에 있었다.

아리나도 진우에게 귀속되어 있었기 때문에 그녀가 하는 일도 진우의 명예, 영향력 랭크 향상에 영향을 주고 있었다.

"잘 해봐."

"네!"

삭막했던 마계에 새로운 흐름이 밀려오고 있었다.

엘론티는 많이 바뀌어 있었다. 세계수 중심으로 마을이 만들어졌고, 성도 다시 세워졌다. 엘라가 세계수의 의지를 깨워 숲을 조종하면 금방 만들어질 수 있었지만, 이번 세계수는 달랐다.

귀찮은 걸 대단히 싫어했고 차원 금화를 받은 만큼만 일했다. 덕분에 건물을 짓거나 숲을 넓히는 일에도 막대한 차원 금화가 소모되었다. 그래도 착실하게 대가를 주니 엘프들은 나름대로 만족하고 있었다. 세계수가 잠들어 있을 때와 비교하면 천국에 가까웠다.

엘라는 델루, 그리고 여러 엘프와 함께 회의에 들어갔다. 중국에 황금의 신전이 생기면서 세계수는 지구와 엘론티를 연결해 주었다. 마치 앱이 깔리는 것처럼 여러 가지 기능을 추가할 수 있었는데, 미튜브도 그중 하나였다.

엘라는 세계수와의 연결을 통해 실시간으로 미튜브 조회 수를 확인할 수 있었다. 한정적이기는 하지만 영상도 볼 수 있었다. 물론, 세계수에게 많은 차원 금화를 바쳐야 했다.

"여왕님, 조회 수가……."

"그, 그렇군요."

엘프들은 슬픈 기색이 만연했다. 엘라는 티를 내지 않으려 했지만, 그녀 역시 그러했다. 아라나의 '대악마와 지옥의 연회' 뮤직비디오 조회 수가 드디어 엘라를 앞질렀기 때문이다.

엘라와 엘프들에게 엘론티 엔터테인먼트는 엘론티의 이름을 딴 영지였다. 황금의 군주가 직접 만들었고, 엘론티에게 많은 번영을 선물해 주었다. 많은 차원 금화는 엘프들을 풍족하게 만들어주었다. 하지만 마족인 아리나가 엘론티 엔터테인먼트에서 영향력이 더 강해지는 건 심각한 문제였다.

여기엔 엘프의 긍지가 걸려 있었다. 엘론티 엔터테인먼트 휘하 채널인 엘라의 채널도 아리나의 구독자 숫자에 밀리기 시작했다.

"여왕님, 갈록이 도착했습니다."

그때 갈록과 오크들이 성안으로 들어왔다. 갈록은 많은 선물을 가져왔다. 예전에는 적이었지만 지금은 아니었다.

오크 마을과 엘론티는 동맹 관계가 되어 서로 협력하게 되었다. 오크들은 식물의 씨앗이나 질 좋은 열매를 자주 가져다주어 엘론티에게 많은 힘이 되어주었다.

갈록은 엘라의 표정을 보고는 입을 뗐다.

"숲의 여왕 엘라여! 친절한 자매여! 슬퍼 보이는군. 무슨 일이 있는가?"

"그게……."

엘라는 힘없는 목소리로 설명을 해주었다.

갈록은 고개를 끄덕였다.

"마족, 그들은 참으로 이해하기 힘든 종족이지. 그들이 영향력을 행사하게 두어선 안 된다."

"역시 그렇죠?"

"음! 하지만 저번 차원 원정 때 군주님을 도운 건 마족의 마물이었지. 군주께서는 악을 무찌르고 차원을 정복하셨다!"

"마족이 돕다니……! 그럴 수가……!"

델루가 깜짝 놀라며 자리에서 일어났다. 델루는 무척이나 분하다는 표정이었다.

엘라는 델루를 겨우 진정시켰다.

"엘라여, 일단 상대에 대해 파악하여야 한다."

"그렇군요. 좋은 말씀 감사합니다."

"음!"

엘프와는 다른 갈록의 관점은 많은 도움이 되었다. 엘라는 갈록에게 냉정한 평가를 부탁했다. 차원 금화를 소모하자 세계수가 아리나와 엘라의 영상을 보여주었다.

갈록과 오크들은 심각한 표정으로 영상을 바라보았다.

"음, 잘 모르겠지만, 너의 것은 산만한 느낌이 든다! 우리가 보기엔 너무 평이하다! 그러나 마족은 자극적인 부분이 강점이군. 그것이 인간들의 욕구를 증폭시킬 수 있는 것으로 보인다."

"그런가요?"

"그러나 실력은 엘라, 네가 더 낫다! 저런 마족에게 진다면 엘프와 치열하게 싸워온 오크를 모욕하는 것이다. 언제든 말해라! 우리가 돕겠다."

갈록이 진지한 표정으로 말하자 엘라는 감동하며 고개를 끄덕였다. 아군이 있으니 굉장히 든든했다.

갈록이 돌아가자 델루는 엘라를 바라보았다.

"여왕님, 특단의 대책이 필요합니다. 유나 님께 부탁해 기술을 배우겠습니다. 군주님께서도 왕래를 허락하셨으니 문제없을 겁니다."

델루는 다크 엘프가 된 이후 적극적으로 변했다. 엘프 장인들도 파견을 갈 예정이었다. 조각상과 그림은 주된 수입원 중 하나였기 때문이다.

엘라는 아리나의 영상 댓글을 확인했다. 군주님께서 지배하는 땅의 주민들이 적어놓은 의견이었다. 언어 마법을 통해 문자는 전부 읽을 수 있었지만, 간혹 알아듣지 못하는 내용도 많았다. 세계수가 금화를 받고 번역해 주었다.

'내동생진우'라는 닉네임이 엘라의 눈에 들어왔다.

미튜브에는 후원 기능이 있었는데, 상당히 많은 후원을 해 준 고마운 사람이었다. 덕분에 숲을 많이 넓힐 수 있었고, 많은 엘프가 건강해졌다.

'아, 아리나 씨의 동영상에도 의견을……'

엘라는 시무룩해졌다. 그가 아리나의 영상에도 댓글을 달았기 때문이다. 엘라는 조심스럽게 댓글을 확인해 보았다.

내동생진우: 잘 듣고 갑니다. 하지만 제 취향에는 맞지 않네요.

엘라의 눈이 동그랗게 떠졌다. 그리고 자신의 영상에 있는 댓글을 확인해 보았다.

내동생진우: 좋은 노래 감사합니다. 마음이 차분해지고 행복해지네요. 앞으로도 잘 부탁드립니다.

시무룩했던 표정이 순식간에 사라졌다.

'내 동생 진우 님……'

엘라는 의욕이 솟아나는 것을 느꼈다.

"우리도 반격을 시작하죠!"

엘라의 말에 모든 엘프들이 투지를 불태웠다. 오크들을 상대할 때보다 더 강력한 투지였다. 모두 진우가 예상하지 못한 일이었다.

이희진 회장은 도시가 내려다보이는 거대한 회의실에서 회의하고 있었다. 그가 나선 것은 상당히 오랜만이었다. 이진우 죽음 사태로 모든 임원이 다 모였기 때문에 거대한 회의실은 꽉 차 있었다. 이민우가 이희진 회장과 가장 가까운 곳에 앉아 있었다.

모두 이희진 회장은커녕 이민우와도 눈을 맞출 수 없었다. 이민우가 벌인 피의 숙청은 이들에게 깊은 공포심을 새겨 넣었다.

"다음 안건은……."

이민우가 시계를 보고는 손을 들었다. 그러자 회의를 진행하고 있던 인물이 바로 입을 닫았다. 이희진 회장이 고개를 끄덕이며 손짓하자 회의가 순식간에 정리되었다.

"버, 벌써 시간이 되었군요!"

"그렇군요. 허, 허허! 자! 어서 준비합시다."

임원들이 식은땀을 흘리면서 말했다. 구호기사 다큐멘터리가 방영될 시간이었다. 스크린이 내려오자 모두 침묵을 지키며 방송을 보기 시작했다.

최초 공개는 협회의 미튜브 계정을 통한 방송이었다.

구호기사 특집이었지만 이민우, 그리고 미래전략실의 입김이 들어가 있어 이진우 위주로 편집이 되었다. 진우가 공항에 나서는 순간부터 회의 장면까지 물이 흐르듯 자연스럽게 방영되었다. 회의 내용 중 일부도 나왔는데, 긴장감이 넘쳤다. 미끼를 자처하는 대목에서는 여기 모인 임원급 인물들 모두 주먹을 불끈 쥘 정도였다.

마지막에 거대한 마왕을 쓰러뜨리는 부분은 그야말로 압도적이었다. 영화를 방불케 하는, 아니 그것을 훨씬 뛰어넘고 있었다.

짝짝짝!

방영이 끝나자 박수 소리가 들려왔다. 이희진 회장도 입꼬리가 살짝 올라가 있었다. 이희진 회장은 평소에 거의 웃지 않았다. 그런 그이기에 놀라울 만한 일이었다.

좋은 분위기에서 회의가 끝났다. 이희진 회장이 회의실 밖으로 나섰다. 이민우가 따라붙자 이희진 회장이 걸음을 멈추며 그를 바라보았다.

"가서 일 보거라."

"네, 회장님."

"수고했다."

"네? 아…… 감사합니다."

이희진 회장은 개인 사무실로 이동했다. 노트북을 펼치고 능력자 협회 채널로 들어갔다. 잠시 눈두덩이를 만지다가 테이블 위에 놓인 안경을 썼다. 그는 댓글을 전부 읽어보고는 고개를 끄덕이며 키보드 위에 손을 얹었다.

내손자진우: 잘보고간다.

그런 댓글을 남겼다. 그의 구독 채널에는 엘론티 엔터테인먼트가 있었다.

"흠……."

엘론티 엔터테인먼트에서 나온 노래를 들으니 마음이 평화로워져 성격이 조금 바뀐듯했다. 검선이 알았다면 치매를 의심했을 것이다.

'그놈도 요즘 정상이 아니긴 하지.'

이희진 회장은 고개를 설레 내저었다. 세계의 모든 것을 뒤에서 조종한다는 이희진 회장의 은밀한 취미였다.

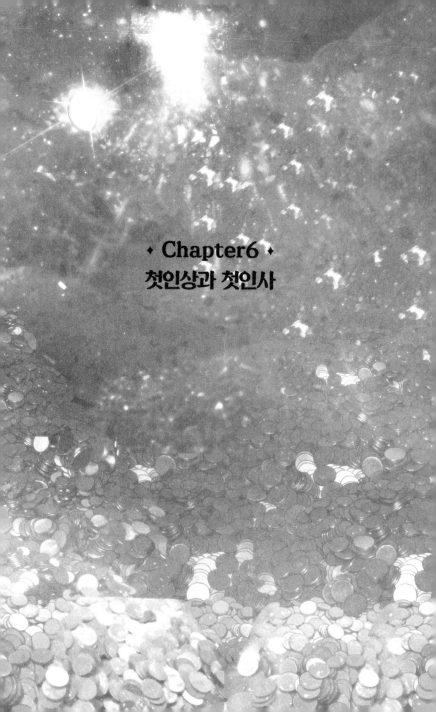

◆ **Chapter6** ◆
첫인상과 첫인사

　차원 관측자이자 예언자인 칼라리스는 마왕조차 존중하는 마족이었다. 스는 다른 차원을 관측해 소식을 전했다. 그뿐만 아니라 마계에 닥칠 거대한 예언부터, 고위 마족의 사소한 앞날까지 예언했다. 칼라리스의 예언은 마계의 평화에 아주 많은 도움이 되었다. 그녀는 빛을 영원히 봉인하는 안대를 쓰고 있었고, 붉은 천으로 온몸이 감겨 있었다. 관측력과 예지능력을 높이기 위해 자신을 속박한 것이다.

　마계의 다른 영지에서 온 고위 마족이 칼라리스 앞에 정중히 앉아 있었다.

　"으, 으으……!"

　칼라리스는 괴로운 듯 몸을 뒤척였다. 칼라리스의 신경은 온통 황금의 군주에게 쏠려 있었다. 막대한 심력을 소모하며 집중할 때였다.

드디어 무언가 보였다!

칼라리스의 입에서 피가 울컥하고 뿜어져 나왔다.

"카, 칼라리스 님?"

"괜찮으십니까?"

예언이 나왔다!

칼라리스가 몸을 벌떡 일으켰다. 속박이 단번에 풀렸다.

"그, 그가 온다!"

"도대체 누가? 설마?!"

고위 마족은 곧바로 깨달았다. 황금의 군주가 오고 있다!

"태양이 사라지고 검은 암흑에 휩싸인다."

고위 마족은 침을 꿀꺽 삼키며 예언을 받아 적었다.

"손짓만으로 성벽이 무너지고, 하늘을 가르는 검은 운석이 떨어져 내려 성과 산을 부술지니……."

들으면 들을수록 충격적인 예언이었다.

"아무것도 없는 곳에 오직 그만이 홀로 서 있다. 커헉!"

마지막으로 피를 토한 칼라리스는 거칠게 안대를 풀었다. 털썩하고 바닥에 주저앉았다. 칼라리스는 식은땀으로 온몸이 젖어 있었다.

"그럴 수가……."

"손짓만으로 운석을……."

"세계수를 뽑아 던지는 사악함……. 그리고 그 강대한 권능……."

고위 마족은 예언을 듣고 각자의 영지로 달려가기 시작했다. 비상사태였다. 예언은 그야말로 악신의 강림이었다.

　지금 가장 핫한 인물을 뽑으라면 진우였다. 불과 2년 전에는 막 나가는 재벌 3세, 싹수없는 재벌 3세였지만, 지금은 영웅이라 불리고 있었다.

　그냥 영웅도 아니었다. 사진, 동영상 모두가 화보나 영화처럼 보이는, 그런 영웅이었다.

　단순히 멋있다는 개념이 아니었다. 황금의 군주는 단순히 멋이라는 단어에 담기에는 너무나 거대했다. 남성에게는 동경과 존경심, 그리고 가슴속을 끓어오르게 만드는 감정을 불러일으켰다. 흡사 어린 시절, 열혈 로봇을 볼 때의 그런 감정과 가까웠다.

　여성에게는 말할 필요도 없었다. 기사, 리그 길드원이나 연예인들에게나 있는 팬클럽이 공식적으로 탄생했다. 신기한 점은 남성과 여성의 비율이 자로 잰 듯 정확하게 반반이라는 점이었다.

　덕분에 명예 랭크 수치가 쑥쑥 오르고 있었다. 아직 갈 길이 멀었지만 그래도 생각보다 빨리 탐욕의 군주가 남겨놓은 시련을 깰 수 있을 것 같았다. 현재 진우가 확실하게 믿을 수 있는 지구인은 유나와 총지배인이었다. 총지배인은 조금 피곤하기는 해도 능력만큼은 최고였다.

"다시 한번 부활을 축하드립니다!"

"그게 아니라……."

진우는 총지배인에게 그동안 대략 무슨 일을 했는지 말해주었다.

"크흑! 주인님께서는 차원 정복을 하고 계시는군요. 제가 부족했습니다. 제 나름대로 주인님께서 구상하신 원대한 계획을 예상했건만 저의 부족한 지식과 지능으로는 도저히……."

"정복이 아니라 어쩌다 보니 그렇게 된 거야."

"과연! 그저 생각하시는 것만으로도 알아서 복종한 것이군요. 음! 엘프라는 종족은 나름대로 개념이 있는 모양입니다."

역시 총지배인은 대단히 피곤했다. 양쪽 귀에 걸러 듣는 필터라도 장착된 것 같았다.

진우가 작게 한숨을 내쉬자 유나가 웃었다.

"그냥 넘어가시는 편이 좋을 것 같습니다."

"그래."

설명을 더 해봤자 상황이 더 나빠질 게 뻔했다. 진우가 총지배인에게 맡기고 싶어 하는 건 엘프들의 교육이었다. 활동 반경이 JW 게이트 관할 지역 정도였지만, 사람들과 만날 것이 분명하니 교육은 필수였다. 교육에 있어서 총지배인은 타의 추종을 불허했다.

"그런 중요한 임무를 주셔서 몸 둘 바를 모르겠습니다."

유나도 지켜본다고 하니 큰 문제는 없을 것이다. 그렇게 엘프 장인들부터 은밀하게 기본 상식을 주입 받게 되었다. 거기에는 겸사겸사 허영도 끼게 되었다.

아무튼, 총지배인과 유나가 관리하니 맡겨놔도 문제없을 것이다. 엘론티 엔터테인먼트도 진우가 신경 쓸 일은 별로 없었다. 좋은 경영자가 있었고, 미래전략실도 뒤에 있으니 말이다. 망하면 망하는 대로, 성장하면 성장하는 대로 알아서 돌아가게 두는 게 진우에게도 편했다.

"계획이 있으십니까?"

유나가 물었다. 진우는 고개를 끄덕였다. 이미 해야 할 일은 정해져 있었다.

"일단 기사가 되어야겠지."

다음 단계를 위해 기사가 되어야 했다. 그리고 그건 의외로 되기 쉬웠다.

"그리고……."

진우는 긴 숨을 내쉬며 고개를 설레 저었다.

쉴 만큼 쉬었다. 다시 빌어먹을 원작 속으로 뛰어들도록 하자.

한국의 기사는 가장 조건이 까다롭기로 유명했다. 실력과 별개로 정치적인 문제도 끼어 있었기 때문이다.

A랭크 라이센스 시험과는 달랐다. 단체로 보는 것이 아닌, 각각 개인에 맞는 자격 심사를 보았다. 현직 고위 기사 3명이 임무나 과제를 주고 그걸 완료하면, 평가 후에 기사 자격을 획득할 수 있었다. 파벌이 문제였다.

파벌. 한국의 전설이라 불리는 7인의 고위 기사가 각각 자신을 대표해 만든 세력이었다. 크게 강경파와 온건파로 나눌 수 있었는데, 그건 딱히 알지 않아도 되는 부분이었다. 고위 기사 정도 되면 일선 그룹의 영향력에서 어느 정도는 방어할 수 있었다. 세계 능력자 연맹에 연을 대고 있었기 때문이다. 세계 능력자 연맹은 일선 그룹과 좋은 관계로 지내고 있었기 때문에 딱히 서로 얼굴을 붉힐 일은 없었다.

원작 주인공은 정의를 위해 어느 파벌에도 속하지 않으려 했다. 그랬기에 다른 루트로 기사 자격을 획득했다.

"역시 올해는 없군."

국제 대회가 올해 열리기 때문에 협회에서는 기사 심사 신청을 받지 않았다. 국제 대회는 총 11개의 공해 게이트를 두고 펼쳐지는 작은 전쟁이었다. 미지의 자원과 아이템들이 풍부한 곳이기 때문에 국력에 상당한 영향을 미쳤다.

현재 한국은 2개의 공해 게이트를 소유하고 있었고, 나머지는 미국과 유럽 쪽이 나눠 가지고 있었다. 일본은 하나의 공해 게이트를 가지고 있었다.

'기사의 묘지, 시민에게는 축제더라…….'

원작에서는 그렇게 표현했다. 이제 남 일이 아니었다.

아무튼, 기사가 되어야 했지만, 심사 신청을 할 수 없었다. 온건파나 강경파의 고위 기사에게 개인적으로 연락해 심사를 진행할 수도 있었다. 준기사임에도 기사를 뛰어넘을 정도로 인기가 있는 진우가 신청한다면 당장 연락이 올 것이다.하지만 파벌을 선택해야 하는 번거로움이 있었다.

'파벌은 좀 그렇지.'

귀찮게 그런 곳에 얽매이기 싫었다.

진우는 방법을 알고 있었다. 한국 능력자 협회에서 받을 수 없다면, 연맹에서 직접 받으면 되었다. 엄밀히 따지면 협회의 상위기관이 국제 능력자 연맹이었다. 협회의 최고 기사가 연맹원 자격으로 정기 회의에 참여하기 때문이다.

한국 협회 최고 기사는 검제 이진만이었다. 그는 검선의 직속 후배로 꽤 괜찮은 인물이었다. 검문최가는 진우와 파트너 관계였으니, 따지고 보면 검선도 진우와 동등한 위치였다. 협력관계에 검선도 포함되었기 때문이다.

그럼 검선의 후배인 이진만은? 진우가 협회장이랍시고 딱히 눈치를 볼 필요가 없었다.

'검선이 도움이 되겠군.'

평소에는 아무런 도움이 안 되는 검선이었지만 이번에는 써먹을 수 있을 것 같았다. 협회의 고위 기사는 항렬, 족보 이런 것을 철저히 따지는, 어찌 보면 조금 구시대적인 인물이었다.

'주인공은……'

왕국량에게 정식으로 도전하기 위해 기사 자격이 필요했다. 운이 좋게도 당소정이 곁에서 도와줘서 기사 자격을 획득할 수 있었다.

'똑똑하기는 한데……'

당소정은 자기 생각이 강한 탓인지 약간 혼자 엇나가는 부분이 있기는 했다. 착하기는 했지만, 자기주관이 강한 덕분에 암 걸린다는 소리를 많이 들었다.

왜 그런 히로인 있지 않은가? 주인공이 하는 일마다 투덜거리고 태클을 걸고, 자기주장이 강해 사건에 휘말리는 히로인. 악의는 없는데 욕을 왕창 먹는 히로인.

안타깝지만 당소정은 딱 그 위치였다. 그런데, 그 부분이 진우에게 도움이 되었다. 현재 G&P는 역대 최고 매출을 계속해서 경신하고 있었는데, 마정석 수출 덕분이었다.

G&P는 사천당가와 직접 계약을 맺었고 현재 중국의 실권은 사천당가가 잡고 있었다. 그들은 대사부 밑에서 권력을 행사하며 진우에게 돈을 퍼주고 있었다. 뭐, 잘된 일이었다.

"어디 보자……."

진우는 연맹 홈페이지에서 원하는 정보를 찾아보았다.

"여기 있군. 능력자의 난제들."

게이트 문자, 마법 술식 해석 등등, 각 분야에서 아직 해결되지 않는 문제들이었다. 당소정과 주인공이 힘을 합쳐 풀었던 것들만 넘겨주면 연맹에서 연락이 올 것이다. 1급 훈장도 받았으니 기사 자격은 충분하다 못해 넘쳤다. 진우는 게이트 문자와 마법 술식에 관한 난제를 살펴보았다. 이 문제를 해결해서 좋게 굴러가는 사건들도 있었기 때문에 이 타이밍에 해결해 주는 것이 좋았다.

'간단하네.'

그건 황금의 군주에게는 손쉬운 일이었다. 진우는 빠르게 난제 풀이를 작성했다. 한 문제당 300페이지 분량이 나왔는데, 원작의 주인공과 당소정이 했던 것보다 분량이 많았다.

이진우라고 서명을 한 후 바로 연맹에 보냈다.

"기사는 어찌어찌 될 것 같고⋯⋯."

진우는 고개를 끄덕이며 자리에서 일어났다.

갈 곳이 있었다. 일본, 국제 대회, 군주의 이야기. 그 이야기와 얽힌 마계였다.

진우는 바로 성소로 이동했다. 아리나에게 마계로 가야겠다고 말하자 아리나는 깊게 감동하며 고개를 끄덕였다.

"드디어 주인님께서 마계에 가시는군요! 제가 연결해 드리겠습니다."

성소에는 마계와 연결된 포탈이 없었는데, 아리나가 연결해 줄 수 있었다. 주인공처럼 다른 게이트를 통하지 않아도 마계로 갈 수 있었다. 역시 편한 게 좋았다.

"주인님께서는 일단 인간이시지요?"

"인간이지."

"마계는 물질계와는 조금 달라 인간이 견디기 힘든 곳입니다. 아! 물론 주인님께서 견디기 힘들다는 게 아니라 아마도 다른 부분이 좀 더 드러나지 않을까 싶습니다."

진우는 잘 알아들을 수 없었다. 인간과 다른 부분이라면 황금의 군주일까? 아무튼, 마계는 지구와 전혀 달랐다.

원작에서도 주인공이 극진천마소멸신공을 익힌 후에야 마계 진입이 가능했다.

'234화 소제목: 천마강림'이었다. 무려 '극진천마소멸신공'이

딱 나오자마자 너무 오글거려서 자동으로 외워졌다. 현재 극진천마소멸신공은 진우의 창고에 아무렇게나 방치되어 있었다. 그걸 구파일방과 오대세가가 알았다면 기겁할 노릇이었다. -C랭크로 준수했지만 익히기는 조금 그랬다.

"어쨌든 문제는 없겠지?"

"네, 당연합니다. 성소의 중심으로 가시지요."

성소의 중심은 전 차원의 중심이었다. 아리나가 비어 있는 공간에 손을 뻗자 검은 보석이 생성되었다.

"여기에 차원 금화와 마력을 주입하시면 차원 연결이 완료됩니다."

"간단하네."

"제가 영주인 덕분입니다!"

진우가 검은 보석에 차원 금화를 주입한 다음 손을 얹고 마력을 일으키려 할 때였다.

쿠오오오오!

검은 보석에서 무척이나 거대한 검은빛 포탈이 생겨났다. 포탈은 아주 불길한 검은빛으로 일렁였다. 포탈은 성소의 천장을 집어삼키고도 더욱 커졌다. 포탈은 진우의 기운에 과민 반응 하고 있었다.

"포탈이……."

"이거 정상 맞아?"

"일단 마계와 연결된 것은 확실합니다."

포탈을 정보의 마안으로 확인해 보니 과부하 상태였고 포탈이 터지기 직전이었다. 아리나가 간신히 포탈을 없앴다.

"휑하네."

"그, 그렇군요."

진우와 아리나는 잠시 뻥 뚫린 천장을 올려다보았다. 마계로 이동된 것 같았다. 광산과 연결되어 있어 순도 높은 마정석이 잔뜩 들어 있었지만 그다지 아깝지는 않았다. 어차피 산맥 전체에 마정석이 쌓여 있었다.

"화, 확장 공사를 하려고 했는데 잘 되었네요."

"그러게. 천장은 만지기 좀 힘든 곳이잖아?"

"맞습니다. 여러모로 힘들지요."

천장이 답답한 감이 있었는데 뻥 뚫리니 좋기는 했다. 아리나가 즉석에서 이런저런 인테리어 소품을 장착하니 웅장하게 느껴져 봐줄 만했다.

"아깝긴 하네요. 마계에서 마정석은 꽤 귀하니까요."

"그래?"

"네, 탐욕의 군주가 다 먹어치웠지요. 남아 있는 것들은 허영이 물에 타버렸습니다. 마계 물고기가 거대해진 이유입니다."

아무튼, 마정석이 들어 있는 돌이니 마계의 누군가 발견한다면 아주 유용하게 쓸 수 있을 것이다.

"성소의 기운이 가득 담겨 있으니 이쪽에서 보냈다는 걸 알 수 있을 겁니다. 포탈이 너무 커졌던 탓에 누가, 어떤 식으로 받을지는 모르겠지만……. 아무튼! 마계에 좋은 선물이 되겠네요! 자비를 베푼 것으로 하는 게 어떻습니까?"

"첫인상은 좋을수록 좋지."

"역시 임기응변도 뛰어나십니다!"

그래, 아리나의 말대로 마계로 보내는 선물이라고 생각하자. 신전을 통해 접한 마계 소식을 보면 마족들은 자신에 대해 너무나 많은 오해를 하고 있었다.

엘론티를 휘하에 두고 있기는 하지만 파트너 관계였고, 중국 게이트와 영지를 습득하기는 했으나, 어쩌다 보니 그렇게 된 것이었다. 차원 관측자이자 예언자인 칼라리스는 아마도 자신에 대한 단편적인 부분만 관측했기 때문에 그런 소문을 퍼트린 것 같았다.

'직접 만나서 오해도 풀고 선물도 주고 하면 되겠지.'

원작에서 마족들은 주인공의 숙적으로 나왔지만, 진우는 그들과 척을 질 생각이 전혀 없었다. 군주라는 거대한 적이 있는데, 뭣 하러 적을 또 만들겠는가.

'일단 친분도 다질 겸 가볍게 갔다 오자.'

진우는 그런 생각으로 포탈을 다시 열었다. 이번엔 극소량의 마력만 주입했다.

푸우우우!

여전히 컸지만 그래도 조금 전보다는 작았다. 과부하가 걸려 있었지만 이동에는 문제가 없었다.

"저는 일을 좀 하다가 퇴근하겠습니다. 영지에서 기다리고 있겠습니다."

"일?"

"네! 마계화된 영지에 던전이 있지 않습니까? 수련장에서 몬스터를 뽑아 배치하고 있습니다."

"그래, 수고해."

마계화된 영지 관리도 아리나에게 맡겼다. 신전을 지켜야 했기 때문에 적당히 함정을 만들고 던전을 운영하고 있었다.

진우는 검은 기류로 일렁이는 포탈을 바라보다가 안으로 들어갔다. 탐욕의 군주가 봉인되었던 장소로 들어갈 때와 느낌이 비슷했다. 끈적끈적하게 느껴졌지만, 기분이 나쁘지는 않았다.

포탈을 통과하는 시간은 의외로 길었다. 긴 터널을 걸어가는 기분이었다.

어두운 포탈을 지나 드디어 마계의 땅을 밟았다.

'여기가 어디지?'

진우는 여기가 어디인지 짐작이 가지 않았다. 포탈이 과부하 된 탓에 본래 예정지와는 조금 다른 곳에 도착한 모양이었다. 엘론티 때보다 더 어긋난 것 같았다. 허허벌판인 줄 알았는데, 저 멀리 성이 있었다. 예상 밖이었다.

성은 꽤 멋들어졌다. 거대한 산맥을 뒤에 끼고 있어서 그런지 더욱 웅장했다.

저 정도라면 원작에도 나오지 않았을까?

'그나저나 몸 상태가 괜찮은데?'

몸이 무척이나 가벼웠다. 진득한 공기가 아주 상쾌하게 느껴졌다. 공기로 이루어진 사이다를 마시는 것 같았다. 하늘이 조금 어둡기는 하지만, 그렇게까지 음침하게 느껴지지는 않았다.

'음?'

무언가 몸에서 빠져나가는 것이 느껴졌다. 자신의 몸을 바라보니 황금빛 마력이 점점 빠져나가고 있었다. 마치 몸이 불꽃에 휩싸여 타오르는 것처럼 보였다.

'마력이…….'

주인공도 마력이 사라져서 극진천마소멸신공으로 습득한 마기를 썼다. 강했던 주인공이 갑자기 약해지니 고구마가 더욱 큰 고구마로 변했다. 9권까지 와서 다시 또 아래에서부터 성장이라니…… 정말 대단했다.

그런데 진우는 약해질 것 같지는 않았다. 오히려…….

마력이 빠져나가면 텅 비어야 했지만, 곧 다른 것으로 채워지기 시작했다. 그건 마력과는 차원이 다른 무언가였다. 마계 자체에서 보내온 고농도의 기운이었다.

[마계에 악의 화신이 강림하였습니다.]

[마계를 지탱하고 있는 지고한 암흑의 자아가 너무나 두려운 순수한 악에 화들짝 놀라며 암흑 마력을 바치기 시작합니다.]

[마계에 있는 동안 암흑 마력을 지원받을 수 있습니다.]

[황금의 군주가 악의 화신의 보정을 받습니다.]

"음?"

몸에서 뿜어져 나오고 있는 황금빛이 점점 어둡게 물들어 갔다. 마치 태양이 어둠에 잡아먹히는 것 같은 그런 모습이었다. 암흑의 자아라면 마왕을 간택하거나 할 때 나타나는 마계의 자아였다. 엘프의 세계수와 비슷하다고 보면 되었다. 차원에는 근원석 같은 존재가 하나씩 있었는데, 규모가 크면 보통 자아를 지니고 있었다.

주인공은 나중에 암흑의 자아에게 인정을 받아 극진천마왕이라는 칭호를 얻었다.

와, 참 멋지다.

'조금 거슬리기는 하네.'

암흑 마력이 과다하게 넘쳐서 암흑의 오로라가 뿜어져 나오고 있었다. 신체를 다 덮고도 한참을 치솟을 정도였는데, 허영의 군주와는 비교할 수 없었다. 악의 화신이라는 직업을 가지고 있어서 그런지 암흑 마력이 몸에 아주 잘 맞는 기분이었다. 아니, 너무 과하게 잘 맞았다.

'시험해 볼까?'

시험해 볼 생각으로 진우는 마력을 담아 손을 휘둘러보았다. 앞에 놓인 거대한 바위가 박살 날 것이라 예상했지만, 암흑 마력에 휘감겨 공중으로 날아갔다. 일반 마력과는 성질이 확연히 달라 생긴 현상이었다.

콰앙!

바위가 총알처럼 날아가더니 저 멀리 떨어져 있던 성벽에

박혔다. 성벽이 무너져 내리며 자욱한 먼지가 뿜어져 나왔다. 폭격이라도 맞은 것 같은 모습이었다.

"이런……."

힘이 너무 넘쳤다. 탐욕의 군주가 봉인되었던 문을 부수었을 때와 비슷한 감각이었다.

와르르!

성벽 가운데가 완전히 무너져 버렸다. 성에서 당연히 난리가 났다. 병사들이 뛰쳐나오며 경악을 머금었다. 아리나와 똑같은 마족들이었다. 마족은 피부색이 다양했다. 아리나처럼 흰 피부도 있었고 푸른색, 조금 어두운 갈색도 있었다. 귀가 뾰족하고 뿔이 있다는 것이 포인트였다.

'온라인 게임에 나오는 전형적인 마족 일러스트 같네.'

그들의 모습과 입고 있는 갑옷이 딱 그러했다.

성벽 위로 올라온 수많은 마족 병사들이 멀리 떨어져 있는 진우를 바라보며 경악했다.

'일단 사과해야겠지.'

여기가 정확히 마계 어디쯤인지 모르겠지만 첫인상이 이래서야 곤란했다. 진우는 사죄의 의미를 담아 손을 살짝 들었다. 인사도 포함이 되어 있었다. 고의가 아니었고 충분한 보상을 해줄 생각이었다.

성벽 위에 있던 병사들이 진우를 보며 경악하다가 하늘을 바라보았다. 모두 멍한 표정이 되더니 입을 떠억 벌렸다. 턱이 떨어져 나갈 것처럼 입이 벌어졌다. 겁에 질려 들고 있던 창을 떨어뜨리는 마족도 있었다.

'뭐지?'

진우는 고개를 돌려 그들이 바라보고 있는 방향을 바라보았다. 하늘을 가르며 무언가 떨어져 내리고 있었다. 마계에 자욱하게 깔린 마기와 부딪히며 검은 불꽃이 피어올랐다.

'저건…… 마정석?'

고밀도의 마정석이 듬뿍 박혀 있는 거대한 돌이었다. 저 마정석의 기운은 황금의 성소와 똑같았다. 진우는 그제야 저것이 무엇인지 파악할 수 있었다.

'아! 천장!'

고오오오오!

엄청난 굉음이 들려왔다. 마정석이 터져 나가며 마기와 격렬한 반응을 보였다. 마치 하늘에서 떨어지고 있는 운석 같았다.

진우의 시선이 운석을 따라 이동했다. 운석은 성의 가장 아름다운 중앙 탑을 말 그대로 박살 내고는.

콰아아앙!

뒤에 있는 산을 뚫어버렸다.

"아……."

큰일이다. 첫인상은 이미 조진 것 같았다.

고위 마족들이 모두 각자의 영지로 돌아갔을 때였다.

진정한 예언은 이제 시작이었다.

"꺄아아악!"

칼라리스의 손이 부들부들 떨렸다. 그녀를 모시고 있는 시녀가 그녀를 부축해 주었다.

"어둠의 비가 내린다! 너무나 사악한 암흑이……!"

"네?"

시녀가 놀라며 그녀를 바라보았다.

"마왕 할라스의 마, 마력이 사라졌다! 기간테르 성이…… 어둠 속으로…… 끄아아악!"

"칼라리스 님!"

"대, 대격변……!"

칼라리스가 소름 끼치는 광경을 이겨내지 못하고 기절했다. 긴 마족 인생에서 처음 있는 일이었다.

할라스는 지배의 마왕 혹은 피의 마왕이라 불렸다. 마왕이라 부르기에는 다소 무력이 떨어졌지만, 대신 풍부한 마력, 예지에 가까운 관찰력과 여러 감각을 지니고 있었다. 사업적인 감각도 뛰어나서 그는 마계 최고의 부자였다.

부를 축적하는 과정이 잔혹했지만, 그는 마왕이었다.

황혼의 성 기간테르. 그와 그를 따르는 마족 세력이 주둔하는 곳이었다. 거대한 성을 세우니 자신이 마치 군주가 된 것 같았다.

자신이야말로 군주에 가장 어울리는 마족이다!

할라스는 그렇게 생각했다. 마족의 건축 기술로는 이렇게 거대하고 아름다운 성을 지을 수 없었다. 지을 수 있다고 해도 노동력이 너무 많이 들어 비용을 감당할 수 없었다.

하지만 그는 감언이설로 꼬드겨 노예로 만든 드워프들이 있었다. 그들은 피난민들이었는데, 실력도 좋고 체력도 좋아 노예로 써먹고 있었다.

'더욱 크고 화려하게……'

탐욕의 군주가 오랫동안 머물렀던 산맥 앞에 거대한 성을 만들었고, 지금은 산맥 안에 거대한 도시를 만들고 있었다. 견해가 짧은 드워프들이 지반이 약해 위험하다고 했지만, 그의 감각으로는 충분히 버틸 수 있다는 판단이 내려졌다. 감히 그의 기분을 상하게 했기에 그 이후 드워프는 더욱 가혹하게 일해야만 했다. 내부의 도시에는 그가 모은 돈 대부분이 투자되었다.

일종의 상징이었다. 탐욕의 군주가 머물렀던 자리, 가장 큰 피해를 준 공간을 지배함으로써, 군주에 대한 두려움을 극복했다는 것을 마왕과 마족들에게 선포한 것이다.

물론, 황금의 군주께는 잘 말씀드릴 예정이었다.

주변 여러 영지에서 대규모 투자를 받았다. 그를 지지하는 마왕도 끼어 있어, 그의 원대한 계획에도 도움을 줄 것이다.

마왕.

'구시대에 사는 놈들이지……. 마왕은 아무것도 아니다.'

할라스는 그렇게 평가했다. 마왕끼리 마계의 지배권을 두고 다투었던 그런 시기는 탐욕의 군주와 허영의 군주 이후로 사라졌다. 마계를 주무르고 있는 것은 자본이었다. 그리고 마계를 지배할 수 있는 것은 마왕을 아득히 뛰어넘는 군주의 힘이었다.

그는 거대한 자본이 있었다. 이제 남은 것은……

'마계를 통일해 군주가 된다.'

그것이 그의 원대한 계획이었다. 만약 황금의 군주가 마계에 오게 된다면 그의 밑으로 들어갈 의향도 있었다. 그는 군주 중에서 가장 권능이 높은 탐욕의 군주를 이긴 군주였기 때문이다. 마계의 지배권만 보장해 준다면 그 어떤 짓도 할 수 있었다.

"폐하! 칼라리스의 예언 때문에 분위기가 좋지 않습니다."

그때 그를 보좌하고 있는 고위 마족이 조심스럽게 말했다. 그는 그저 비웃을 뿐이었다. 마계는 황금의 군주 때문에 시끄러웠다. 하지만 그는 자신의 예감을 믿었다. 이 감각으로 하급 마족에서 마왕까지 될 수 있었다.

초감각이라고 표현해도 무리가 없었다. 그의 감이 알려주기를 황금의 군주는 그렇게 위험한 존재가 아니었다.

'칼라리스의 예언…… 그딴 것에 마계가 휘둘리다니……'

정말 한심하기 그지없었다.

근위병이 허겁지겁 뛰어 들어왔다.

"마왕 폐하! 드워프들이 반란을 일으켰습니다."

"반란? 그런 겁쟁이놈들이 어떻게?"

"네, 그게…… 언제부터인가 예언서라는 걸 들고 있더군요."

할라스는 피식 웃으며 고개를 저었다.

"솜씨 좋은 놈만 남기고 적당히 죽여 버려."

"네!"

"아니, 음……."

"네?"

할라스의 미소가 더 진해졌다.

"모두 생포한 후 성 밖에 가둬놓도록. 굶어 죽는 모습을 지켜보고 싶군."

"아, 알겠습니다."

어차피 도시는 완공 직전이었다. 이미 모든 노예는 성 밖으로 빼놓고 굶겨 죽이고 있었다. 드워프처럼 식충이 같은 놈들은 굶어 죽는 게 딱 어울렸다.

그는 여유롭고 우아하게 걸어 가장 높은 성탑으로 올라갔다. 마계의 풍경이 내려다보이는 곳이었다.

오로지 지배자만이 오를 수 있는 공간! 그에게만 허락된 곳이었다.

'아리나……. 이제 그년을 구워삶아 포섭하면…….'

아리나의 미모에 반해 그녀를 첩으로 두려고 했지만, 단번에 거절당했다. 탐욕의 군주가 다시 깨어날까 두려워 그녀에게 손을 대지 않고 있었는데, 지금에 와서 생각해 보면 그 감이 그를 살린 셈이 되었다. 황금의 군주께 큰 실례를 할 뻔했다.

아리나에게 굉장히 좋은 영지를 싸게 판 것도, 그리고 각종

인력을 지원해 준 것도 모두 황금의 군주와 좋은 관계를 쌓기 위함이었다. 몇몇 마왕이나 고위급 마족들도 그렇게 했지만, 그가 가장 노골적이었고 가장 많이 투자했다. 최고의 영상을 찍을 수 있는 아티팩트와 기술자들을 포섭해 제공한 것도 할라스였다.

'순수혈통의 고위 마족인 아리나를 그런 용도로 쓰다니, 황금의 군주께서도 대단한 취미를 지니셨군.'

순수한 혈통을 타고난 아리나가 잡종인 서큐버스에게 유혹의 춤 따위를 배우고 있었다. 엘프 여왕마저 평생 그를 위한 찬양곡을 불러야 하는 처지였다.

'정말 존경스러워.'

과연 위대한 군주다운 모습이었다. 할라스는 황금의 군주와 자신이 닮은 구석이 참 많다고 생각했다. 그가 그렇게 미소를 지으면서 성을 내려다보는 순간이었다.

쾅!

굉음과 함께 성벽이 무너져 내리는 것이 보였다.

"뭐, 뭐야?"

드워프의 시체로 만들었다고 해도 무방한 성벽이었다. 마계에서 가장 튼튼한 성벽이었고, 비싼 돈을 주고 방호술식까지 그려놓았다. 그런 성벽이 너무나 간단히 부서졌다.

"허억!"

할라스는 결국 보고 말았다. 홀로 서 있는 존재가 있었다. 마치 대지가 그를 위해서 만들어진 것 같았다.

할라스는 경악했다. 너무나도 두려운 암흑의 오로라가 그 존재를 휘감고 있었고, 하늘로 뻗어 나가 낮을 밤으로, 아니 암흑 그 자체로 바꾸어가고 있었다.

마계가 그의 존재를 감당하지 못했다. 마기와 대지 그리고 하늘이 비명을 질렀고, 성을 지키는 마족들은 공포에 질려 절망에 빠졌다.

그 역시 마찬가지였다. 그저 검었다. 아무것도 보이지 않았다. 그의 감이 위험하다고, 어서 성벽을 내려와 도망치라고 말하고 있었다.

"구, 군주……! 아, 아니 저건……!"

덜덜덜!

암흑의 오로라에 휩싸여 있는 존재는 황금의 군주였다. 아니, 악신 그 자체였다.

군주가 천천히 손을 들었다. 세상의 종말을 알리는 듯한 사악한 손짓이었다.

할라스는 예감했다. 자신의 찬란했던 삶도 오늘로 끝임을. 그의 예감은 언제나 정확했다.

"아, 아아……."

구오오오오!

마기를 가르며 거대한 운석이 떨어져 내렸다. 일반적인 돌덩이 따위로는 성에 접근할 수도 없었다. 성 주변에도 방호술식이 새겨져 있기 때문이다. 그러나 성을 보호하는 방어술식이 너무나 가볍게 깨졌다. 믿을 수 없었다.

저 운석에 그 정도의 고농도 마력이 담겨 있다고?

'도, 도망쳐야……!'

그가 다급히 몸을 빼려 했지만 이미 운석은 탑 바로 앞에 도달해 있었다. 그는 마력을 일으키며 두 손을 펼쳤다.

그가 자랑하는 방어 마법을 발동했다.

"커억!"

하지만 결과는 허망했다.

콰앙!

운석과 함께 성탑을 뚫고 나와 산에 꽂혔다. 산이 무너져 내리기 시작했다. 완공을 앞둔 거대한 도시가 그대로 주저앉은 산에 휩쓸려 버렸다.

"끄, 끄어억!"

그래도 마왕이라 간신히 살아남았다. 온갖 잔인한 짓을 일삼으며 지배의 마왕, 혹은 피의 마왕이라고까지 불렸던 그였다. 할라스는 잔해를 뚫기 위해 마력을 쥐어짜 폭발 마법을 일으키려 했다. 많은 마족을 죽인 암흑 마법 중 하나였다.

그때였다.

휘이이이!

운석이 부서져 내리며 마정석이 쏟아져 나왔다. 운석 자체가 마치 마정석 덩어리로 되어 있는 것 같았다. 마정석에서 뿜어져 나온 거대한 순도 높은 마력이 그의 폭발 마법으로 스며들었다.

"아……."

콰앙!

할라스의 몸이 잔해를 뚫고 하늘 높이 튕겨 나갔다.

어떤 말을 해야 할까?

진우는 잠시 그 자리에 멍하니 서 있었다. 산이 주저앉으며 마치 화산이 내뿜은 화산재처럼 먼지가 피어오르는 것이 보였다. 예기치 않게 첫인사로 거대한 천장을 떨궈 버렸다.

'그래도 저만한 게 다행이군.'

성탑을 날려 버렸고 산이 주저앉기는 했으나 인명피해는 없어 보였다. 조금 어렵기는 하겠지만 잘 이야기를 해보도록 하자.

진우는 그렇게 생각하며 한 걸음 앞으로 다가갔다. 경악 그리고 멍한 표정으로 성탑을 바라보던 마족 병사들이 덜덜 떨며 진우를 바라보았다.

진우는 진정시켜야겠다는 생각에 입을 뗐다.

[미안합니다. 고의가…… 음?]

암흑 오로라에 휩싸여 목소리가 기이하게 변형되었다. 허영의 군주 때와 비슷한 현상이었다. 군주급의 존재에게는 정상적으로 들리겠지만, 그 이하에게는 그렇지 못했다.

암흑의 오로라에 온갖 술식이 작동하기 시작했다. 항상 작동하고 있던 황금의 군주 역시 정상이 아니었다. 진우의 직업인 악의 화신에게 강력한 보정을 받고 있었다. 아주 끔찍한, 사악한, 지옥에서 올라온 듯한 그런 목소리였다. 허영의 목소리와는 비교도 되지 않았다.

마치 세계의 종말을 고하는 것 같았다.

진우가 듣기에도 굉장했다.

"어, 어어……."

"허억!"

덜덜덜!

마족들은 진정하기는커녕 더욱 기겁하고 있었다.

그 순간이었다.

콰앙!

갑작스럽게 산에서 폭발이 일어났다. 지진이 발생하며 성 전체가 흔들렸다.

"우린 모두 주, 죽을 거야!"

"도, 도망쳐!"

"으악!"

마족 병사들이 무기를 버리고 도망치기 시작했다. 성에 기거하고 있던 이들도 마찬가지였다. 화려한 복장을 한 마족들이 성 밖으로 나오더니 엄청난 속도로 도망쳤다.

오해라고 말하고 싶지만 그럴 수 없었다.

'이거…… 큰일인데.'

암흑 마력을 제대로 통제하지 못하는 이상 더 많은 오해를 불러올 것 같았다. 산이 무너져 내리며 산사태가 발생했다. 도망치고 있는 무고한 마족들이 휩쓸릴 것 같았다.

자신의 탓이 맞으니 일단 구하고 봐야 했다. 그래야 진정성 있게 사과도 하고 보상도 하면서 화기애애한 미래를 꿈꿀 수 있지 않겠는가?

'지금이라면……'

산사태를 막는 건 평소라면 불가능했다. 마력의 한계가 명확했다. 하지만 지금은 암흑 마력을 지니고 있었다. 진우는 마력을 내뿜었다. 그러자 바닥이 갈라지며 검은 기류가 폭발적으로 터져 나왔다.

거대한 암흑의 오로라가 마치 육체처럼 느껴졌다. 원작에서 허영의 군주가 어마어마한 모습을 보여준 것도 이해가 되었다. 황금의 마력과는 성질이 많이 다르긴 하지만 이 정도라면 어떻게든 될 것 같았다. 평소의 마력이 물이라면 암흑 마력은 마치 진득한 물엿 같았다. 그렇게 마음에 들지는 않았다.

휘익!

검에 암흑 마력을 담아 무너져 내리는 산을 향해 휘둘렀다. 진우가 깜짝 놀랄 정도로 거대한 암흑 마력이 뿜어져 나갔다. 폭풍검의 위력과 합쳐지며 거대한 기류를 만들어냈다. 황금의 군주가 작동하고 있어 제법 그럴듯해 보였다.

도시를 덮치려는 바위들이 옆으로 밀려나며 멈췄다. 주저앉은 산의 일부 역시 깔끔하게 터져 나가며 뒤로 밀려났다.

이 정도면 나름 마력의 성질을 잘 이용한 것 같았다. 도시에 있던 모든 마족이 도시 밖으로 빠져나오는 것이 보였다. 조금

만 늦었더라도 산사태에 휩쓸려 꽤 많은 인명피해가 났을 것
이다.

'다행이군.'

다행이라면 다행이었다. 일단 어떻게든 수습이 된 것 같았
다. 하지만 진우가 잠시 잊은 것이 있는데, 지금 황금의 군주
는 악의 화신의 보정을 받고 있다는 점이었다.

기적적으로 산사태를 막아냈지만, 진득한 암흑 마력은 아직
그 자리에 남아 있었다. 폭풍검이 만든 기류에 휩싸여 산 주변
에서 소용돌이쳤다.

"거, 검은 비가……."

"도망쳐!"

"다, 닿으면 죽는다!"

암흑 마력이 먼지와 섞이며 비처럼 내렸다. 마족에게 전혀
해가 없겠지만 굉장히 사악해 보였다. 마치 검은 독액으로 이
루어진 비가 내리는 것 같았다.

'미친…….'

황금의 군주는 아주 신이 났다. 풍부한 암흑 마력을 바탕으
로 막대한 술식을 만들어내며 마구 뿌려댔다. 순식간에 큰 도
시가 텅텅 비게 되었다. 정적만이 가득했다.

진우도 잠시 그냥 그렇게 서 있었다.

[할라스가 소유한 도시, 기간테르를 점령하였습니다.]
[황금의 신전에 새로운 전설로 기록됩니다.]

"할라스?"

할라스, 그리고 기간테르는 진우도 알고 있는 이름이었다. 마계편이 시작되고 그나마 괜찮은 악역을 고르라면 할라스였다. 여러 논란이 있기는 했지만 나름대로 전략을 구사하는 모습을 보여주었고, 여전히 답답하기는 했으나 꽤 괜찮은 연출과 전개를 보여주었다.

잔인하고 생명을 밥 먹듯이 죽이는 할라스였지만 워낙 시원하게 죽이다 보니 오히려 주인공보다 인기가 많았다. 주인공이 용서해 줘서 살려준 캐릭터를 찾아가 전부 대신 죽여 버렸기 때문이다. 힘을 흡수하기 위함이었다.

주인공이 마왕을 약하게 만들면 할라스가 나타나 흡수하는 패턴이었다. 이 패턴이 3권 동안 반복되었다. 결국, 할라스는 마계의 최종 보스가 되었다.

"음……."

찬란하고 거대한 성 기간테르. 주인공과 할라스가 마지막으로 결투를 벌인 배경이었다. 탐욕의 군주가 먹어치운 공간 위에 세운 곳이라 할라스와 함께 땅속 깊이 무너져 내렸다.

어디선가 참고한 티가 팍팍 나기는 했지만 어쨌든, 마계의 최종 보스다운 멋진 최후였다.

'그래도 필력이 늘기는 하는구나 했지.'

당시 그렇게 생각했었다. 칭찬 댓글도 2개 정도 있었다.

"일단……."

할라스가 있다면 사과라도 할 생각으로 진우는 성안으로 들어갔다. 성안은 원작의 묘사대로 화려했다. 아무도 없었다. 할라스도 대피한 것 같았다.

진우는 고민하다가 사과문을 남기기로 했다. 할라스가 아닌 다른 누가 발견하더라도 자초지종을 알릴 수 있다면 그걸로 충분했다.

'이 정도면 되려나.'

약간 권위적인 느낌이 들기는 했으나 보상 절차에 대해 써 놓았고, 첫인사를 온 것인데, 이런 식으로 만남이 이루어져서 유감이라는 글도 남겼다. 자신의 기운을 담아 서명했으니 진짜임을 확인할 수 있을 것이다.

'일단 성소로 돌아가자.'

더 남아 있다가 또 오해를 불러올 수 있었다. 할라스는 악역이기는 하나 써먹을 만한 인물이었다. 첫 계획은 그의 인맥을 바탕으로 마왕을 모두 만나는 것이었다.

'참, 뜻대로 되는 일이 없군.'

운이 좋은 건지, 아니면 불행한 건지 언제나 의심이 되었다. 진우는 그렇게 생각하며 성소로 돌아갔다. 할라스, 또는 다른 누군가가 사과문을 보고 오해를 바로잡기를 바랐다.

그 정도는 바랄 수 있지 않을까?

진우가 성소로 돌아가고 얼마 후의 일이었다. 잔해에 파묻혀 있던 할라스는 간신히 몸을 일으켰다. 몸으로 바닥을 기어 다니다가 간신히 몸을 뒤집었다.

팔다리가 부서져서 일어날 수도 없었다.

'어, 어째서 이런 일이……'

꿈의 도시가 쑥대밭이 되어 있는 게 보였다. 그의 막대한 재산 중 일부는 대부분 도시의 깊숙한 창고에 넣어놓았다.

마력을 모으게 해주는 마력핵이 박살이 나서 마력을 모을 수 없었다. 남아 있는 마력으로 간신히 다리를 회복해서 기간테르로 다가갔다. 가긴테르 안에는 고급 회복제가 있었다. 그게 있으면 후유증이 남겠지만 마력핵을 복구할 수 있을 것이다.

그가 성벽 앞에 이르렀을 때였다.

"무슨……?"

쿠쿵!

산 쪽에서 굉음과 함께 무언가 무너져 내리는 소리가 들렸다. 갑자기 떨어진 운석 때문에 산맥 안에 만들어놓은 도시가 무너져 내리며 지반을 건드렸다. 거기에 할라스가 일으킨 폭발도 한몫했다.

운석에는 순도 높은 마정석이 아주 잔뜩 있었다. 약한 지반 속으로 파고든 마정석이 탐욕의 군주가 먹어치운 공간으로 흘러 들어갔다. 그곳은 본래 마기로 이루어진 마그마가 흐르던 곳이었다.

전 마계에 영향을 주었던 활발한 지진대였다. 탐욕의 군주가 먹어치워 오랫동안 휴식기에 있던 상태였다. 암흑의 자아가 회복시키기 위해 그토록 노력했지만 역부족이었다. 탐욕의 군주가 다 먹어치운 덕분에 순수한 마력이 남아 있지 않았기 때문이다.

구그그그그그!

마정석으로 인해 마력이 공급되자 마그마가 다시 흐르기 시작했다. 점점 격렬해지더니 마계 전역으로 뻗어 나갔다.

[암흑의 자아가 그분께서 베푼 자비에 감동합니다.]

그런 상황을 할라스가 알 리가 없었다.

과가가가!

지반이 무너져 내리며 기간테르가 땅 밑으로 모습을 감추었다. 할라스의 입이 떠억 벌어졌다. 그의 모든 것이 보관되어 있던 기간테르가 한순간에 사라져 버렸다.

할라스가 무릎을 꿇고 정신이 나간 사람처럼 그 광경을 바라보았다. 그의 몸이 바람에 이리저리 흔들렸다.

그때였다. 그림자가 그의 몸을 가렸다.

"할라스다!"

"할라스가 여기 있다!"

할라스는 천천히 고개를 돌렸다. 바로 앞에 있는 얼굴을 볼 수 있었다. 주저앉은 할라스와 크기가 비슷했다.

노예로 부려먹었던 드워프들이었다. 할라스가 성 밖에 가둬놓고 굶겨 죽이라고 했던 드워프였다.

그들은 병사들이 버리고 간 무기를 들고 있었다. 할라스는 마력을 끌어올리며 그들을 물러나게 하려 했지만 그럴 수 없었다.

식은땀이 흘렀다.

"아…… 저기……. 지금까지 오해가……."

퍼억!

드워프가 둔기로 할라스의 머리를 후려쳤다. 정신이 나가기 전에 할라스가 본 것은 처음 보는 문자로 써진 책이었다.

차원의 틈으로 흘러들어온 것일까? 그 뜻은 아마도 '예언서'일 것이다.

"우아아아아!"

"자유다!"

드워프들이 할라스를 마구 내려치다가 그의 몸을 꽁꽁 묶었다. 그 시각 마계 곳곳에서 대격변이 일어나고 있었다.

아리나는 일을 마치고 영지로 돌아왔다. 영지는 빠르게 발전하고 있었다. 여기저기에서 후원을 많이 해줘서 일할 맛이 났다.

아리나가 영주의 저택으로 들어오자 시녀가 그녀를 맞이했다.

"주인님께서 오셨지?"

"아직 강림하시지 않으셨습니다."

"응? 한참 전에 가셨는데……."

아리나는 잠시 생각에 빠졌다. 아무래도 포탈에 이상이 생긴 모양이었다. 한참을 기다려도 아무런 소식이 없자 아리나는 고개를 갸웃했다.

그때 마계 통신이 왔다. 마왕 갈로드였다. 수정구를 통해 마왕 갈로드의 모습이 보였다. 마왕 갈로드는 대단히 친절한 마족이였다. 친구까지는 아니었지만 이제 동료 정도는 되었다.

-아, 아리나 님. 늦은 시간 죄송합니다.

"네, 갈로드 님. 무슨 일인가요?"

-그…… 그분께서 오늘 강림하신 게 맞지요?

"네! 아직 제 영지에 오시지 않으셨지만 도착하신 지 꽤 되었을 거예요. 아! 그리고 주인님께서 선물을 보내셨는데, 마계 어딘가에 떨어졌을 겁니다."

갈로드의 얼굴이 새파랗게 질렸다.

아리나는 그의 반응에 고개를 갸웃했다.

-마, 마계에 떨군 게 서, 선물이라는 말씀입니까?

"받으신 모양이군요?"

-아! 제가 아니라……. 그, 음…… 할라스가…… 받은 것으로…… 쿨럭, 알고 있습니다.

"음, 그렇군요. 드리지 못해 죄송해요. 갈로드 님께 드리고 싶었는데…."

아리나가 그렇게 말하자 갈로드가 부들부들 떨더니 격한 기침을 했다.

-아, 앞으로 후, 후, 후원을 많이 해드리겠습니다!

"아, 네. 감사합니다."

아리나가 고개를 끄덕였다. 갈로드는 역시 친절한 마족이었다. 할라스는 음흉한 놈이라 마음에 들지 않았는데, 어쨌든 주인님께서 자비를 베푼 것이니 그런 놈이라고 하더라도 처신을 잘할 것 같았다.

"주인님께서 베푸신 자비입니다. 소문을 팍팍 내주세요!"

-아, 알겠습니다. 그동안 그 정도밖에 못 해드려 저, 정말 죄송합니다. 그, 그럼 다, 다음에 또 여, 연락드리겠습니다.

"네! 부탁드려요! 아, 저기⋯⋯."

-네, 네! 마, 말씀하세요. 경청하겠습니다.

"건강 꼭 챙기세요. 건강하게 오래 사는 게 최고입니다."

-네! 명심하겠습니다!

그렇게 통신이 끊겼다.

"많이 피곤하신 모양이네."

갈로드의 영지는 꽤 힘든 상황이었다. 과로에 시달린 게 아닐까 하고 추측했다. 아무튼, 천장 사건은 이로써 완벽하게 수습되었다.

아리나는 뿌듯한 미소를 지으며 고개를 끄덕였다.

to be continued

힐통령

태양의 사제

제리엠 게임판타지 장편소설

WISHBOOKS GAME FANTASY STORY

비츄 게임 판타지 장편소설

만렙 플레이어

가상현실 게임 올림푸스에 드디어 입성했다.
그런데…… 납치라고!?

강제로 시작된 20년간의 지옥 같은 수련 끝에
마침내 레벨 99가 되었다.
그렇게 자유를 만끽하려던 순간.

정상적인 경로를 통한 레벨 업이 아닙니다.
시스템 오류로 레벨이 초기화됐다.

"이게 무슨 개 같은 소리야!!"

그런데, 스탯은 그대로다?!
게다가 SSS급 퀘스트까지!

**한주혁의 플레이어 생활은
이제부터가 시작이다!**

무공을 배우다

목마 퓨전 판타지 장편소설
WISHBOOKS FUSION FANTASY STORY

"무(武)를 아느냐?"

잠결에 들린 처음 듣는 목소리에 눈을 떴을 때,
눈앞에 노인이 앉아 있었다.

"싸움해 본 적 있나?"
"없는데요."

[무공을 배우다.]

20년 동안 무공을 배운 백현,
어비스에 침식된 현대로 귀환하다!

'현실은 고작 5년밖에 지나지 않았다고?'